AMAZONA

SÉRGIO SANT'ANNA

# Amazona

*Romance*

COMPANHIA DAS LETRAS

Copyright © 1986 by Sérgio Sant'Anna

*Grafia atualizada segundo o Acordo Ortográfico da Língua Portuguesa de 1990, que entrou em vigor no Brasil em 2009.*

*Capa*
Celso Longo

*Ilustração de capa*
*Freaking Friday,* de Apollonia Saintclair/ www.apolloniasaintclair.com

*Preparação*
Leny Cordeiro

*Revisão*
Marina Nogueira
Valquíria Della Pozza

*Os personagens e as situações desta obra são reais apenas no universo da ficção; não se referem a pessoas e fatos concretos, e não emitem opinião sobre eles*

Dados Internacionais de Catalogação na Publicação (CIP)
(Câmara Brasileira do Livro, SP, Brasil)

Sant'Anna, Sérgio.
    Amazona : romance / Sérgio Sant'Anna. — 1ª ed. — São
Paulo : Companhia das Letras, 2019.

    ISBN 978-85-359-3274-4

    1. Romance brasileiro I. Título.

19-28939                     CDD-B869.3

Índice para catálogo sistemático:
1. Romances : literatura brasileira B869.3
Cibele Maria Dias – Bibliotecária – CRB-8/9427

[2019]
Todos os direitos desta edição reservados à
EDITORA SCHWARCZ S.A.
Rua Bandeira Paulista, 702, cj. 32
04532-002 — São Paulo — SP
Telefone: (11) 3707-3500
www.companhiadasletras.com.br
www.blogdacompanhia.com.br
facebook.com/companhiadasletras
instagram.com/companhiadasletras
twitter.com/cialetras

# Sumário

I

1. A festa na casa do banqueiro, 11
2. Folhetim, 17
3. Amor conjugal, 21
4. A perda de um complexo, 26
5. Nasce uma mulher *ou* No estúdio do fotógrafo de olhos azuis, 33
6. Uma revista ilustrada, 40
7. *Ghost-thinker*, 47
8. Amazona, 53
9. A crise do marido, 62
10. Posições, 67
11. Revista *Flagrante*, 78
12. Revista *Flash*, 81
13. Linhas cruzadas, 85
14. Amor bandido, 90
15. A História, 94
16. O desnovelar-se de um feto, 100

17. Eros e Tanatos, 105
18. A Organização, 109
19. Outro homem sedento e desamparado, 114
20. Travessia, 119
21. Mulheres, 122
22. Deus, 134
23. Metafísica barata, 139
24. Vida, 147
25. Rio de Janeiro *by night*, 150

II

26. Esclarecimentos, 159
27. Conversações, 164
28. Mais esclarecimentos, 173
29. Quanto ao francês..., 179
30. A outra, 183
31. (Um parênteses, um gato), 189
32. A Justiça tarda e falha, 195
33. Canais hierárquicos do poder, 201
34. O país real lá embaixo, 204
35. Atribulações do poder humano, 207
36. A dor... e o prazer!, 210
37. Mar de lama, 216
38. Coletiva à imprensa, 222
39. O presunto tinha olhos azuis, 227
40. Filha de banqueiro sequestrada pelo próprio pai, 231
41. O Instituto Médico é legal?, 236
42. Um pouco mais de metafísica barata, 242
43. Presidentes da República (I), 245
44. Presidentes da República (II), 253

45. O golpe do general Gouvêa, 257
46. A morte de uma personagem, 265
47. O Instituto Médico é legal, 272
48. Destinos, 276
49. A Amazona, 281

*Posfácio* — Todo poder às mulheres *ou* Quando Capitu se tornou Amazona — André Nigri, 289

I

# 1. A festa na casa do banqueiro

O marido, com a boca cheia de croquete, continuava a dizer babaquices na roda do secretário-geral. O secretário-geral era a mais alta autoridade presente e se colocara estrategicamente sob o lustre da sala. Havia uma auréola pairando sobre o secretário-geral, como se ele estivesse na televisão. "O Delfim...", o marido começara a dizer, quando Dionísia se afastou, entediada.

Pegou distraidamente uma taça de champanha e por um momento se deixou ficar sozinha no meio da sala, gozando da sua disponibilidade. Depois resolveu aproximar-se da rodinha em torno do fotógrafo de olhos azuis. A roda do fotógrafo de olhos azuis era a mais prestigiada depois da do secretário-geral. Só que ali predominavam as mulheres.

"Não é só questão de um belo rosto ou um belo corpo", disse o fotógrafo francês de olhos azuis, com o seu sotaque, "mas também uma centelha que a mulher acende dentro de si no momento da fotografia. Mas isso a gente só vai saber de verdade na hora da revelação. Como se a foto captasse uma realidade interior da modelo."

Naquele instante a champanha havia batido no cérebro de Dionísia e ela teve certeza de que trazia a tal centelha dentro de si. O fotógrafo de olhos azuis captou o sinal e a olhou de cima a baixo, como se a despisse.

Dionísia estremeceu de prazer, que logo foi substituído pela repugnância. Porque certa mão suada, proprietária, a segurou por trás, nos ombros nus. E um pensamento que havia muito tempo pairava sobre o cérebro de Dionísia, sem se fixar, atingiu-a em cheio, como uma tijolada: "Não gosto do meu marido e estou doida para dar para outro". A imagem do outro se formou com naturalidade: o fotógrafo de olhos azuis.

"Vem cá para eu te apresentar o dr. Ribeiro", o marido falou. "O dr. Ribeiro é nosso diretor. Dr. Ribeiro, minha esposa."

Num relance, foi como se os olhos do dr. Ribeiro adquirissem a forma de um periscópio e se enfiassem dentro do decote de Dionísia. O marido tinha escolhido pessoalmente aquele vestido: era negro, fofo e largo o suficiente para que o dr. Ribeiro, levantando-se na pontinha dos pés, conseguisse ver os biquinhos róseos dos seios de Dionísia.

"Muito prazer", ela disse: "Dionísia."

O sorriso do marido petrificou-se em sua boca e ele empalideceu. Já pedira a ela, encarecidamente, que evitasse dizer o verdadeiro nome em público. Achava-o cafona, suburbano. E somando-se isto ao fato de eles ainda morarem em Niterói, acabava-se por criar uma imagem desfavorável às pretensões do marido no banco. Até pouco tempo o Moreira fora apenas o gerente de uma agência de bairro e chegara a inventar um apelido para Dionísia, derivado do nome: Diana. Achava bonito, carinhoso e até elegante. "Diana, a Caçadora", era como a tratava, às vezes, quando estava com muito tesão por ela.

"Diana é também a noiva do Fantasma", Dionísia disse um dia, na cama. O marido tinha brochado imediatamente, e foi

12

preciso que ela se excedesse em carícias para que ele ficasse de pau duro outra vez. O marido era um cara extremamente sensível.

Dionísia, por seu lado, detestava ser apresentada como "minha esposa". Achava ridículo, ultrapassado, possessivo, careta, embora o marido explicasse que nas reuniões formais era assim que os homens se referiam às mulheres.

Mas hoje Dionísia estava puta demais para levar isso em consideração, pois o marido a interceptara no momento exato em que ela entrava em sintonia com o fotógrafo de olhos azuis. Do ponto de vista feminino — ali em seu canto, com um sorriso cínico, deixando-se cortejar —, o fotógrafo de olhos azuis era uma figura bem mais impressionante que o dr. Ribeiro e até mesmo que o secretário-geral.

O marido só se recuperou quando o dr. Ribeiro disse: "Linda, a sua esposa. Você é um felizardo". O dr. Ribeiro colocara uma das mãos no ombro do Moreira e outra no de Dionísia, afagando sua pele aveludada. O dr. Ribeiro era conhecido no banco como um velho metido a comedor, e os funcionários subalternos mais recalcados costumavam discutir se o dr. Ribeiro era brocha ou não.

O marido assistia a tudo, agora, com um olhar complacente, mas não foi isso que aumentou o ódio de Dionísia, acostumada às concessões que todos temos de fazer para abrir caminho na vida. O marido, por exemplo, costumava dizer que abrira seu caminho aos empurrões. E o modo como ele avançava, neste instante, em direção a um garçom com uma bandeja cheia de croquetes denotava isso: um garoto que passara uma infância não propriamente de fome, mas tendo que disputar com os irmãos, na mesa familiar, o bife que fosse menos muxibento. Na terapia de grupo que o marido frequentara, certa vez, já fora colocado que o seu Desejo, no sentido psicanalítico, era afastar-se o mais que pudesse daquele bife muxibento. E o fino croquete de camarão que Francisco Moreira comia, agora, indicava estar ele no rumo certo, se não pusesse tudo a perder por precipitação.

A precipitação denunciada, por exemplo, quando, num gesto rápido, estendeu a mão para ser vencido por centímetros por outro cavalheiro na disputa de um único copo de uísque que passava numa bandeja. Foi aí que Dionísia teve uma outra iluminação, que só fez aumentar seu ódio: gostava do dinheiro que o marido ganhava, mas era algo repulsivo o modo como fazia para ganhá-lo.

"Vocês me dão licença que eu vou fazer xixi", Dionísia disse, para um marido que só não deixou cair o copo de uísque porque não o tinha, na mão vazia, estendida para o ar, como se algo lhe escapasse...

Dionísia se afastava e, no meio do caminho, alguém lhe colocou mais uma taça de champanha nas mãos, que ela agora bebia num gesto que se multiplicava no banheiro espelhado. Dionísia teve a sensação de que habitava um mundo mágico, de espelhos, onde as pessoas mijavam champanha. E, já sentada no bidê, ergueu um brinde a si própria.

Neste exato instante, alguém girou o trinco da porta, que não estava trancada, e a surpreendeu assim, com a taça em riste.

"Saúde", disse o fotógrafo de olhos azuis, erguendo seu próprio copo. E sem que Dionísia, surpresa, pudesse ter qualquer reação, ele acrescentou antes de fechar novamente a porta: "Essa é a fotografia dos meus sonhos. Uma mulher, com o vestido levantado, cavalgando o bidê de um banheiro luxuoso. Utilizando o jogo de espelhos, seriam cem mulheres, captadas em cem diferentes ângulos. E eu a batizaria de *Amazona*".


Dionísia saiu do banheiro e aproximou-se da aglomeração

que se formava, alvoroçada, em volta da mesa, onde havia um bolo imenso, ainda coberto por um guardanapo. O banqueiro já ocupara o seu lugar bem em frente ao bolo e, à sua direita, estava o secretário-geral. À sua esquerda conseguira colocar-se, estrategicamente, o marido de Dionísia.

E foi o próprio marido quem retirou o guardanapo, como se descerrasse a cortininha de uma placa comemorativa. Houve um "oh" extasiado, emitido em uníssono. O bolo era uma reprodução fidelíssima do edifício-sede do banco e sobre ele haviam sido colocadas trinta velhinhas. Não eram velinhas, mas velhinhas mesmo e, mais ainda do que isso, elas tinham a forma de bruxas cavalgando suas vassouras, num belo trabalho artesanal. E houve até quem reconhecesse no rosto daquelas velhinhas os traços fisionômicos da mulher do banqueiro, já meio caduca e apelidada pelos subalternos recalcados, já referidos anteriormente, como "A Bruxa". E se tal trabalho ali exposto podia não passar de uma coincidência, advinda de um excesso de criatividade dos confeiteiros, também se poderia, talvez paranoicamente, detectar nele o dedo da OBA (Organização dos Bancários Anarquistas), que se dedicava a pequenas retaliações de mau gosto, movendo uma guerra psicológica contra os patrões, de que se falará mais tarde.

O que interessa, por ora, é que o marido de Dionísia, revelando uma tremenda presença de espírito, própria dos ambiciosos, mandou que se apagassem as luzes e começou a puxar o "Parabéns pra você". E, com o isqueiro, pôs-se a acender as velhinhas, demorando-se em cada uma, de modo que a chama, derretendo a cera, desfizesse rapidamente aquele equívoco, do mesmo modo como se diluem os sonhos maus para nos devolverem à realidade aconchegante de um quarto familiar, quando somos homens de bem.

Os convivas entoavam já pela segunda vez o "Parabéns pra você", mas Dionísia não cantava como os outros. A uma certa distância, protegida pela escuridão, ela apenas observava como o marido se sobrepunha a todos na puxação de saco. E novamente passaram por sua cabeça pensamentos desagregadores em relação à sua vida conjugal.

Mas nada como um momento atrás do outro, e é impressionante como as coisas se encadeiam para formar uma determinada história. Pela segunda vez, essa noite, os ombros de Dionísia foram tocados, só que agora para transportá-la, ao simples toque daquela mão, somado a certo tom de voz, a um sonho tão agradável que a realidade é que se assemelhava a um pesadelo pegajoso.

"Está gostando dessa festa de bancários?", perguntou o fotógrafo de olhos azuis, com uma entonação tão neutra que só uma pessoa inteligente poderia ler nela alguma ironia.

"Adorando", respondeu Dionísia, no mesmo tom. "Só acho o banqueiro um pouco amarrotado para ter trinta anos. No bolo havia mais ou menos trinta velinhas, não havia?"

"Velhinhas, minha cara. Velhinhas. E o aniversário não é do banqueiro, é do banco."

A canção de parabéns estava quase no final e o banqueiro, ofegante, auxiliado pelo marido de Dionísia, tentava apagar as trinta velhinhas. O fotógrafo de olhos azuis segurou a mão de Dionísia para deixar ali um cartão, onde mais tarde ela leria o que estava gravado: *Jean, fotógrafo*. E, em letras menores, o endereço do estúdio.

As luzes foram acesas de repente, no meio de aplausos, e o marido ainda teve tempo de ver a mão do fotógrafo desvencilhando-se delicadamente da de Dionísia. O fotógrafo de olhos azuis caminhou para junto da filha do banqueiro, que agora beijava o pai. Olhando duramente para Dionísia, que guardava o cartãozinho no seio, o marido ainda aplaudia.

# 2. Folhetim

O marido engrenou uma quarta em plena avenida Niemeyer, e Dionísia sabia que ali, com a pista estreita e as curvas muito fechadas, era extremamente perigoso não andar em marcha reduzida. Eles haviam deixado a casa do banqueiro, na Barra da Tijuca, às duas da manhã, quando os motoristas bêbados tomam conta das pistas da cidade. Dionísia também estava embriagada, mas de suas recordações mais recentes.

Era uma noite clara, de lua cheia, e do carro se descortinavam as ondas espumantes batendo nos rochedos. Com medo, Dionísia viu a si própria lá embaixo, com um filete de sangue a escorrer da testa. Ela viu seu corpo lindo, praticamente intacto, reverberando ao luar: aqueles seios magníficos, as coxas grossas e musculosas e a penugem do sexo a oferecer-se à multidão que se comprimiria lá em cima, na amurada, os carros parados em fila, num engarrafamento que se estenderia do túnel do Joá à avenida Delfim Moreira. E Dionísia sentiu aquele arrepio de desejo e medo, de quando nos projetamos num acontecimento de violência e sexo. Parecia até um filme.

Os pneus cantaram no asfalto e o marido tirou um fininho tão ínfimo da amurada que Dionísia levou a mão ao peito, onde sentiu o coração batendo sob o cartãozinho do fotógrafo de olhos azuis. Não, ela não queria morrer agora.

"O fotógrafo come a filha do banqueiro", disse o marido, como se adivinhasse os pensamentos de Dionísia. E pisou ainda mais no acelerador. O marido sabia que Dionísia detestava aquela expressão: "comer as mulheres". Transformava-as num mero objeto, o que elas só admitiam em determinadas circunstâncias.

O marido estava perigosamente bêbado e Dionísia não queria entrar numa discussão arriscada neste momento de sua vida em que se abriam certas possibilidades.

"Liga o rádio, amor", ela pediu, de modo que ele, para atendê-la, tivesse que reduzir a marcha. Enquanto que ela, num gesto rapidíssimo, guardou o cartãozinho em segurança dentro da bolsa.

Dionísia, porém, deu azar. Não por causa do cartãozinho, do qual o marido jamais chegou a tomar conhecimento. Foi por causa do rádio, onde a voz da Gal Costa cantava nesse momento:

*Se acaso me quiseres*
*sou dessas mulheres*
*que só dizem sim.*
*Por uma coisa à toa*
*uma noitada boa*
*um cinema, um botequim…*

O marido, embora gostasse da voz da Gal, tinha ódio do Chico Buarque, autor da música. Porque não apenas Dionísia, mas todas as mulheres que conhecia eram taradas pelo Chico.

"Os olhos verdes do Chico, aquela cara de garoto!", o marido já ouvira Dionísia comentar dezenas de vezes. E agora, numa associação óbvia, os olhos verdes do Chico lembravam-lhe os olhos azuis do fotógrafo de olhos azuis. O marido, embora bem-apessoado, tinha os olhos castanhos normais dos brasileiros médios.

O marido não tinha especialmente grandes preconceitos contra os jogos sedutores das mulheres — e até mesmo contra o adultério, em determinadas circunstâncias; apenas achava que o amor e o sexo deviam servir a objetivos mais nobres, como o casamento, a geração de filhos... e os interesses econômicos. E ele achava infantil um tipo de romantismo nas mulheres, que o colocava em inferioridade. E quem era esse fotógrafo de olhos azuis que ele vira trocando afagos de mão com Dionísia? Não era preciso olhar duas vezes para saber que não passava de um cafajeste ou mesmo um gigolô. Um desses homens que mais tiram do que trazem benefícios às mulheres e, por consequência, aos maridos delas.

E foi assim, com esses pensamentos e com a Gal cantando no rádio o "Folhetim", de Chico Buarque de Holanda, que eles viraram aquela curva da Niemeyer de onde se avista toda a orla marítima do Leblon e Ipanema.

"Essa música já está cansando", disse Dionísia, diplomática. "Você quer que eu mude de estação?"

A raiva do marido, agora, era controlada como a terceira marcha que ele, por fim, engrenara no carro.

"Não, pode deixar", ele disse. O excesso de velocidade, como é habitual nos machos brasileiros, lhe havia feito bem. E já tendo ultrapassado a Rocinha e o Vidigal, que sempre lhe traziam uma certa inquietação, como a pobreza, em geral, já estava o Moreira prestes a rodar maciamente pela avenida Vieira Souto.

Não só as mulheres, mas também os homens, são seres voláveis e ambíguos. Dentro de seu carro e com sua bela mulher, em plena avenida Vieira Souto, ele agora se permitia divagar sobre sua ascensão no banco e sobre um tempo em que seria um dos moradores dali, dos metros quadrados mais valorizados do mundo, segundo se dizia.

O rádio tocava agora uma música do Roberto Carlos, e o marido só não punha as mãos nas coxas de Dionísia porque não podia ceder, explorando mais um pouco um possível remorso da mulher, por causa do comportamento dela na festa. A experiência lhe ensinava que talvez tivesse, esta noite, uma bela e cooperativa mulher à sua mercê. Vencida a lagoa Rodrigo de Freitas, o túnel Rebouças de repente os engoliu. Sem fundo musical, porque também os rádios se calam no Rebouças, como se acometidos da mesma angústia que assalta os homens nos túneis longos, quentes e enfumaçados, foi como se Dionísia mergulhasse no seu próprio "túnel", sua consciência, não totalmente desprovida de culpa. E ela aconchegou-se ao ombro do marido, como uma boa mulherzinha comum, a necessitar de um homem bom que a sustente e proteja.

Daí até Niterói é apenas uma sucessão de viadutos, pistas de alta velocidade, quarteirões desertos, esqueletos de bairros cortados pelo meio e, finalmente, a ponte. É uma espécie de desenraizamento dos animais humanos, não só em relação à natureza, como à própria cidade que construíram para abrigar-se. Sobre a ponte, principalmente, está-se suspenso entre duas cidades, que se avistam ao longe, entre os ruídos de carros, de um avião a jato ou do apito lancinante de um navio cargueiro. Tanto Dionísia como o marido se encontravam silenciosos, levemente deprimidos, amedrontados, diante da solidão não só quanto ao mundo que os envolvia, mas também um em relação ao outro. E só uma vontade os unia: chegar logo. E a velocidade que Francisco Moreira imprimia ao carro trazia em si uma segurança próxima da objetividade.

# 3. Amor conjugal

O ato sexual entre os seres humanos quando realizado sem amor, simpatia e até mesmo respeito mútuo, se possui algumas inconveniências, traz também inegáveis vantagens. Uma delas é não se ter de seguir, para agradar ao parceiro, qualquer comportamento convencional ou premeditado. Beijar-se na boca, por exemplo. Qualquer casal sabe que, depois dos primeiros arroubos do conhecimento mútuo, o beijo na boca não passa de um rito vazio, tedioso e às vezes até repulsivo. Já beijar-se em outras partes mais íntimas do corpo é nesses casos muito mais aceitável, por não comprometer o verdadeiro âmago, o ser, da pessoa. É por isso que se torna tão difícil arrancar de uma prostituta um beijo na boca. Pois é aí que ela concentra seu pudor, autoestima, o seu tesouro, enfim. Quase a alma, diríamos.

E qualquer psicólogo de terceira categoria — desses, por exemplo, que aplicam testes no banco onde trabalha o marido de Dionísia —, ou mesmo qualquer pessoa com alguma experiência de coabitação, sabe bem que algumas de suas melhores trepadas — daquelas inesquecíveis — aconteceram quando homem e mulher estavam com raiva um do outro. E quanta bobagem poderia ser economizada — como discussões sobre Ingmar Bergman ou D.H. Lawrence — se as pessoas observassem com um certo distanciamento crítico o próprio comportamento.

Tomemos como amostra este casal, agora, num dos poucos apartamentos que se iluminam na madrugada de Niterói, cidade cuja maior atração, dizem, é o belo panorama que daí se tem do Rio de Janeiro.

À medida que eles vão entrando em casa, vão também despindo, junto com os trajes, os artifícios que, como num baile de máscaras, tiveram de usar durante a noite, mesmo levando-se em conta o comportamento não convencional de Dionísia em alguns momentos da festa.

Além disso, tiveram de reprimir várias vezes o desagrado com os modos um do outro. Poderiam, então, iniciar uma dessas intermináveis discussões conjugais, quando se procura fazer um balanço dos acontecimentos mais recentes, em geral jogando-se no outro a responsabilidade pelas divergências. O que termina, como na guerra fria, por conservar o equilíbrio de forças, evitando o rompimento total.

Mas hoje, depois de uma longa festa e de um trajeto noturno da Barra da Tijuca até Niterói, eles estão cansados demais até mesmo para brigar. O marido deverá estar no banco às nove e meia da manhã e, fora isso, é sempre mais vantajoso manter aquele comportamento altivo, de censura silenciosa, que todos nós, os que já fomos casados, conhecemos bem.

Dionísia, por seu lado, de uma forma um tanto intuitiva, sabia que já fora longe demais naquela noite e precisava maneirar. Com a naturalidade inocente das mulheres diante dos homens que as conhecem muito intimamente, ela já entrou porta adentro arrancando o vestido, que foi deixando atrás de si, para a empregada guardar no dia seguinte. E andando só de calcinha, pelo corredor do apartamento, parou por um instante para retirar um dos sapatos de salto alto e depois o outro, num gesto que até o marido teve que achar gracioso. E entrou no banheiro, onde tirou também a calcinha, que se pôs a lavar, num hábito de simplicidade que se repetia todas as noites e remontava à infância num subúrbio carioca.

Deitado na cama, depois de ter tirado os sapatos e afrouxado o cinto da calça, o marido fuma um cigarro e observa Dionísia através da porta entreaberta do banheiro. Guardava ainda o Moreira um certo ressentimento pelas atitudes de Dionísia na festa. Mas num outro canto do cérebro, talvez o mais embebido em álcool, ele apenas captava neutramente uma bela mulher nua. Com a porta do banheiro entreaberta, era como olhar pelo buraco da fechadura uma desconhecida que, movimentando-se, oferecia ora um, ora outro detalhe do corpo. Como uma câmera fria, o olhar do marido enquadrava sucessivamente um seio, um rosto, uma bunda, uma coxa, o sexo que Dionísia lavava no bidê, não podendo deixar de lembrar-se do fotógrafo de olhos azuis. E um tesão tardio pelo francês a percorreu.

Este último detalhe, porém, o marido ignorava quando a viu sair do banheiro resplandecentemente nua. Levantando-se da cama, para dirigir-se, por sua vez, ao banheiro, o marido quase esboçou um gesto de acariciar a mulher, abraçá-la, perdoar-lhe tudo. Ele quase a amou de verdade naquele instante. Mas se cedesse aos impulsos de ternura, seria como aceitar tacitamente o comportamento dela na festa, o que acabaria por transformá--lo num joguete dos caprichos femininos, quando, nesta noite, egoisticamente, queria explorar a superioridade que tinha sobre a mulher: aquela superioridade dos maridos feridos. A vida, incluindo o casamento, é uma luta pelo poder. E uma arma o marido, justiça seja feita, possuía para esta luta: força de vontade.

Quando saiu do banheiro, deparou com Dionísia na cama.

Ela não chegara a vestir-se para a noite e apenas segurava contra o seio a camisola. Com os olhos fechados, parecia uma garotinha que, muito cansada, dormira antes de conseguir vestir-se.

Sem apagar a luz e o mais silenciosamente que pôde, o marido também deitou-se, mas no sentido contrário ao de Dionísia. Assim ele podia vê-la muito de perto, o mais intimamente possível. E depois, tendo-a desarmada, à sua mercê, possuí-la. Como quem possui um objeto inanimado, ele pensou satisfeito. Um manequim, uma puta, uma cega. E, lá no fundo, um pensamento que ele não ousou materializar: como quem possui um cadáver.

No entanto, é sutil a relação entre dominador e dominado e, neste ponto, os orientais estão certos: não passam das duas faces inseparáveis e talvez idênticas de uma mesma realidade.

Dionísia, semiadormecida, não abriu os olhos. Mas como se fosse uma cega muito experimentada, teve uma noção absoluta não só da posição do marido na cama, mas também de qual parte do corpo dela ele examinava minuciosamente. E sentiu a velha sensação da escrava que domina todos os desejos do Senhor.

Com aquele suspiro dos que mergulham ainda mais no sono, ela se moveu ligeiramente, para entreabrir-se mais. Só um pouquinho mais. O suficiente, apenas, para que ele, virando-se na cama, a penetrasse, acometido de um tesão irresistível.

E quando ele a penetrou deste modo, lentamente, não querendo acordá-la, ela realmente se entregou ao sono. Um tipo de sono que só adormecia o cérebro, o trabalho incessante e atormentado do cérebro, mas deixava desperta sua bocetinha carnuda, com a qual, clitorianamente, ela possuiu o marido.

Num misto de sonho e vigília, passavam a galope pelo cérebro entorpecido de Dionísia figuras como o próprio marido, o paizinho dela morto havia tanto tempo, o fotógrafo de olhos azuis, outros personagens mais repulsivos desta noite e outras, como o dr. Ribeiro. Mas naquele cinema interior projetava-se principalmente ela própria, Dionísia, cavalgando ao vento, o rosto em êxtase, o corpo estertorando em cima de algo tão rígido e pulsante como um cavalo.

Quanto ao marido, sempre que se encontrava ligeiramente bêbado, demorava um pouco mais a gozar. E esta demora foi suficiente para que Dionísia atingisse, naquele estado onírico próximo à vigília, um orgasmo silencioso que foi o ápice da vida sexual em seu casamento. Paradoxalmente — ou não —, no momento em que este casamento entrava em derrocada. Um orgasmo que, somado aos outros acontecimentos da noite e mais outros que viriam a se suceder, provocou nela uma profunda metamorfose. Como se o amor e o prazer, de repente, não fossem mais algo que pudesse vir de fora, de alguém, e sim brotassem dela mesma. E se alguma palavra de amor lhe pudesse ser dita que a agradasse em cheio; se alguma palavra a seu respeito pudesse ser dita que a resumisse e a ela se adequasse, seria fora de dúvida e mais uma vez, Amazona.

# 4. A perda de um complexo

"Morar em Niterói até que deve ser uma boa", disse a filha do banqueiro. "Aqui em Ipanema, além dessa zorra toda, eles estão assaltando até à luz do dia."

O apartamento era na Vieira Souto e, da varanda — e até mesmo da sala — dava para ver o mar. A filha do banqueiro viera sentar-se no sofá, entre Dionísia e o fotógrafo de olhos azuis.

"Em Icaraí está a mesma coisa, minha querida", falou Dionísia. "Outro dia pegaram uma amiga nossa, não foi, Francisco?"

Com os olhos, Dionísia pedia socorro ao marido:

"E o pior não foi o assalto. Foi o que os caras fizeram depois."

Dionísia fizera questão de realçar o "Icaraí", do mesmo modo que a filha do banqueiro enfatizara o "Niterói". Icaraí, a melhor praia de Niterói, pegava muito melhor que o simples "Niterói".

Dionísia fez uma pequena pausa, para criar suspense e se recuperar do "Niterói". Quem teria informado aquilo à filha do banqueiro? Todos os que estavam por perto a olhavam, aguardando o caso do assalto. Porém a filha do banqueiro foi muito mais rápida.

"Puxa, eu pensei que em Niterói a barra ainda fosse leve. Qualquer dia eu me escondo no sítio e não saio nunca mais. O pior é que detesto mosquito."

Com um olhar de absoluta inocência, ela encarava Dionísia: "Como é mesmo o seu nome, querida?"

"Dionísia", a outra respondeu baixinho, com esperança de que poucos a ouvissem. O azar era que todos prestavam atenção nela naquele instante. Sempre que alguém contava um caso de assalto, todo mundo ficava na expectativa, para depois contar seus próprios casos de assalto. A burguesia estava acuada pelos bandidos, como se se tratasse de uma revolução não declarada. E gostava de falar disso, para exorcizar o medo. Mas Dionísia sentiu aquela atenção silenciosa como se todas as pessoas a acusassem por ter tal nome. E se arrependeu de não haver dito "Diana", como o marido gostava. Com os olhos, ela procurou o marido, mas sorrateiramente ele se refugiara na varanda com um copo na mão. "Covarde", ela pensou. Enquanto a filha do banqueiro, aproveitando a imobilidade hipnotizada de Dionísia, desferiu a punhalada fatal.

"Engraçado, eu nunca conheci ninguém com esse nome. Meu bem, chega aqui", ela falou para o marido: "Como é mesmo o nome daquela babá da filha do Góes?".

O marido dela encontrava-se junto ao sogro, que sentara numa poltrona. Como o banqueiro usava óculos escuros, não se podia saber se ele acompanhava a conversa ou mesmo se dormia. Como alguns generais, o banqueiro nunca se separava de seus óculos escuros, o que era uma forma de confundir os interlocutores nos negócios e aparentar ferocidade, aliás verdadeira.

"Dioclécia. A babá da filha do Góes se chama Dioclécia, minha querida", acorreu prestimoso o marido. Ele era muito solícito com a mulher. E mesmo o pessoal mais categorizado do banco costumava fazer piadas sobre o Antônio Augusto, genro do banqueiro. Diziam que ele era um marido exemplar. E fiel. Só que esta fidelidade não era à esposa, mas ao sogro. Já da filha do banqueiro não se podia dizer a mesma coisa. Ela não tinha nenhum motivo para ser fiel. Aliás, dela, não se dizia nada, com receio de que mesmo o menor comentário vazasse até o presidente do banco através de sua bem montada rede de puxa-sacos.

"Ah, claro. Dioclécia", prosseguiu a filha do banqueiro com a inocência anterior. "Eu tinha certeza que não era Dionísia. Desculpe, querida, eu sou péssima para esse negócio de nome. Mas o que era mesmo que você estava contando, Dionísia?"

A voz de Dionísia saiu sufocada, como a de alguém prestes a entregar os pontos e chorar. Ela teve certeza de que a filha do banqueiro já viera para a festa sabendo seu nome.

"Ah, fizeram aquelas coisas que todo mundo sabe. E olha que ela teve sorte em sair viva."

Aquele fim resumido de um caso que Dionísia esperava contar em detalhes resumia também o que se passava dentro dela. Ela teve vontade de afundar na cadeira, sumir, morrer. Ela não tinha coragem, principalmente, de encarar o marido, que, lá da varanda, observava a cena.

No entanto tudo havia começado tão bem.

Na véspera, o marido chegara eufórico em casa, completamente esquecido do ressentimento da noite da festa.

"Sabe para onde nós fomos convidados?", ele disse, dando um beijo na testa da mulher e sentando-se no sofá.

Dionísia, curiosa e ainda com um leve sentimento de culpa, fez uma coisa que havia muito tempo não fazia: sentou-se no colo do marido e olhou-o nos olhos com uma estudada expressão de burrice feminina interrogativa.

"Para uma festa na casa da filha do presidente do banco. E foi ela mesma quem nos convidou. Parece que todos comentaram que você é uma mulher muito espontânea. Isso foi o dr. Ribeiro quem me confidenciou. E olha que só foram convidados alguns amigos íntimos."

O marido dissera aquilo com orgulho e Dionísia retribuiu seu beijo na testa com uma espontaneidade quase verdadeira, correspondendo à impressão transmitida pelo dr. Ribeiro. O fotógrafo de olhos azuis devia ser um dos íntimos. Afinal, comia a filha do banqueiro.

Mas noutro apartamento — justamente o da festa — outra pessoa estivera simultaneamente preocupada, na antevéspera, com o fotógrafo de olhos azuis e com Dionísia. Era Sílvia Avelar, a filha do banqueiro, que também se aconchegara ao marido de um modo pouco habitual. Na verdade, ela desprezava o marido. Tinha até casado com ele por causa disso: para ter a seu lado um homem a quem pudesse desprezar, pisar em cima. Pois um capacho podia ser muito útil em várias circunstâncias.

"Quem é aquele sujeito que soprou as velas do bolo junto com papai?"

"Ah, é o Moreira, um puxa-saco."

Antônio Augusto acompanhava com uma certa inquietação a subida do marido de Dionísia no banco. Tinha em relação a ele a desconfiança que se tem das pessoas que carregam defeitos iguais aos nossos. No caso, esses defeitos eram a ambição e o puxa-saquismo. E o fato de a mulher perguntar pelo rival o inquietou ainda mais.

"Sim, é o Moreira, um cara que só pensa em subir. Mas por que você quer saber?"

"Por nada. É que eu achei a mulher dele cafoníssima. Uma suburbana."

O marido, aliviado, passou a mão nos seios da mulher.

"É, eles moram em Niterói."

"E o nome dela, qual é?"

"Mulher tem umas coisas engraçadas. Como é que eu vou saber?"

Na verdade ele sabia, mas preferiu não revelar, por enquanto, supondo que a mulher pudesse ter ciúmes, no que estava certo. Só que esse ciúme não se relacionava nem um pouco com a pessoa dele.

A filha do banqueiro, agora, acariciava o marido por cima da calça. Era como se a imagem da outra, em sua cabeça, a excitasse.

"Eu posso perguntar ao Ribeiro", disse o Moreira. "O Ribeiro sabe de tudo relacionado ao banco. Principalmente quando é caso de mulher."

O genro do banqueiro piscou os olhos para a mulher e agora, sem nenhum medo de ser repelido — um medo constante em todo o seu casamento —, passava as mãos nas coxas dela. Ela desabotoou a barriguilha dele e enfiou a mão lá dentro:

"Se eu te pedir uma coisa, você jura que faz?"

"Depende", falou o marido.

Ela levantou o vestido e sentou-se no colo do marido. Era uma das coisas de que o Antônio Augusto mais gostava e ela quase nunca fazia.

"É uma coisa boba, mas você jura?"

"Juro", ele disse, não aguentando mais. Ele só pensava em tirar sua roupa e a dela e treparem ali mesmo no sofá, diante da televisão. As figuras e as vozes no vídeo o excitavam, pois era como se outras pessoas os observassem durante o ato sexual.

"Eu vou dar uma reuniãozinha aqui em casa depois de amanhã. E queria que você convidasse eles dois."

Antônio Augusto ia protestar por causa do Moreira. Não queria o Moreira na intimidade da família e, consequentemente, do sogro. Mas Sílvia acabara de tirar o vestido pela cabeça. E, como se adivinhasse as objeções do marido, acrescentou:

"Deixa comigo, meu amor, que eu dou uma lição nele e na mulher. Ou você não tem confiança em mim?"

Ela agora ajudava o marido a livrar-se da calça e ele só pôde dizer:

"É claro que tenho, meu amor. E eu sempre acabo fazendo mesmo o que você quer."

O plano de Sílvia, a filha do banqueiro, para destruir Dionísia talvez tivesse dado certo, não fosse Carlinhos, o Esteta. Sílvia queria destruir Dionísia aos olhos do fotógrafo de olhos azuis, mas não se incomodaria nem um pouco se a carreira do Moreira no banco também desmoronasse junto com a mulher. O Esteta era um boca-livre, meio anão, barbudinho e manco, que andava por Ipanema. Dizia-se dele que era escritor, embora jamais se tivesse ouvido falar da existência concreta de qualquer livro seu. Mas passava de algum modo como intelectual e, como não sofresse de preconceitos esquerdistas, era muito convidado para as festas da burguesia convicta.

Por um desses fenômenos do alcoolismo, que faz com que as pessoas não consigam nem se manter nas duas pernas ou concentrar-se num interlocutor que está cara a cara com elas, mas lhes permite captar ondas longínquas e fugidias, o Esteta, lá do fundo, junto ao bar do apartamento, onde murmurava frases ininteligíveis, sintonizou quase no vento o nome *Dionísia*.

"Dyonisus", ele disse, com sua voz pastosa, e ninguém lhe prestou atenção. Ele era como uma peça mais eclética da decoração do apartamento. Porém, cambaleando e com a obstinação dos bêbados, aproximou-se do grupo, em que o silêncio constrangido só era entrecortado por frases formais. E parou, oscilando, diante de todos:

"Dyonisus", ele repetiu, erguendo um brinde com toda a solenidade e olhando fixamente para Dionísia.

Esta, talvez porque visse naquilo uma saída de emergência

ou talvez porque se julgasse na obrigação de corresponder àquele gesto — não conhecia o Esteta, podia tratar-se de alguma peça importante naquele intrincado xadrez social —, ergueu sua própria taça, como na noite da primeira festa. E juntamente com o Esteta bebeu aquele brinde, só deles dois, unidos pela marginalidade em que se encontravam naquela festa. E mais uma vez a champanha agiu como poção mágica. Pois foram mágicas, para Dionísia, as palavras que brotaram da boca do Esteta: "*Dyonisus* ou *Bacchus*. Deus da fertilidade, do vinho e dos jogos cênicos."

Carlinhos, o Esteta, era um desses artistas potenciais, de quem sempre se espera uma obra genial, quando, na verdade, esta obra é a própria vida do artista e as palavras retumbantes que a acompanham.

Com uma garrafa de Dimple na mão, cujo néctar esvaziava em seu copo, Carlinhos fez uma pausa teatral, quando todos — até mesmo o banqueiro — se concentraram na expectativa de beber suas próximas palavras.

"Uma pessoa é dionisíaca quando é irrestringível, indisciplinável, orgiástica", ele disse, apontando com a garrafa para Dionísia: "Maestro, música!".

Alguém, no fundo da sala, ligou o som.

"*Dionísias*", completou Carlinhos, embora ninguém mais lhe prestasse atenção, "eram festivais cênicos e orgiásticos em honra de Baco."

No centro do salão, Dionísia já dançava com o fotógrafo de olhos azuis.

# 5. Nasce uma mulher *ou* No estúdio do fotógrafo de olhos azuis

O fotógrafo de olhos azuis era um homem experimentado, sentimentalmente. E apesar de ele próprio não fazer alarde disso, pois não era o cafajeste que o marido de Dionísia supunha, pelos seus braços haviam passado algumas das mulheres mais lindas do Brasil, o que se explicava por sua estratégica posição profissional e um charme europeu que lhe granjeava certo prestígio em sociedade.

Além do provincianismo da sociedade brasileira — remontando à Colônia — que a faz ver em qualquer aventureiro d'além--mar um príncipe, a presença de Jean em inúmeros acontecimentos devia-se ao fato de o francês, que tinha como principal atividade fotografar mulheres para uma revista de nus semiartísticos, acompanhar também o patrão, para fotografá-lo, em suas peregrinações sociais, políticas e artísticas.

Pois embora a revista *Flash* retirasse o grosso do seu faturamento das mulheres nuas, o sr. Oscar Goldstein não se descuidava — como os gângsteres de Chicago que abriam lavanderias — de publicar como fachada um pouco de literatura nacional e

33

estrangeira; matérias sobre teatro e cinema e, ainda, entrevistas com homens públicos proeminentes, o que, além de amortecer eventuais choques com a Censura, o tornava simpático do lado do poder. E o sr. Goldstein acabara por se tornar também conhecido pela peculiaridade de, em seus trinta e oito anos de imprensa, ter apoiado todos os governos brasileiros, não sofrendo de escrúpulos quanto ao detalhe de serem democráticos ou não. Goldstein, ao se autoanalisar diariamente, sempre com satisfação, considerava tal característica sua como *pragmatismo*, arrematado por um patriótico espírito conciliador, embora mesmo o mais descategorizado contínuo de sua redação não hesitasse em apontá-lo como um carreirista desenfreado. Suposição, no entanto, que podia se dever ao ressentimento tão comum em assalariados, uma vez que para Goldstein pagar mal era quase uma questão de princípio. E homem que não tivera, em sua dura escalada do fundo ao topo, tempo de aprimorar-se culturalmente, talvez ele confundisse a *mais-valia* com algum código moral a ser seguido rigidamente.

E quando chegava a remunerar condignamente algum de seus auxiliares — caso do acadêmico Aldásio Coimbra, ghost--writer dos seus editoriais —, não se tratava de condenável liberalidade e sim porque via neste auxiliar uma viga mestra indispensável para que ele próprio, Goldstein, não escorregasse de volta ao fundo do poço, que sabia tão insalubre. E este era também o caso do fotógrafo de olhos azuis, que havia desenvolvido a habilidade de retocar tão sutilmente as fotos do patrão — reduzindo-lhe num jogo de luz e sombra as papadas e rugas — que o próprio Goldstein acreditava ser ele mesmo a aparecer nas fotografias, apenas retratado por um profissional mais competente.

Mas como explicar que Jean, um homem assim tão endurecido nos embates profissionais e sentimentais, de repente se deixasse seduzir — e sinceramente — por Dionísia, que por trás da sua beleza não conseguia ainda sufocar uma certa inclinação para a vulgaridade?

Paradoxalmente, o que despertou o interesse de Jean foi precisamente este toque daquilo que, em seu íntimo, ele chamou de uma singela antissofisticação, que tinha lá seus atrativos. As mulheres a que o fotógrafo estava acostumado, ou eram bonitas demais ou ricas demais. E embora pudessem tornar-se vulgares na cama — e Jean não era de modo algum um puritano — tinham tendência a adquirir, na vertical, um ar de Greta Garbo, no caso de se tratarem de atrizes ou modelos. E uma empertigação digna de Margaret Thatcher, quando seus maiores atributos eram o dinheiro e a posição social. E isso aborrecia o fotógrafo de olhos azuis, que no fundo era um homem simples e, como muitos europeus, amava no Brasil — e consequentemente em suas mulheres — esse potencial de continente ainda não de todo corrompido ou explorado, mesmo que tal amor implicasse, precisamente como na História pátria, o risco de corromper e esgotar o objeto amado.

Por outro lado é fato que muitos de nós — principalmente se somos artistas — não conseguimos resistir a certos impulsos de Pigmalião. E Jean, que na condição de estrangeiro se beneficiava de um certo distanciamento crítico em relação às coisas nacionais, captara desde o princípio em Dionísia este charme de subúrbio que contém um germe de sensualidade e pecado, justamente por ser inseparável também de uma dose de puritanismo. E logo pensou em transformá-la, utilizando-a como matéria-prima para todo um ensaio fotográfico que ele intuía fortemente ligado a duas temáticas essenciais: a mulher e o Brasil. Ou, em síntese: a mulher brasileira.

Já Dionísia, caso se pudessem separar os motivos no impulso que a levou ao estúdio do fotógrafo, entre eles estaria certamente uma vontade de vingar-se da covardia do marido na última festa e uma vaga intuição de que aquela aventura poderia modificar em cento e oitenta graus o rumo da sua vida.

O resto fica por conta do imponderável. Aquela misteriosa centelha, por exemplo, a que o fotógrafo se referira na casa do banqueiro e que as mulheres podiam acender ou não dentro de si. Não é nenhuma novidade que o desejo e o medo não são sentimentos contraditórios. E tão logo Dionísia, com o coração a bater, tocou a campainha do estúdio, já estava arrependida. E pensou em desistir de tudo e descer correndo as escadas daquele casarão da Glória, antes que o fotógrafo abrisse a porta. Naquele instante Dionísia percebeu que sua educação numa família de classe média de subúrbio, onde o adultério, pelo menos em tese, era inadmissível, deixara nela marcas muito mais fortes do que a princípio pudera supor.

Como se pressentisse tais escrúpulos, ou como já se encontrasse há algum tempo à espreita, o fotógrafo abriu a porta de imediato e puxou Dionísia para dentro. E quando a viu encolher-se contra a parede, com a expressão de uma garotinha prestes a explodir em soluços, o fotógrafo encontrou instintivamente a saída adequada à situação: uma atitude profissional. Segurando a câmera que já trazia dependurada ao pescoço, ele pôs-se a bater fotos de Dionísia de todos os ângulos. Fotos que só mais tarde, depois da revelação, ele percebeu haverem captado todo um percurso psicológico do medo ao choro, desde que a primeira lágrima se formara e fora escorrendo pelo rosto, ao mesmo tempo que Dionísia escorregava lentamente para o chão, até sentar-se ainda toda encolhida e com os braços envolvendo os joelhos.

E batida a última chapa do filme, terminara também um processo que Jean (um homem sensível) compreendeu mais tarde tratar-se do último e sofrido assomo de resistência numa fortaleza prestes a render-se, mas tão somente para que seu ocupante pudesse galopar e combater em campo aberto.

Mais importante ainda do que isso, Jean, como um fotógrafo que documenta uma série de jogadas que culminam em gol, captara com sua câmera tal processo.

"Não há nenhum motivo para ter medo", disse ele a Dionísia, erguendo-a pelas mãos e oferecendo-lhe um cigarro: "Você não precisa fazer nada que não quiser", acrescentou, com palavras cuidadosamente escolhidas para que ficasse bem claro que ela podia querer alguma coisa. Dionísia não fumava. E só aceitou aquele cigarro para sentir-se mais segura de si. Colocando-o, porém, desajeitadamente, bem no centro da boca, logo o cigarro molhou-se de lágrimas e saliva, fazendo Dionísia parecer mais do que nunca uma adolescente a iniciar-se num rito proibido. O que o fotógrafo, já tendo mudado rapidamente o filme e com a destreza dos profissionais, não deixou de registrar com uma das mãos, enquanto, com a outra, oferecia fogo a Dionísia. Registrar aquela garotinha que, tão logo apagou-se a chama do isqueiro, como o estourar de um flash, e após a primeira tragada da sua vida, percebeu, no meio de uma estonteante névoa de fumaça, estar diante de uma ambientação de sonho e onde, portanto, todas as realidades eram permitidas.

Do mesmo modo que os sonhos são janelas abertas para mundos infinitamente misteriosos, também as duas janelas, uma em oposição à outra, que existiam no estúdio do fotógrafo — um amplo salão sem paredes divisórias no segundo andar de uma casa no Alto da Glória — não só permitiam ao profissional interessantíssimas composições de luz como davam acesso a dois diferentes níveis de percepção da cidade do Rio de Janeiro: um deles a habitual exuberância da natureza, embora entrecortada por edifícios e favelas, e o outro uma estreita rua de pedras entre muros altos e casas muito antigas, como se, de repente, fosse possível retornar mais de cem anos no tempo e transportar-se no espaço até aquele velho continente que de vez em quando se infiltra na paisagem de alguns bairros cariocas.

E o interior daquele salão era como se fundisse ambos os níveis, pois os móveis e objetos de decoração variavam desde um sóbrio estilo colonial até o que existe de mais contemporâneo. Tal ecletismo traindo o propósito do fotógrafo de fazer suas modelos assumirem diferentes identidades em diferentes ambientações. O que se evidenciava ainda mais no grande guarda-roupa aberto — onde se dependuravam dezenas de peças do vestuário feminino das mais diversas épocas da moda — e atingia seu ápice num amplo banheiro espelhado e defendido apenas por uma cortina transparente, atrás da qual as mulheres se transformavam em silhuetas projetadas pela imaginação e luxúria mais desvairadas.

Tal ambiente, climatizado pela champanha, que logo foi aberta, era naturalmente propício a que Dionísia perdesse parte das suas inibições, sentindo-se ainda absolvida pelo fato de estar na situação de uma modelo profissional.

Diplomaticamente, o fotógrafo entrou por uma porta que ia dar na câmara escura e disse a Dionísia que escolhesse à vontade uma roupa.

Quando voltou ao salão e a viu já vestida, a olhar pensativamente pela janela a rua lá fora, percebeu estar diante de uma ótima sugestão para um início de trabalho.

"É muito bonito esse vestido vermelho", ele disse. "Mas gostaria dele para depois. Por que você não experimenta esse outro?"

E estendeu para ela um vestido comprido, de gola alta e punhos rendados, que sugeriria até um recato e castidade de início de século, não houvesse a necessidade de, antes, tirar o outro vestido. No que ele se pôs imediatamente a ajudá-la.

Primeiro foi abrindo os botões de trás, enquanto a massageava de leve e dizia que fechasse os olhos e, principalmente, relaxasse, porque isso era fundamental para um bom trabalho. E poupando a ela a angústia de decidir se resistia ou não, ele logo fez o vestido vermelho escorregar até à cintura de Dionísia. E através de um espelho na parede, teve diante de si dois seios magníficos, desses que só as mulheres que amadureceram para o amor, mas ainda não atravessaram a maternidade, podem ostentar.

Dionísia, sentindo o rubor e a quentura subirem ao seu rosto, segurava o vestido com ambas as mãos, para que ele não caísse ainda mais. Não porque não quisesse, de todo, que o fotógrafo, que dera a volta em torno dela, visse o restante de seu corpo (tanto é que ela retirara até a roupa de baixo), e sim porque tal desejo e a emoção correspondente eram inseparáveis, como o fotógrafo já percebera havia muito, de um certo pudor, do qual, aliás, tirava sua maior graciosidade.

Na verdade, em meio à taquicardia, Dionísia sentia um júbilo desconhecido e queria fazê-lo perdurar o maior tempo possível. Uma alegria ainda maior do que amar e ser amada, para uma mulher: a de mostrar seu corpo a um quase estranho, a todos os estranhos. Pois nesse momento Jean a fotografava de frente e, a partir daí, do que aquelas chapas se impregnassem, ela não mais se pertenceria.

E quando mostrou o resto do corpo, não o fez como amadora desajeitada nem com a frieza mecânica das profissionais. Foi um gesto simples, não deliberado, que acabou por apaixonar de vez o fotógrafo.

Desejando soltar os cabelos, que amarrara em casa num coque, Dionísia teve de libertar as duas mãos. E no exato instante em que suas longas madeixas caíam sobre o rosto, os ombros, as costas, também o vestido descia até os pés.

Numa sucessão de cliques, o fotógrafo captou tudo aquilo. E, desta vez, o coração a bater era o dele.

# 6. Uma revista ilustrada

"Você sabe onde está o futuro do nosso negócio?", perguntou o sr. Oscar Goldstein. O fotógrafo de olhos azuis fez que não, com a cabeça, tentando aparentar um interesse servil. Na verdade ele mal conseguia conter sua expectativa quanto à opinião de Goldstein sobre o seu ensaio fotográfico.

Goldstein não tinha a mesma pressa:

"Vou lhe dar uma pista. Sabe aonde os nossos concorrentes estão querendo chegar?"

"Mais ou menos", disse o fotógrafo, acendendo um cigarro para que em sua fisionomia não transparecesse qualquer cinismo.

O sr. Oscar Goldstein deu um soco na mesa, não totalmente para descarregar sua ira, mas porque tal gesto lhe parecia impregnado de uma certa nobreza empresarial. No fundo, ele estava até satisfeito de poder ministrar algumas lições professorais ao fotógrafo.

"Pois eu vou lhe dizer aonde os nossos concorrentes estão querendo chegar. Nas mulheres nuas de pernas abertas! Em breve os nossos concorrentes estarão mostrando mulheres nuas de pernas abertas!"

O sr. Oscar Goldstein fez uma pausa teatral e recostou-se em sua cadeira de espaldar. Sua mesa ficava sobre um estrado, de modo que ele, mesmo sendo um homem baixo, sempre se elevava alguns centímetros acima do interlocutor. Mais alto do que Goldstein só o retrato do general presidente da República, que ostentava lá de cima algo parecido com um sorriso.

"Já percebeu, então, onde está o nosso futuro?"

"Nas mulheres nuas de pernas abertas", respondeu mecanicamente o fotógrafo. Ele já percebera não apenas o futuro do negócio, como também que o seu ensaio não se ajustava àquele futuro. E mais do que um simples ensaio, aquilo era um ato de amor. O fotógrafo se preparava para defendê-lo, quando foi interrompido por um gesto de mão. E achou mais diplomático aguardar em silêncio toda aquela arenga de Goldstein, para depois, possivelmente, contra-atacar.

"Primeiro foram os seios", retomou Goldstein. "Afinal, o que é um seio? Uma coisa tão inocente que serve até para a amamentação. Isso nem os padres poderiam negar. Vai em qualquer igreja da Europa que está lá, nas pinturas, um monte de seios. Depois, foram as bundas. Pois, se analisarmos em profundidade, o que que tem de mais numa bunda? Um negócio que até os homens possuem. O mais austero general teria de concordar com isso. Desde que, evidentemente, a coisa fosse mostrada assim meio de lado, despistadamente; não passasse de certos limites. Mas um limite, você sabe, não é algo preciso, definitivo. E tudo isso era apenas o primeiro passo para o strip total. E se você tivesse analisado como eu o processo, teria percebido que esse processo não tem sido mais que empurrar os limites um pouco adiante. E a questão fundamental em nosso negócio sempre foi esta: como e até onde dar o próximo passo? Pois aqueles que foram depressa demais se foderam: com a Censura, com a Igreja, com as Forças Armadas e até com os comunistas, que são meio puritanos. E com aqueles que andaram muito devagar aconteceu algo pior do que se foder: faliram. E no fundo bastava um pouco de perspicácia: basear-se nas próprias palavras dos nossos dirigentes, a estratégia política adotada para o país: abrir, sim, mas de uma forma lenta, gradual e sem riscos. E neste ponto, meu caro Jean, nós aqui da *Flash* sempre nos colocamos na vanguarda do processo."

Oscar Goldstein estava tão satisfeito com o próprio raciocínio que agora se dava ao luxo de mostrar-se paternal. O fotógrafo — que era sujeito a acessos súbitos de honestidade — não conteve a exclamação estarrecida:

"Vanguarda? Desde quando uma mulher nua com os pentelhos retocados e enfiando goela adentro um picolé é vanguarda?"

Esta tinha sido a última capa da revista *Flash*. Aliás, da autoria do próprio Jean, que tivera de desaparecer com aqueles pentelhos depois que veio uma ordem de cima. Jean, um homem de detalhes, artisticamente, ficara particularmente puto porque aqueles cabelinhos eram um elemento essencial da foto. Ele tivera o tremendo trabalho de torcer um pano úmido sobre a modelo, para que daqueles pentelhos brotassem ínfimas gotas d'água. E depois pedira a um dos redatores que escrevesse na legenda algo sobre o "orvalho do amor", o que, somado à impressão subliminar que emanava do picolé, fornecia ao conjunto uma aura de frescor erótico que podia ser facilmente confundida com esta palavra mágica que é *Felicidade*.

Porra, e ele que fizera tudo aquilo por Goldstein, que em matéria de estética a única combinação que sabia apreciar era a de cifras financeiras. E como lhe agradecia, agora, o sr. Goldstein? Puto da vida com a interrupção do fotógrafo e esquecido de que a ordem para raspar os pentelhos viera dele próprio, o empresário vociferava:

"Sim, enquanto vocês estavam aí retocando pentelhos, o

que faziam os nossos concorrentes? Exibiam pela primeira vez no país nus frontais. Está certo que as fotos eram americanas e as mulheres mantinham as pernas fechadas, mas de qualquer modo eles nos passaram para trás. É nisso que dá a gente colaborar com o governo. Mas eles não perdem por esperar. Porque nós vamos abrir aquelas pernas, ah, se vamos!"

Goldstein se levantara da cadeira e andava de um lado para outro com seus passos miúdos e tirando terríveis baforadas do seu charuto. Pelo cérebro de Jean passou como um relâmpago a imagem de um dragão. Estava abestalhado com aquela súbita explosão contestatória do patrão:

"O útero, é isso que o brasileiro quer. Um morno, viscoso e aconchegante útero. E se é isso que eles querem, é isso que nós vamos lhes dar."

Os olhos de Goldstein cintilavam misticamente, como se num lampejo ele sintonizasse seus canais no inconsciente coletivo da sua raça e assumisse, por um segundo, a genialidade de Sigmund Freud:

"Depois de séculos de repressão sexual, o brasileiro vive agora o terceiro estágio de uma regressão infantil. Primeiro, compreensivelmente, foram os seios. Depois as bundas, a fase anal. E qualquer pessoa com um mínimo de bom senso pode prever que o próximo passo será o útero, aquela misteriosa e faiscante caverna para onde todos querem retornar. Enquanto isso você me surge aqui com paisagens do Rio de Janeiro e uma desconhecida recatada, com vergonha de tirar a roupa. Acho que você se enganou de endereço, meu filho. Por que não tenta a revista *Quatro Rodas?*"

Enquanto juntava uma a uma as suas fotos — uma espécie de via-sacra erótica no tempo e espaço cariocas, fruto de dez dias de trabalho e até mais do que isso: fruto de uma paixão proibida e avassaladora —, Jean estava não só ressentido como surpreso. Que Goldstein fizesse restrições comerciais ao seu trabalho, ele ainda compreendia, pois o patrão se tornava até inteligente quando se tratava de ganhar dinheiro. Mas todo aquele papo psicanalítico cheirava mal ao fotógrafo.

E "misteriosa e faiscante caverna", apesar de subliterário, era poético demais para um *positivista* como Goldstein, que se agora olhava embevecido da janela envidraçada para a baía de Guanabara lá embaixo, devia no mínimo arquitetar um plano de loteá-la. E mais uma vez uma imagem-relâmpago iluminou o cérebro do fotógrafo: a de Oscar Goldstein em pedaços sobre a marquise do prédio.

"Por que neste país só se pode matar impunemente mulheres?", perguntou em voz alta, sem esperar resposta. Goldstein caíra num daqueles silêncios que eram famosos no meio do seu pessoal. Significavam que o patrão não tinha mais nada a dizer ou ouvir e, portanto, a entrevista estava encerrada. Muitas vezes significavam até mais: que o interlocutor podia passar pelo caixa e acertar as suas contas.

Enquanto se dirigia para a porta, Jean contabilizava mentalmente o seu FGTS, calculando se o dinheiro seria suficiente para raptar Dionísia e levá-la para Búzios, onde viveriam para sempre.

A fantasia de Jean era inesgotável, e pelo seu cinema interior passava agora a imagem de um Gauguin, nu, com o rosto dele próprio, Jean, vendendo caipirinhas aos veranistas e, nas horas vagas, fazendo fotos não comerciais da sua amada.

Imagem em que logo penetrou uma interferência que só não foi de todo insuportável porque carregava também uma conotação de ódio e vingança. Eram ainda de Dionísia as fotos que Jean tinha em sua mente, só que em todas elas se infiltravam, como demônios disformes, repelentes Goldsteins, sem nenhum retoque nas rugas e papadas. E como em toda criação espontânea, logo um título para este novo ensaio fotográfico se materializou como num passe de mágica: A BELA E A FERA. E havia algo de maligno no sorriso do fotógrafo quando ele apertou o botão do elevador.

Pois um pouco antes — no momento mesmo em que se intrometia em suas fotos aquele intruso — Jean se lembrara de que não se encontrava contratualmente ligado a Goldstein e por isso não tinha a carteira assinada e, muito menos, qualquer conta bancária vinculada ao Fundo de Garantia do Tempo de Serviço. Pior ainda do que isso, não havia a menor hipótese de reclamar junto à Justiça do Trabalho, porque, no final de toda essa cadeia de associações, Jean tomou consciência de que, de acordo com a Lei dos Estrangeiros, trabalhava ilegalmente no país.

Mas se tal condição lhe cortava todo um futuro róseo pela frente, em Búzios, de repente dotava Jean da consciência de sua disponibilidade profissional. E por isso mesmo ele estava embriagadamente febril e predisposto ao insight que aclarou a sua mente quando, abrindo-se a porta do elevador, ele viu lá dentro ninguém menos que o acadêmico Aldásio Coimbra.

"Você é mesmo um filho da puta, hem, Aldásio?", ele cumprimentou o velho intelectual, acrescentando o tradicional tapinha nas costas.

"Que é isso, rapaz?", o Aldásio sorriu modesto: "Você é quem está com tudo, com todas essas mulheres nuas".

Mesmo acostumado aos rígidos padrões semânticos da Academia, o Aldásio era vaidoso demais para supor que Jean pudesse utilizar aquela expressão chula no sentido literal e não afetivamente, como grande parte dos brasileiros. E ficou até impressionado que um francês pudesse dominar ambiguidades tão sutis da língua portuguesa.

"Esse rapaz não só é um bom fotógrafo, como inteligente",

pensou Coimbra e sorriu durante toda a descida. Jean também sorria, não que fosse recíproca a alta consideração em que o acadêmico o tinha.

Numa deformação profissional, Jean muitas vezes dispensava as palavras, para pensar por uma sucessão associativa de fotos. E no momento mesmo em que sorria, passavam-lhe pela cabeça imagens do Aldásio de bunda de fora e brandindo o seu espadim numa sugestão autoameaçadora.

"No que depender desses caras eles abrem as pernas do nosso próprio país", acrescentou mentalmente, desta vez em palavras, como numa legenda, enquanto se despedia ainda sorrindo.

Como em sua fantasia sobre o FGTS, esquecera-se de novo o fotógrafo de que não era brasileiro.

# 7. Ghost-thinker

O *filho da puta* fora literal e Jean não se enganara em seu lampejo de clarividência. Todo aquele papo de Goldstein não passava de uma reprodução de certas ideias expostas pelo Aldásio ali naquela mesma sala, no dia anterior, a propósito de negócios, mulheres, útero, Brasil e coisas afins. Acreditava Goldstein, como empresário, que se pagava a um homem por suas ideias estas passavam a pertencer-lhe não apenas em seus editoriais, mas também nas conversações particulares. E o Aldásio, por seu turno, era malandro o suficiente para conduzir seus monólogos em forma de diálogo, de modo a parecer que o acabamento final pertencera ao patrão.

E, de fato, o impulso inicial partira de Goldstein:

"Alguma coisa nós temos de fazer para acabar com essa imoralidade", ele disse, assim que o Aldásio entrou na sala para a reunião editorial do mês. Sobre um sofá estavam expostas as revistas dos principais concorrentes de Goldstein. Em todas elas havia mulheres nuas nas mais diferentes posições.

"Não foi para isso que nós fizemos a Revolução", prosseguiu irritado Goldstein. "Para que esses ambiciosos conspurcassem a família brasileira."

Na verdade, a participação de Goldstein no Golpe de abril de 1964 limitara-se a uma ordem de retirar, da boca da impressora, uma extensa reportagem fotográfica sobre a belíssima primeira-dama do país no último governo democrático brasileiro (vestida, naturalmente) e, logo depois, no meio de toda aquela confusão institucional, descobrir, entre tantos generais, o nome certo para hipotecar o seu apoio.

"Calma, Oscar, senta aí e vamos tentar encarar a coisa pelo lado positivo. Afinal, quem conta com o melhor parque gráfico e os melhores profissionais do ramo?"

Com aquela pergunta o Aldásio queria não só valorizar a si próprio, enquanto jornalista, como jogar um pouco de confete em Goldstein, que logo mordeu a isca, embora julgasse necessário demonstrar um pouco mais de indignação:

"Somos nós, naturalmente, mas ninguém pode competir com esses inescrupulosos. A não ser que…"

"… use as armas do próprio inimigo", arrematou rapidamente o acadêmico, evitando ao patrão o constrangimento de externar por si mesmo o desejo de aderir logo à onda pornográfica que assolava o país.

Goldstein recostou-se em sua cadeira, acendeu um dos seus charutos e fixou o interlocutor, o que significava, no código não escrito ali da redação, que o outro devia continuar, porque o patrão estava interessado.

"Aliás, não só usar as armas do inimigo, como aproveitar a sua exploração do terreno", continuou o Aldásio: "Vamos nos servir deles. Eles publicaram nus frontais, não publicaram? Esses nus passaram pela Censura e foram bem recebidos pelo público, não foram? Pelo menos as pesquisas mostram que eles obtiveram uma fatia maior do mercado, não é verdade? Portanto isso indica uma tendência. E contra uma tendência do mercado não se pode lutar, ainda que isso nos custe algumas renúncias morais. Aliás, se quisermos não somente sobreviver, mas crescer, não basta seguir essa nova trilha, e sim tomar a frente de todos na caminhada. E se eles publicaram nus frontais de pernas fechadas, qual será o próximo passo a dar?"

"Mulheres nuas de pernas abertas?", concluiu Goldstein, em forma interrogativa apenas para que, se algum dia o acusassem de qualquer coisa, ele pudesse transferir a responsabilidade para o Aldásio. Por outro lado, se a ideia desse certo, podia reivindicar, no mínimo, a coautoria dela.

Íntimo conhecedor do patrão, o Aldásio entrou com tudo naquela brecha. Chegou a pular da cadeira:

"Ótima ideia! O útero! Genial! É isso aí, o que o brasileiro quer. Um morno, viscoso e aconchegante útero. Aquela misteriosa e faiscante caverna para onde todos querem retornar. E se isso corresponde a uma fase, a uma regressão infantil do povo, nós temos de atendê-lo, ainda que precisemos abrir as pernas. Das mulheres, quero dizer. Nem que seja para exorcizar as fantasias mais ocultas, para que, no fim de tudo, da lama, como uma flor do pântano, brote a moralidade."

Aldásio Coimbra era um sujeito que se deixava levar facilmente pela sedução das palavras e, de vez em quando, era preciso trazê-lo um pouco à realidade, como fez Goldstein:

"E o curador de menores? O curador anda chiando e apelou a todos, pessoalmente, para que assumissem as suas responsabilidades neste momento histórico de liberalização. Para que essa onda abusiva de pornografia não deteriore o processo."

"De que adianta a liberalização se não for para aproveitá-la? E depois a cara desse curador, aquele topetinho dele não me engana, é um doente sexual. E se não for um masturbador solitário, desses que guardam pecinhas íntimas femininas em seu armário, é coisa pior. Um desses sátiros que oferecem balas às garotinhas da vizinhança só para sentá-las no colo." "Mesmo que seja verdade, não há provas, meu caro", retrucou Goldstein, olhando maliciosamente para Aldásio. "E quando uma autoridade civil fala assim com tanta convicção, tem no mínimo alguns coronéis por trás."

Já completamente seguro do rumo que o patrão queria que as coisas tomassem, talvez o acadêmico tenha exagerado um pouco em suas objeções ao curador. E Goldstein, ao falar em falta de provas, referia-se também ao Aldásio, numa alfinetada nascida da mera crueldade. Pois o empresário não pôde deixar de lembrar-se de certas histórias sobre o acadêmico, dando conta dele em atitudes dúbias com ginasianas que o procuravam por causa de trabalhos escolares.

Goldstein, porém, resolveu arquivar este pensamento num canto poeirento do cérebro, onde poderia repescá-lo, algum dia, quando tivesse utilidade. Por enquanto, preferia pensar no velho intelectual como um romântico em busca de uma inocente beleza juvenil. E a um artista tudo deveria ser permitido. Na verdade, era por isso que Goldstein lhe pagava tão bem, dentro dos seus severos padrões. Para que o romantismo do acadêmico, unido ao espírito prático do próprio Goldstein, atuasse como os dois hemisférios de um mesmo cérebro. E foi o hemisfério mais prático que falou pela boca de Goldstein:

"Precisamos nos resguardar, meu caro. Talvez publicando alguma coisa bem substancial, adequada a este momento de pacificação política. Algo que neutralize o possível choque das mulheres nuas de pernas abertas."

Era a primeira vez que o patrão admitia abertamente a ideia de radicalizar nas fotos eróticas. E o acadêmico não perdeu tempo, tentando neutralizar, por seu lado, a mancada de ter tocado naquele tema tão perigoso das ninfetas:

"Para isso existem os seus editoriais, Oscar. Já tenho até algumas ideias. A própria pátria como um gigantesco regaço materno, um útero, que a todos os seus filhos pode acolher, inclusive os filhos adotivos que aqui vieram aportar desde Pedro Álvares Cabral. Em matéria de pacificação, vai pegar bem pra cacete."

Goldstein viera para o Brasil muito criança ainda, oriundo de um desses pequenos países que hoje em dia formam territórios mal explicados no mapa da União Soviética, e olhou com gratidão para o Aldásio, que desta vez sentiu que podia deslanchar:

"Sim, um editorial e, quem sabe, até o Delfim. Uma entrevista com o próprio Delfim. O que você acha do Delfim?"

"Um homem inteligentíssimo. Mas certos setores, você sabe..."

"Não, não se trata disso. O que interessa é que o Delfim é uma figura tão poderosa que vale por dez mulheres nuas. Num álbum de figurinhas seria trocado por dez mulheres nuas. Nem o curador vai ter peito de chiar contra uma revista que traz o Delfim. Podemos pô-lo até na capa."

"Será que não é meio desrespeitoso com o ministro? Pois na capa, infelizmente; tem de ter também mulher nua. Se não, não vende nem mil exemplares."

"Tem razão", concordou o Aldásio, embora jamais tivesse pensado na foto de Delfim na capa e sim, apenas, uma chamada para a matéria. E foi exatamente isso que ele disse, como se estivesse só concordando com Goldstein: "Está bem, a gente põe uma chamada na capa, de tamanho suficiente para desencorajar o curador e lá dentro, sim, uma foto do ministro, várias fotos. Você sabe o que é mais importante no Delfim? É que ele é gordo. De uma gordura quase obscena num país tão miserável. E se por um lado isso pode chocar os mais sensíveis, não deixa de ser um sinal de sucesso ostentar uma barriga daquelas num momento tão crítico. É algo quase erótico pelos desejos que pode provocar. Você sabia que na Índia a gordura é sinal de status?".

Coimbra ouvira falar vagamente naquele negócio de Índia, mas não viu nenhum mal em passar a informação adiante a Goldstein, que também era gordo. Naquele momento o Aldásio sentia-se com a sabedoria diplomática de uma eminência parda: "E o Delfim, como todo gordo, é por índole alegre e otimista. E se a inflação é um fenômeno de origem também psicológica, o otimismo só pode ajudar a combatê-la. Sim, estou desconfiado que o Delfim não mente em suas projeções. Dizer que a inflação vai diminuir já é dar um passo para reduzi-la."

"Está bem", interrompeu Goldstein, "eu já estou convencido. Agora só falta convencer o ministro a dar a entrevista."

"Quem, o Delfim? É claro que ele vai aceitar. Porque nós podemos preparar para ele o questionário dos seus sonhos. Pra ele deitar e rolar."

O botão que Goldstein apertou no interfone cortou como um gongo o papo que o Aldásio ainda pretendia prolongar. Mas o pedido que ele fez à secretária era sinal de que o acadêmico marcara pontos mais uma vez:

"Ponha-me na linha o Mattos Aguiar."

Mattos Aguiar era o jovem editor político da revista *Flash*. Enquanto o aguardava no interfone, Oscar Goldstein perguntou sorridente a Aldásio Coimbra:

"Como é mesmo aquele negócio de caverna misteriosa?"

# 8. Amazona

O ensaio fotográfico de Jean, o fotógrafo de olhos azuis, foi publicado. Tratava-se, de fato, de uma via-sacra erótica no tempo e espaço cariocas, a começar com Dionísia saindo com seu vestido de rendas de um casarão, em Botafogo, para subir, auxiliada por um cocheiro engalanado, dentro de um tílburi. Foi tomada de empréstimo para a foto a bela Casa de Rui Barbosa, cujo nome inscrito à porta teve-se o cuidado de manter, como ilustração de época ou até mais: como se a insinuar que algo teria existido — platonicamente, por certo, ou mesmo uma relação de negócios — entre a misteriosa dama e o grande jurista.

Depois, o que vemos é o mesmo tílburi, dentro do qual, semioculta por um leque, Dionísia observa a paisagem com olhos tristes, como se a significar algo assim como uma paixão sublimada ou uma saudade machadiana, que era proposta na legenda como *a nostalgia de um tempo futuro*. Ao fundo a enseada de Botafogo com o eterno Pão de Açúcar, que Jean, utilizando-se de gravuras antigas, montou com absoluta fidelidade à época. E eis que já avançamos no tempo, à medida que penetramos fotograficamente no bairro do Catete, nas cercanias da Glória, que para um observador mais imaginativo contêm um leve toque de Montmartre. Aí o fotógrafo selecionou um café, junto a um antigo casarão, onde pôs gente e a vestiu, os homens com chapéus traquinas e bigodes, e as mulheres, como *francesas de vida fácil* de um outro tempo. Todos de repente estáticos, a observar fascinados aquela negra carruagem, onde dois olhos pudicos certamente espreitam atrás de uma cortina que foi cerrada, mas não de todo, insinuando uma ponta de curiosidade ou quiçá... desejo.

Então, na próxima foto, a casa da *secreta dama*: a mesma casa do fotógrafo numa estreita rua de pedras entre muros altos e velhas edificações, onde se retorna cem anos no tempo deste Rio de Janeiro. Dionísia foi fixada no momento em que, erguendo levemente a barra do vestido para subir os degraus do pátio, deixou entrever um pouco da sua intimidade: lindos tornozelos brancos e o principiozinho das pernas.

E pela primeira vez se denuncia a figura do próprio artista, visto de costas em primeiro plano, na pessoa de um pintor tipo Toulouse-Lautrec que Jean acrescentou ao cenário (Carlinhos, o Esteta, posou para a foto) e que documenta em tintas aquela cena, a sugerir que mulher tão bela — e tão linda paisagem, transfigurada em cores oníricas — são, antes que uma realidade, visões do artista.

De modo que preparado o leitor da revista por esta introdução, saberá ele que a mesma mulher, vista depois à janela seduzindo a ambos, leitor e artista, o início dos seios à mostra num decote ousado, participa de um universo pictórico onde todas as metamorfoses são possíveis.

E é assim que penetramos no salão da casa e surpreendemos aquela dama a dedilhar o piano, sobre o qual se veem peças de porcelana, um busto de Chopin e uma ampulheta. Está a mulher tão absorvida e enlevada pela melodia (cujos acordes quase julgamos ouvir) que deixou cair graciosamente a parte superior do vestido, e ali estão eles: dois branquíssimos seios intumescidos por uma paixão longínqua, talvez dirigida ao próprio compositor polonês.

Surpreendida, a dama ergue-se tão abruptamente que o vestido desce até seus pés, de maneira que a vemos pela primeira vez esplendorosamente nua, como se pintada por um Manet ou um Modigliani.

O recurso que Jean encontrou a seguir, para a passagem, o corte radical, deste tempo antigo a um outro, foi algo digno de gênio ou, pelo menos, de um certo descortino: o vestido que Dionísia tinha a seus pés, enquanto na próxima foto, ainda nua, soltava seus cabelos num gesto oscilante entre o pudor e a sedução deliberada, não era mais o vestido antigo, decotado, e sim o vestido vermelho de fins dos anos 50, a sugerir a entrada numa nova era de libertação da mulher. Vestido que logo depois vemos erguido até a cintura por Dionísia, enquanto seus cabelos se prenderam num coque, numa inversão de fotogramas, como se um projetor cinematográfico rodasse para trás. Ou como se Dionísia, neste limiar, hesitasse. Porém a própria figura do artista — não mais o pintor e sim o fotógrafo, entrevisto através do espelho —, a retratá-la simultaneamente de costas e de frente, marcava em definitivo a entrada nesta nova era.

E Dionísia, com os cabelos já soltos e liberta daquela roupa, foi fotografada novamente à janela, mas a do lado oposto. E a paisagem que se descortinava à sua frente, agora, era a do Rio de Janeiro atual, com seus imensos edifícios e o mar ao longe. Dionísia foi fotografada de costas, a virar-se repentinamente, como se violada outra vez em sua intimidade, no momento em que acabara de vestir uma calcinha. E numa insinuação de que terá corrido para proteger-se, ela é vista na próxima foto com uma blusa semiabotoada — a mesma blusa com a qual, sobre os jeans, viera à casa do fotógrafo. E essa blusa de mangas compridas, quase masculina, contrastando com a calcinha diminuta e imaculadamente branca, fornecia ao conjunto uma atmosfera de sensualidade dos anos 60, juvenil, inocente e quase andrógina.

Algo assim como uma virgindade à beira de renunciar, o que se reforçava pela justaposição das fotos tiradas à soleira da porta, quando Dionísia se encolhera toda, aceitara seu primeiro cigarro e, por fim, bebera uma taça de champanha cujo reflexo líquido, como o da lágrima captada pelo fotógrafo, funcionava como indício subliminar do bidê e do banheiro espelhado. O indício, enfim, da última e mais profunda metamorfose.

Inútil, aqui, a descrição em todos os detalhes de um processo antes plástico que verbal. Mas o certo é que Dionísia, como se verdadeiramente drogada pela champanha, submeteu-se e colaborou com toda uma série de fotos suas nos mais diferentes trajes ou parte deles — e nas mais diversas situações, correspondendo à trajetória vertiginosa da mulher brasileira no início dos anos 70. A culminar com a tão ansiada foto do bidê, que se desagradou a Oscar Goldstein foi precisamente por não ser mais explícita.

Quando Jean pediu à Dionísia que fossem juntos ao banheiro, ela aceitou com a naturalidade da sua já assumida condição de modelo. E ali, entre vasos de flores amarelas e num emaranhado de samambaias que desciam do teto, ela sentou-se ao bidê, mas protegida de algum modo por um irreal vestido azul erguido apenas em parte, enquanto a calcinha branca se enroscava em suas pernas, exatamente como o fotógrafo a surpreendera na casa do banqueiro. E mais uma vez Dionísia ergueu um brinde a si própria, fragmentando-se em dezenas nos espelhos.

E se a expressão do seu rosto oscilava entre a timidez e a audácia, ali também estava contido — e fora de dúvida — o Prazer. Um êxtase sutilmente sugerido e que tanto podia provir da champanha quanto da matéria-prima de toda a vida, que escorrendo ali escondida, nas profundezas do não revelado, unia mais uma vez esses dois grandes amantes: a água e a mulher.

E mesmo o homem experimentado que era Jean de repente se viu a descobrir no próprio corpo um potencial que nunca julgara ter. Fotografando sua modelo a cavalgar aquela fonte — e sem que a tocasse ou a si mesmo —, Jean foi se aproximando de um clímax extático e silencioso, como numa *carezza* contemplativa. E batida a última chapa, deixou que a câmera pendesse inerte da alça em seu pescoço, enquanto ele, Jean, em convulsões, escorregava lentamente para o chão.

Ao ver o fotógrafo entregue e apaziguado, Dionísia percebeu que o trabalho terminara. Depositou a taça no chão, levantou-se, sorriu para aquele homem literalmente a seus pés e, em vez de compor-se, fez o contrário: chutou para longe a calcinha e, completamente segura de si, arrancou pela cabeça o vestido. E ofereceu-se nua ao fotógrafo, desta vez não ao profissional, mas ao homem. Se antes os seus sentimentos em relação a Jean eram algo confusos, o êxtase embevecido dele a conquistara inteiramente.

Naquela tarde, Dionísia percorrera toda uma gama de sentimentos e transformações, como se não houvessem decorrido apenas algumas horas e sim vários anos. Da confusa timidez inicial, ela não passara imediatamente à descoberta do desejo adúltero, mas ao deslumbramento com o próprio corpo que, para desabrochar, necessitava de uma testemunha que lhe servisse de espelho. E o interesse evidente que o profissional mostrou em seu trabalho, a compô-la e decompô-la de todas as formas — ao mesmo tempo que não se aproveitava, como homem, da situação —, acabou por dar a Dionísia completa confiança em si. Embora, na verdade, de tanto trocar e destrocar de roupa, não tivesse se apercebido da intenção real do fotógrafo em retirar dali todo um percurso da mulher carioca no tempo e no espaço. Ainda mais que, não correspondendo a ordem das fotos à cronologia da montagem final, as externas só foram tiradas dias mais tarde. No entanto — de uma forma quase subliminar —, este mesmo processo foi vivido emocionalmente. Nua pela primeira vez diante de um quase estranho, Dionísia, entre as frestas do medo, ainda pôde gozar da liberdade do corpo — o ventinho que o lambia — e da embriaguez de violentar-se. Depois, quando enfiou aquele traje antigo, passou a descobrir as múltiplas possibilidades de que podia se revestir uma mulher. E quando sentou-se ao piano, a melodia que vinha do toca-discos quase lhe parecia brotar de suas mãos. E, por fim, quando lhe pediu o fotógrafo que se comportasse, à janela, como uma adolescente surpreendida por um voyeur e sua câmera, sentiu-se como se arremessada à vanguarda do seu próprio tempo e, simultaneamente, a uma tímida virgindade de muitos anos atrás, numa regressão inevitável no processo de crescimento. E percebeu-se úmida e excitada pela primeira vez. E tão logo batida aquela foto, à janela, afagou instintivamente o próprio sexo, que sentia explodir. Aproveitando-se disso, Jean pôs-se a explorar todo aquele potencial de sensualidade por tanto tempo contido, o que no fundo é o verdadeiro erotismo, pois tende a cultivar o desejo em quem o aprecia, enquanto que a pornografia, ao contrário, acaba por afogar este desejo na vulgaridade e no tédio.

E quando Dionísia deixou-se lamber pelo esguicho do bidê, foi como se aliviasse uma brasa ardendo em seu corpo. Enquanto o fotógrafo, por sua vez, foi inconscientemente atingido por aquele regato subterrâneo, como um sinal de que também ele devia entregar-se. E o desejo nele represado, ali, por tanto tempo, soltou-se de um modo fulminante.

Sentia agora Dionísia que o comando era seu. Debruçando-

-se nua sobre o fotógrafo, beijou-o na testa e nos lábios, enquanto dedos ágeis o despojavam de sua câmera, como se ela arrancasse do macho o cetro. E pôs-se a desabotoar a camisa dele, afrouxou o cinto da sua calça, que foi puxada pelas pernas. Rindo alto do fotógrafo, todo molhado como um garoto, Dionísia deu um salto, afastou a cortina transparente, entrou no boxe cavado no chão e abriu o chuveiro.

Sendo ensaboado por Dionísia, Jean foi pouco a pouco sentindo excitar-se outra vez. Ria junto com ela, ensaboava-a e depois, abaixando-se, a beijou dos seios até os pés. E, finalmente, deixou-se cair mais uma vez, trazendo-a por cima de si.

Sentada sobre o fotógrafo, a água escorrendo por seus cabelos, Dionísia inundava-se também em seu sexo de um prazer integralmente consentido e que nunca experimentara. Um sentir que pela primeira vez não a dividia entre o corpo e a alma, e por isso ela teve certeza de que ia gozar e muito, conduzindo o homem conforme os seus caprichos.

Jean estava encantado com a súbita transformação de sua discípula, e entregava-se inteiramente àquele jogo. Absolutamente imóvel — e relaxado pela água morna —, ele fazia força para não fechar os olhos. Pois não queria perder nem um segundo daquela visão; os olhos entreabertos de Dionísia, fixando simultaneamente alguma força dentro de si própria e também ele, Jean, reduzido a um objeto de carne, que ela devorava. E os dentes dela, ligeiramente à mostra, a posição de seus lábios, eram ao mesmo tempo um ricto crispado e um sorriso cínico, que Jean, como se estivesse em frente ao espelho, percebeu que era o seu próprio riso, como se ela, aos poucos, roubasse dele, do macho, tudo o que lhe pertencia: a alma, o corpo, o rosto e aquela seiva que, progressivamente, ele sentiu que ia abandoná-lo. E enfiou-se mais fundo dentro dela, num sinal que ela captou imediatamente, trazendo-o ainda mais para dentro, abrindo totalmente as pernas e cavalgando-o como uma contorcionista, de um modo que ele — que julgara ter vivido *tudo* com uma mulher — acreditou ser um sonho impossível.

E antes que ele e ela perdessem integralmente o controle, Jean viu-se a fazer um gesto que, depois de tantas surpresas naquela tarde, lhe revelou ainda uma face profunda de si mesmo, um sexto sentido que ele não pensava tão encravado em sua personalidade. E muitas vezes iria perguntar-se, mais adiante, se fora movido por um espírito profissional ou pelo desejo de guardar para sempre o momento mais perfeito da sua vida. Ou, talvez, uma união inseparável de ambas as coisas.

O certo é que, quando Dionísia entrara no boxe para abrir o chuveiro, ele quase instintivamente trocara o filme da máquina, preparando-se para qualquer eventualidade. E agora, prestes a desfalecer sob o corpo dela, conseguiu ainda libertar uma das mãos e passá-la através da cortina, pegando a câmera sobre o ladrilho do banheiro. E o mais firme que pôde, bateu duas ou três fotos de Dionísia, antes de largar a máquina, para então gozar e gozar, totalmente entregue.

Quando Dionísia foi embora, à noitinha, Jean era como um amante que ainda quisesse comprazer-se com os vestígios da sua amada, como alguma peça de roupa esquecida, cheiros, ou pequenas marcas deixadas em seu corpo. E viu que o melhor para satisfazer-se era revelar imediatamente as fotografias. E logo percebeu que elas confirmavam as suas expectativas ou mesmo o surpreendiam agradavelmente, como as fotos à soleira da porta, quando o trabalho, por assim dizer, ainda não se iniciara.

Restavam, no entanto, aquelas chapas tiradas apressadamente, quase por instinto, dentro do boxe, e sobre as quais ele não podia ter qualquer certeza. E foi com as mãos trêmulas que viu sair de dentro d'água a primeira delas, ainda líquida e imprecisa.

À medida, porém, que o papel secava, aquela mulher ia adquirindo um contorno vivo e definido, como se nascesse ali diante de Jean. Com o coração disparado, ele viu formar-se progressivamente diante dos seus olhos, emaranhada e penetrada em todos os poros pela água em cachoeira, uma mulher no instante exato em que gozava sobre um homem.

Ele era o homem. Mas como se prescindível — ou como o verdadeiro artista — não se fazia presente: era apenas pressentido na expressão do rosto e dos olhos, a *centelha*, daquela mulher, fotografada do umbigo para cima, como se desnecessário explicitá-la além do que ali estava explícito: nos lábios semicerrados deixando entrever a pontinha dos dentes; nos olhos revirados para dentro e ao mesmo tempo fixos no homem e refletindo-o; na contração dos músculos do rosto levemente jogado para trás. Uma expressão no entanto indizível, e qualquer palavra como ricto ou esgar se faria inútil diante de tal imagem.

Esta imagem que, coroando o ensaio fotográfico e amoroso de Jean — e sob a qual se inscreveu apenas a palavra AMAZONA —, estava pregada, no mês seguinte, em todos os milhares de bancas do país como capa da revista *Flagrante*, de propriedade de Emílio Farah, o principal concorrente de Oscar Goldstein.

# 9. A crise do marido

Também como uma página de revista colorida, a baía de
Guanabara se estendia diante de Francisco Moreira, o marido de
Dionísia. Com a pasta sobre os joelhos e a poltrona reclinada,
ora ele fechava os olhos, para investigar dentro de si mesmo, ora
os abria, para ver a paisagem. O dia era lindo e azul.
Em alguns momentos o Moreira quase invejava a liberdade dos que passavam lá embaixo, nos barcos e navios, ou dos
que cruzavam os ares, em aviões, rumo a países distantes. Mas
logo se consolava pensando que também o mundo dos negócios
era uma aventura repleta de riscos, tendo como prêmio final o
dinheiro e o poder. Moreira fechou os olhos e em sua mente
desenhou-se uma fantasia, no centro da qual ele se encontrava
numa dessas salas de estado-maior, de filmes americanos, movi-
mentando num grande mapa miniaturas de navios e aviões.
Rodando a uma velocidade silenciosa pela ponte Rio-Niterói, também o frescão se assemelhava a um avião a jato. Moreira
preferia o ônibus ao carro, porque, além de economizar gasolina, os trajetos de ida e volta eram uma pausa para meditação.

Gostava de traçar uma estratégia para os problemas do dia, ou então elaborar mentalmente um relatório sobre o seu desempenho recente, para uma autoavaliação.

O trajeto agora era o de ida e, a menos que surgissem imprevistos, a linha de ação para as tarefas do dia já estava engatilhada na mente de Francisco Moreira. Imprevistos porém eram previsíveis numa carreira ascendente dentro de um banco do porte do Continental. E a autoavaliação de Francisco Moreira concluía que ele sempre lidara satisfatoriamente com esses percalços funcionais.

A vaga inquietação que oprimia o Moreira tinha outra razão de ser. É que, paradoxalmente, as coisas iam bem demais. No banco, ele já chegara à assessoria de um dos diretores, ainda que à custa de um certo servilismo e de encarregar-se de um dos serviços mais desgastantes. Dirigia as operações do open market ao telefone, o que significava emaranhar-se numa espécie de linha cruzada permanente. Moreira, entretanto, tinha orgulho não só da sua elasticidade mental como do fato de operar diretamente com a compra e venda de dinheiro, o verdadeiro combustível daquele presépio mecânico — de ônibus, navios, aviões — que povoava diariamente o panorama visto da ponte Rio-Niterói.

Também em casa as coisas iam relativamente bem. Dionísia, embora não se mostrasse ardente — ou mesmo parecesse evitá-lo, na cama —, estava apaziguada como nunca, o que era interpretado pelo Moreira como fruto dos recentes sucessos sociais da mulher, do que ele se considerava um beneficiário indireto. E dir-se-ia que ela se encontrava até feliz. Como *felicidade* era o que também ele, Moreira, estava à beira de sentir, verificando que o barco navegava de vento em popa e no rumo traçado.

O problema é que obscuros mecanismos psíquicos dentro de Francisco Moreira o advertiam de que, se estava feliz, alguma armadilha da vida se preparava contra ele. E se o tratamento terapêutico que ele interrompera, há anos, chegara ao ponto de dar-lhe consciência de que aquilo se devia a um neurótico sentimento de culpa, não extirpara os seus incômodos sintomas nem a desconfiança do Moreira de que, na verdade, a relação entre prazer e castigo era uma profunda lei da natureza. E a alegria que ameaçara inundá-lo, dentro do frescão, pareceu-lhe de repente uma bolha inchando perigosamente além dos limites, e prestes a estourar.

E como num efeito que precedesse sua causa, o Moreira já tinha o peito oprimido por um início de taquicardia quando o ônibus escancarou a porta no terminal do centro da cidade. Moreira pôs os pés na calçada, vigiou inquieto os mendigos e pivetes que pululavam ao redor do terminal e tentou iniciar uma caminhada resoluta para o edifício-sede do banco.

Após avançar algumas dezenas de metros, ultrapassando uma banca de jornais, ele teve a vaga sensação de estar sendo observado por olhos familiares. Parou, olhou ao redor e não viu ninguém conhecido. Uma gota de suor pingou no seu terno e a taquicardia aumentou.

Na esperança de que no ambiente familiar do banco, a sala refrigerada, o mal-estar se dissipasse, Moreira apressou o passo. Para chegar ao edifício onde trabalhava, era só andar até à esquina e atravessar a rua.

Diante da luz amarela, no sinal de pedestres, resolveu esperar pacientemente. No estado emocional em que se encontrava, teve medo de não achar a coordenação necessária para correr até o outro lado da rua antes que os carros avançassem.

Mantendo prudentemente os dois pés sobre a calçada, quase encostado numa banca de jornais, o Moreira olhava agora fixamente, numa atitude deliberada, para o sinal vermelho. Tinha certeza de que algum rosto conhecido estava muito próximo de si. Não resistindo, por fim, ao pressentimento, virou a cabeça e viu...

\* \* \*

Nos segundos que antecederam o seu desmaio, pensamentos e emoções se atropelaram na mente de Francisco Moreira mais ou menos desta forma: primeiro, ele constatou que na capa da revista *Flagrante*, junto ao seu nariz, havia uma belíssima mulher nua, fotografada da cintura para cima. Um princípio de excitação sexual se fez sentir, logo debelado pela sensação culposa de que seria quase incestuoso o desejo por uma figura tão íntima que ele, no entanto, como se tivesse uma venda na memória, levou mais um segundo para identificar. E, quando o fez, foi no meio não mais de uma simples taquicardia e sim do bater desatinado do coração. As razões do corpo precedendo, como habitualmente, a percepção clara da situação e seus desdobramentos.

Aquela era a sua mulher, não havia dúvida. E o fato de ela encontrar-se nua na capa de uma revista era um acontecimento-limite também na vida dele, Moreira, que entretanto ainda não sabia se tal acontecimento viera para melhor ou para pior. Pois as primeiras imagens que passaram por sua cabeça foram as do dr. Ribeiro, no banco, todo invejoso e concupiscente, cumprimentando-o pela beleza da mulher. E o Moreira sentiu uma ponta de orgulho.

Pois aquela que ali estava, os seios empinados, a cabeça jogada para trás no meio da água cristalina, pertencia a ele, Moreira. E embora o parceiro não estivesse à vista, a expressão do rosto dela não deixava dúvidas de que, cavalgando um homem, se encontrava no limiar do mais satisfatório gozo sexual.

Irracionalmente, Francisco Moreira se viu na pontinha dos pés, como se a buscar em algum fundo falso da capa da revista, sob aquele frêmito magnífico de fêmea, ninguém menos que ele próprio, o marido, a provocar tão desvairada satisfação.

Naquela busca de si mesmo, o olhar do bancário descreveu um percurso descendente na vertical. Cada vez mais e mais baixo, até que teve diante dos olhos o meio-fio e a sarjeta, onde um bilhete roto de loteria boiava na água estagnada, refletindo, finalmente, o rosto dele, Francisco Moreira. Sim, foi apenas ali que ele se viu: na água suja da sarjeta.

O bancário levantou novamente os olhos e observou, desta vez com frieza, a mulher. Não conseguia lembrar-se de quando ou onde um fotógrafo indiscreto — ainda que pertencente à OBA — poderia tê-los surpreendido em tal posição. E como os gênios capazes das mais complexas operações mentais, como a elaboração de uma teoria da relatividade ou as transações do open market, mas que tropeçam nos raciocínios mais triviais, só então compreendeu o seguinte: o homem a arrancar tão lancinante prazer em Dionísia não era ele, Moreira, e sim um usurpador.

E o que Francisco Moreira teve diante de si, como visão, enquanto desabava no solo, foram *olhos*; profundos olhos de um azul mediterrânico. Talvez pelo fato de ter adivinhado, afinal, naquele vazio sob o corpo de Dionísia, o fotógrafo francês. Ou talvez porque, no rodamoinho daquela vertigem, seus próprios olhos tenham se revirado para dentro, revelando-lhe, então, o vasto azul daquele oceano em que um homem mergulha quando, não suportando a dor da realidade, foge da consciência.

# 10. Posições

Vista de baixo para cima, a cidade não tem sentido. Ao abrir os olhos, sob os raios solares, os edifícios pareceram a Francisco Moreira, da posição onde estava, espectros de granito num pesadelo fosforescente. E as pessoas formando uma rodinha, à sua volta, se assemelhavam a figurantes de um filme expressionista. Eram surpreendentemente alongadas e majestosas, fazendo com que ele, Moreira, lá de baixo, se sentisse um verme. Um ser viscoso que alguns examinavam com simpatia, enquanto outros, em seus olhares, traíam uma certa volúpia de que ele batesse mesmo as botas, de preferência estrebuchando. E o Moreira chegou a entrever, surgindo do orifício lateral de uma bolsa feminina, a ponta de uma vela, com certeza destinada a ele próprio. Moreira baixou os olhos, e foi pior: ao estender-se horizontalmente o seu campo de visão, ele enxergou as pontas de seus sapatos, de bico para cima. E teve o sobressalto de um cataléptico que acordasse dentro do caixão em seu próprio velório. E por isso buscasse aflitamente uma identidade, já que o passado recente era um branco total. E o Moreira não se surpreenderia se a memória, ao retornar, lhe revelasse ser ele um mendigo purulento atirado na calçada. Não se espantaria, inclusive, se ao virar a cabeça desse com um chapéu onde as pessoas atirassem moedas.

O passado acabou por retornar a Francisco Moreira através de uma associação de detalhes objetivos: primeiro, ele se viu preocupado que seus sapatos tivessem sujado com a lama da sarjeta; depois, acompanhando nas alturas o voo de uma formação de pombos, deu com as janelas dos últimos andares do edifício do banco, onde se localizava a sua sala. E pensou que não ficava bem a um homem da sua posição ir trabalhar com os sapatos naquele estado.

Foi porém a palavra *posição* que desencadeou mais nitidamente este processo da memória. Francisco Moreira lembrou-se da capa da revista e do desmaio e entendeu claramente que esta *posição*, nos sentidos literal e figurado, não tinha mais qualquer estabilidade.

Pois a esta altura seus perplexos subordinados estariam captando, ao telefone, inúmeras solicitações de tomada de empréstimo de dinheiro, como forças convergindo de vários pontos em busca de um centro catalisador que as ordenasse. A economia do país era um cavalo louco partindo simultaneamente em vários rumos e, este centro catalisador, Moreira gostava de fantasiar que era ele próprio.

Quem preencheria este vácuo? Talvez algum espertinho já estivesse se arvorando em *eficiente*, de olho no seu cargo. E este foi um pensamento que fez o Moreira tentar levantar-se. Aos piedosos olhares de escárnio dos colegas — e ele visualizou o dr. Ribeiro — poderia opor a máscara do marido moderno, condescendente com os voos da mulher. Pois a humilhação de um homem só existia na medida em que este homem se mostrasse humilhado. E quem sabe aquela súbita notoriedade da mulher não o valorizaria diante dos escalões superiores? Afinal, se não havia provas de que sob o corpo dela, no fundo invisível da foto, estaria o do marido, também não havia provas de que ali ele não estivesse.

Tal fio de pensamentos acabou por levar o Moreira a uma bifurcação mental. E os dois caminhos que se ofereceram a ele terminavam em becos sem saída. Primeiro, ele entendeu que, se os seus sapatos estavam sujos, muito pior devia se encontrar a parte de trás do terno, em contato com os detritos da calçada. Enquanto na sua nuca ele sentia uma nódoa de sangue grudando os cabelos. E como ostentar uma altivez indiferente se a sua aparência machucada indicava o contrário? E ele teve certeza de que todos os colegas estabeleceriam uma relação de causa e efeito entre a nudez triunfante de Dionísia e a precariedade do seu estado.

Já a outra estrada levava a uma gruta com uma porta de pedra, onde o dr. Oswaldo em pessoa, na forma de um gigante musculoso, guardava de braços cruzados o acesso ao tesouro. Pois Francisco Moreira sabia muito bem que para o banqueiro — cuja carreira e estabilidade conjugal nada mais eram que fruto deste código — tanto a imoralidade quanto o crime só existiam na medida em que deixassem uma evidência concreta. E a nudez pública e extasiada de Dionísia — com ou sem o marido por baixo — era como um escárnio deste código a que o banco devia sua solidez e respeitabilidade, sem as quais todo o arcabouço erguido pelo dr. Oswaldo se derreteria.

E foi isso mesmo que aconteceu, pelo menos aos olhos de Francisco Moreira. Com os raios de sol incidindo de um modo insuportável sobre seu rosto, o edifício do banco, juntamente com os outros prédios da cidade, derreteu-se como um sorvete diante dele. E ele deitou novamente a cabeça, como se o cimento da calçada fosse um travesseiro macio numa dessas manhãs em que a gente acorda e descobre, com alívio, que é domingo.

Surpreendentemente, ele sentia-se não só calmo como lúcido a respeito de sua calma. Como se a verdade que buscara certa vez numa terapia de grupo de repente se revelasse a ele de graça: esta queda tinha sido o que toda a vida ele inconscientemente procurara. O seu desejo de afastar-se do muxibento bife da sua infância nada mais era do que uma tentativa de encobrir o desejo ainda maior de retornar àquele bife, como quem retorna a uma carne ancestral e sagrada.

Quando Moreira abriu outra vez os olhos, não sabendo se se desligara por um segundo ou uma eternidade, alguém erguera sua cabeça e lhe dava de beber numa caneca. Sentiu na boca o gosto de água morna, de bica de botequim e, antes que se desse conta, disse "Deus lhe pague", em vez de dizer "Obrigado".

"Está se sentindo melhor?", perguntaram.

"Sim, muito", ele disse. E era verdade. Sentia-se muito, muito bem. Tão bem quanto uma velha solitária e rejeitada que agonizasse em via pública, encantando-se por se ver subitamente cercada de atenções. Como se só assim, na hora da morte, ela se revestisse de alguma importância. Moreira olhou à sua volta e viu que entre aqueles que o rodeavam não havia uma só mulher bem-vestida, nenhum homem de terno. E identificou-se com aqueles seres humildes, como se fosse um esquerdista. À sua frente, ainda segurando a caneca, estava a mulher que lhe dera de beber. Era gorda e usava uma meia cinza, contra varizes. Ele teve certeza de que ela era uma costureira e, sem saber por que, imaginou que ela morreria num desastre de trem de subúrbio.

Alguém, atrás dele, falou em atropelamento e que deviam chamar uma ambulância.

"Não, por favor", ele disse, apoiando-se nas duas mãos para levantar-se. Sabia que não fora atropelado, a não ser pelo destino, e aquela brincadeira estava indo longe demais. Ajudaram-no a erguer-se e um mulato jovem, com pinta de contínuo, dava-lhe tapas nas costas para limpar seu terno. Por instinto, Moreira defendeu com uma das mãos a bunda, não sabendo se para preservar uma dignidade masculina ou a carteira. Foi aí que se lembrou da pasta:

"Alguém aí viu a minha pasta?"

Todos se entreolharam e alguns já começavam a se afastar, com um ar ofendido. Ou talvez porque, finalmente, surgisse um guarda:

"Roubaram o senhor em alguma coisa?"

"Não, é a minha pasta. Eu devo ter esquecido em casa."

A última coisa com que ele queria se envolver, hoje, era uma queixa policial. Viu a si próprio em $3 \times 4$ numa página de jornal, a contrastar com Dionísia na capa da revista. E atravessou rápido a rua, antes que o sinal passasse do amarelo para o vermelho. Agora tinha certeza de que nada podia lhe acontecer. E, sem a pasta, teve também a certeza definitiva de que não iria ao banco. Ansiava apenas por perder-se anônimo na multidão, longe daqueles que o viram caído na calçada.

Andava a esmo, agora, sem nada na cabeça que se assemelhasse a um plano, mas com a consciência subitamente ampliada para vários detalhes do que se passava ao seu redor. Como se, suspendendo-se a vida num intervalo, sua mente se liberasse para novas percepções do mundo que o cercava.

Logo que ultrapassou o Edifício Avenida Central, na direção da Cinelândia, viu um cego. Mas não o observou de passagem, distraído, como quando, até hoje, voltava rápido do almoço para o banco. A figura daquele homem vendendo bilhetes de loteria, despojado do sentido mais elementar, cresceu em frente dele, como se o hipnotizasse. Então parou diante do cego e, enquanto examinava aqueles números nos bilhetes, sem conseguir fixá-los, captou toda a sinfonia de ruídos atrás de si, produzida por uma orquestra sem nenhum maestro e também sem qualquer partitura que a orientasse. O cego sorriu, como se a percepção de ambos houvesse entrado em sintonia. E o Moreira também fechou os olhos para perceber ainda melhor a dissonância melódica dos motores, vozes, serras elétricas, bate-estacas, gritos na multidão, freadas e, ainda e inacreditavelmente, cortes súbitos de silêncio penetrando nos poros da balbúrdia. *Caos* e *acaso* foram as duas palavras que vieram à sua cabeça.

Abriu os olhos, pegou um bilhete qualquer e deixou o dinheiro na mão do cego, sentindo que este lhe pressionava de leve os dedos, produzindo intencionalmente um contato. Tornou a andar e sorria interiormente da ideia de que a simples coincidência dos seus números, que ele não conhecia, com aqueles extraídos depois no sorteio, faria dele um milionário. Todos os acontecimentos da manhã teriam, assim, se transformado numa predestinação. Virou-se decididamente para uma banca de jornais e ali estava a fotografia de sua mulher. Na capa de uma outra revista, o sexo de uma mulher nua era tapado com uma tarja negra em que letras douradas anunciavam uma entrevista com o ministro do Planejamento. Entre ambas as revistas, na capa de uma terceira, um líder islâmico vociferava um discurso, tendo como pano de fundo batalhas selvagens nas ruas de Teerã.

"Quero a revista *Flagrante*", ele disse, buscando não trair insegurança na voz. Pagou ao jornaleiro, dobrou a revista numa das mãos, com a capa para dentro, e voltou a caminhar.


Adiante, encostada à parede de um velho edifício, havia uma exposição de quadros, e Moreira estacionou diante dela.

Sabia, havia muito, por ter escutado de entendidos, que aquilo que faziam os pintores de rua absolutamente não era arte. Mas só agora — numa iluminação repentina — entendia por quê. Eram próximos demais, aqueles quadros, de uma concepção das pessoas simplórias do que era a realidade e da função da arte em retratá-la. Uma ideia que fora sendo transmitida de geração em geração, como um modo de ver o mundo e solidificada através das imagens e gravuras que cada um vira desde o berço em sua própria casa. Ainda que a paisagem lá fora não fosse mais a mesma e o universo de todos se fragmentasse em estilhaços. E o Moreira lembrou-se da casa de sua infância, em Juiz de Fora. Viu na parede da sala uma Santa Ceia em que um Cristo tristonho partia o pão enquanto Judas escondia sob a mesa uma sacolinha com trinta dinheiros. Viu, também, uma gravura num livro de História em que índias de seios nus assistiam à primeira missa junto com portugueses. E surpreendeu-se culpado, ainda agora, por ter se masturbado um dia por aquelas índias diante da cruz. E sua memória refugiou-se na cozinha onde, apesar da empregada preta que um dia lhe deixara apalpar seus peitos, havia uma paisagem campestre de uma paz e pureza inabaláveis. Era uma gravura de folhinha e que lá permanecera, esquecida, mesmo depois que se viraram todas as páginas do calendário. E Moreira teve a certeza de reencontrar ali, numa de suas múltiplas variações, entre os quadros do pintor de rua, aquela gravura. Algo assim como nuvens avermelhadas no crepúsculo, o céu no último estertor do azul e, talvez, alguma neve nas montanhas longínquas onde se achava encravado, como sinal do poder celeste, um vulcão. E na trilha lá embaixo um menino pastor a retornar com seu rebanho de ovelhas a um sítio onde animais devoram o feno no celeiro e, por fim, a pequena casa e sua chaminé fumegante por onde, na noite de 24 de dezembro, desceria Papai Noel, mas que, por enquanto, denotava apenas a singela cena invisível de uma família a tomar a sopa da noite, entre o crepitar sinuoso do fogo da lareira.

Moreira percebeu com nostalgia o abismo que atualmente o separava daquele quadro. E seguindo seu caminho pensou que talvez um dia também se abrissem os olhos do pintor de rua e ele retratasse os estilhaços da paisagem à sua frente: a própria avenida Rio Branco numa de suas esquinas, os pedestres ofegantes aproveitando o sinal antes que os carros avançassem. Uma obra que conteria, subliminarmente, os ecos da sinfonia captada diariamente pelo cego. O pintor não conseguiria vender tal quadro e no entanto teria se tornado um bom artista. Porque retrataria uma realidade brutalmente óbvia das pessoas e por isso mesmo oculta aos olhos delas.

Moreira passava, agora, diante do Teatro Municipal. Num cartaz de ópera, um tenor gordo, de vasta cabeleira, cantava brandindo uma espada. Na bilheteria se anunciava uma orquestra sinfônica e algumas poucas pessoas faziam fila para comprar ingressos. Uma delas era uma mulher magra, de seus quarenta anos e vestida com elegante simplicidade. Moreira imaginou aquela mulher vindo sozinha, numa noite dessas, assistir ao concerto ou uma ópera. Refugiando-se numa perfeita harmonia orquestral, que a vida não possuía, ela se transportaria a um outro mundo, no passado, sentindo-se parte dele. E esta emoção, por não ter com quem partilhá-la, iria implodir dentro dela, juntamente com lágrimas contidas. E no entanto aquela mulher guardava um tesouro para o homem que um dia se arriscasse a procurá-lo. Moreira desejou ser este homem, mas era tímido demais para abordar uma estranha. E deixou que ela fosse habitar um sóbrio apartamento, com discos clássicos e um gato.

Quanto a si próprio, habitava neste momento um território estranho que era lugar nenhum e ao mesmo tempo todos os lugares da cidade. Chegou à esquina e, nas escadarias do teatro,

74

um preto sem dentes engolia fogo. Muitos curiosos o assistiam, fascinados, mas na hora em que seu ajudante passou o pires, quase todos se dispersaram. Moreira deu-lhe vinte mil cruzeiros, feliz com a gratuidade do seu gesto. E viu-se a concluir, como o homem de negócios que fora até esta manhã, que mais vantajoso do que saber engolir fogo era possuir uma jiboia, como certa mulher em Copacabana. Com o gigantesco réptil enrolado ao pescoço, ela percorria os bares da praia. E os frequentadores lhe davam dinheiro para se verem livres da cobra.

Penetrando agora na Cinelândia — que era um caleidoscópio —, Moreira sentiu seu campo de visão abrir-se em fragmentos dispersos. Nas escadarias da Câmara, um líder de qualquer coisa discursava e, mais embaixo, médicos em greve distribuíam panfletos e tiravam a pressão das pessoas, que talvez só se prestassem àquilo para não perderem a oportunidade de uma oferta grátis.

Em número igual ao de pessoas, pombos, por toda parte, esvoaçavam e comiam milho, enquanto vagabundos e desempregados cochilavam nos bancos, provavelmente para adormecer a própria realidade. Nos letreiros dos cinemas, a representação desta realidade unia indissoluvelmente horror e sexo e, se houvesse um signo que resumisse a ambos, seria, talvez, uma aranha lasciva, peluda e venenosa. E Moreira pensou simultaneamente em Dionísia e num polvo com pernas bem torneadas.

Mas o verdadeiro ícone catalisador de todos os fragmentos naquela praça era a indefectível estátua, como se a todos assegurando que habitavam um mundo ordenado por eventos reconhecíveis da História. Moreira passara inúmeras vezes por ali e nunca se dera ao trabalho de verificar a que vulto pátrio ou acontecimento aludia tal estátua. Agora caminhava até ela, como se necessitasse de um sólido esteio que juntasse seus próprios pedaços aos da cidade.

Antes, havia uma aglomeração de pessoas, e o Moreira enfiou sua cabeça entre as outras para ver o que se passava.

Segurando um frasco, um homem de pele escura e cabelos grossos, mas lisos, pronunciava uma arenga atropelada e quase incompreensível. No chão, aos seus pés, páginas de jornais e revistas mostravam reportagens fotográficas sobre uma tribo de índios em extinção. As pessoas olhavam as reportagens, olhavam o homem falando e concluíam que ele pertencia àquela tribo, o que talvez fosse verdade. Sua mulher, ao lado, segurava uma caixa com vários daqueles frascos. Continham um líquido escuro e, do pouco que se entendia das palavras do homem, dava para se deduzir que sua poção curava todos os males.

"Eis alguém que vive de milagres, pois fabrica sua sobrevivência do nada", foi mais ou menos o que pensou Francisco Moreira, aproximando-se da estátua. Tinha quase certeza de encontrar lá em cima o navegador Pedro Álvares Cabral e, mais abaixo, algo relativo a "em se plantando, tudo dá".

Estava enganado. A História seguira seu curso e o que o pedestal da estátua dizia era "Libertas quæ sera tamen", junto à data de 1789. Moreira deu a volta ao monumento e ali estava inscrito que "A sã política é filha da moral e da razão" e mais uma data: 1822.

Moreira sentiu-se como um turista num país exótico e ergueu os olhos para a estátua. O sol quase a pino ofuscou-lhe a visão, mas de qualquer modo ele entreviu lá em cima um homem de longas barbas, com uma corda no pescoço. Ao seu lado, um padre lia um breviário. Virados em outra direção, mas unidos ao mesmo imenso bloco de metal, cavaleiros empinavam fogosos cavalos. E aquele que ia à frente brandia uma espada, como no cartaz da ópera. Moreira sabia o que naquele instante o cavaleiro gritava: "Independência... ou morte!".

Ao redor de todos — o príncipe, os cavaleiros, o padre, o enforcado —, anjos alados tocavam trombetas. Os olhos de Francisco Moreira, contra o sol, encheram-se de lágrimas. E ele se afastou dali. Em passos decididos, caminhou para o bar e restaurante Amarelinho. Recusando comprar chicletes de uma garotinha descalça e uma oferta para engraxar seus sujos sapatos, ele passou entre as mesas ao ar livre e foi para os fundos do restaurante. Pediu um chope e um conhaque e, olhando sorrateiramente para os lados, rasgou o plástico transparente e abriu a revista *Flagrante*.

# 11. Revista *Flagrante*

*Textos atribuídos a Dionísia sob suas fotos:*

(*Nos jardins da Casa de Rui Barbosa.*)
"Qual a Palmeira que domina ufana os altos topos da floresta espessa", contemplo esta cidade.

(*Na carruagem.*)
Encerrada neste cárcere negro, eles não me veem. Mas adivinham, aqui dentro, um jardim secreto. Saudosa de um futuro que me ligue ao passado ancestral, tenho ganas de rasgar os véus e cavalgar, nua, esses fogosos cavalos.

(*Diante da enseada de Botafogo.*)
Iara Mãe-D'Água, abrigo em minhas entranhas também o fogo, das doces índias, filhas minhas. E que voltarão a povoar essas praias, na pele das meninas de seios nus.

(*No Catete.*)
Atravessarei um dia os portões deste Palácio e fundarei uma

Corte Nova. Arautos sairão às ruas para convidar aos salões os poetas, os músicos, as mulheres risonhas e selvagens. E estarei sentada em um trono para que o povo possa admirar-me.

(*Subindo as escadas no jardim da casa.*)
Antes é preciso galgar um a um os degraus da História. E só o artista antevê, na dama triste, um tesouro oculto de sensualidade. E em suas cores a transfigura.

(*Ao piano.*)
Lentamente, faço soar os acordes que me intumescem os seios brancos e me conduzem à tensão de um clímax. E sei que virão a mim, como atrás do *Flautista Mágico*. Nada se compara ao amor que a mulher, sozinha, se dedica e fabrica dentro de si própria.

(*Erguendo-se, surpresa, e deixando cair o vestido.*)
O homem que surpreende uma mulher, na intimidade, comete uma indiscrição e uma violência. Mas a verdade é que foi ela quem o atraiu, ainda que o negue. E maior é a violência que esta mulher, em êxtase, comete contra si mesma, deixando-se ferir pelo olhar estranho. E o vermelho em seu vestido e sua face revela a perversão de um anjo.

(*Fotografada diante do espelho.*)
Quebra-se então o encantamento e produz-se a metamorfose, cujo resultado se fixa num retrato. E juntos nos transportamos a outra era, como se um beijo me despertasse de um sono de séculos. Cada homem traz dentro de si uma mulher e é por ela que se apaixona, esta miragem, que todo pintor procura fixar em sua tela. E quando me vejo, nesse quadro, sou também o homem que há longo tempo eu encerrava.

(À *janela*.)

Vejo. E de meus olhos nasce uma cidade dourada, onde nós, mulheres, reinamos sobre súditos sequiosos de gozos tropicais. Como se, do fundo azul dos domínios de Netuno, emergisse a perdida Atlântida.

(*Na soleira da porta, encolhida*.)

Mas como se a pequena Alice, diante das Maravilhas, recuasse, de repente tenho ânsias de correr e refugiar-me na garotinha que fui um dia. E por sua perda derramo uma lágrima, onde entretanto já se reflete o rosto de um macho.

(*Levando aos lábios a taça de champanha*.)

E subitamente me torno louca e abro-me a todos os olhares. Por minhas veias corre uma embriaguez de sonho e sou tantas mulheres quantos são os meus trajes.

(*No bidê, entre flores amarelas e samambaias*.)

"Auriverde pendão da minha terra."

(*Ainda no bidê, erguendo um brinde a si própria, diante dos espelhos*.)

E como se a pequena Alice no País de Espelhos penetrasse, multiplico-me em mil estilhaços. E dos homens faço escravos exasperados. Mas o que me sacia é o rio a correr em mim, em minhas matas. Eu, Amazona, o verdadeiro ser da raça...

(*No banheiro, numa reprodução da foto da capa*.)

... cavalgando então o homem, aos meus caprichos, "por mares nunca dantes navegados".

# 12. Revista *Flash*

1. EDITORIAL DE OSCAR GOLDSTEIN PSICOGRAFADO POR ALDÁSIO COIMBRA:

*Terra Feminina*

Qual plácida Iracema, assim é a nossa terra quando os audazes navegantes bordejam pela primeira vez suas águas, verde veste tingida de azul e que à noite se cobre com o manto do Cruzeiro. A proa da nau é como o falo de um Deus civilizador, e a Virgem sonha com tormentas que ainda não decifra em sua inocência. Mas já antevê a tempestade e por ela, trêmula, anseia. Abriga, em seu regaço, um fervilhar de vida ainda inconsciente de si mesma, como a natureza humana antes do Pecado. Suas matas são como pelos pubianos e por elas passeia, com passos de veludo, a jaguatirica. Em seus braços enovela-se a serpente, para lamber-lhe com sinuosa língua seus lábios ainda imunes ao veneno. E no emaranhado de suas árvores gigantescas, pássaros de todos os matizes ciciam cânticos de amor suave em seus ouvidos de noiva.

Na praia, lá embaixo, está o homem da América. Já entreviu, ao longe, as enfunadas velas brancas onde se desenha a Cruz de Malta. Depõe entretanto suas toscas armas o aborígine, pois sabe que será visitado por forças que lhe superam a selvagem bravura e o entendimento. A elas deve render-se para que desta cópula surja uma nação e uma nova raça, unindo sua primitiva estirpe à do homem branco, que lhe dará a conhecer o idioma ancestral que expressa os mistérios maiores do Senhor e dos homens. Mas é preciso que a própria Virgem Terra, úmida, se deixe penetrar, por amor vencida. Do topo do mastro, já avistou-a o conquistador, e seu coração palpita. Pensa em batizá-la de Vera Cruz, e é pena que assim não haja permanecido, porque mais fiel a seus desígnios de fêmea, grande útero de húmus onde basta lançar-se a semente para que dela brotem todos os frutos.

O nome do viajante é Pedro, mas poderia perfeitamente chamar-se Zaratustra. Porque o anunciador de um novo homem a suceder o antigo. Imbuído do poder dos profetas, já escuta ele os tambores d'África, que logo virão repercutir nas bodas dionisíacas a que se denominará Carnaval, casando o sacro com o profano.

Adentra agora a nau a baía azul, como o acoplar de uma nave interplanetária à outra, depois de cinco séculos de civilização americana haverem decorrido. E como fundo musical estereofônico, quase julgamos ouvir também o Azul, mas do Danúbio. Um cortejo de golfinhos vem nadar à superfície e, balançando-se nos coqueiros da costa, trêfegos macacos emitem seus guinchos, enquanto insetos alados beijam o pólen das flores tropicais.

E no momento de abrir-se a mata para receber o estrangeiro, gritos coloridos das araras abafam-lhe gentilmente o gemido de núpcias. E eis que o sangue prenhe se espalha pelo solo e consumada está a violação, mas que se abençoa pela fé que traz consigo o visitante.

82

A ele será erguida uma estátua junto à Glória e seu Outeiro, onde fixará a imensidão dos mares de onde veio. E aos seus pés se inscreverá para sempre, nas palavras do poeta, da Donzela o seu orgasmo primeiro:

*Goza de tanto bem Terra Bendicta*
*E da Cruz do Senhor teu nome seja.*

## 2. PERGUNTA DO REPÓRTER POLÍTICO MATTOS AGUIAR AO EXMO. SR. MINISTRO DO PLANEJAMENTO:

— Declarou certa vez V. exa. que o Brasil era uma das poucas nações viáveis do mundo. E que não havia a menor razão para se pensar que o país tivesse algum problema insuperável. O que não quer dizer que não partilhamos, com os outros povos, da crise mundial, que se traduz também aqui em fenômenos como uma alta taxa de inflação e índices preocupantes de desemprego. Mas V. exa., com o otimismo que lhe é característico, disse também, de certa feita, que a crise é viver. Só não tem crise quem não vive. A crise faz parte da vida e do próprio processo de superação de problemas.

Neste sentido, os atuais índices de desemprego, temporários e setoriais, seriam fruto do próprio combate à inflação e tenderiam a decrescer com a queda desta última. Não poderia tal combate ser comparado a uma febre, que é a luta do organismo sadio contra a infecção?

Se compararmos as taxas de inflação com o aumento da febre num doente, talvez cheguemos à seguinte progressão: de trinta e seis graus a temperatura elevou-se para trinta e sete e daí para trinta e oito e meio, de onde bruscamente pulou para quarenta e um graus no auge dos efeitos da crise do petróleo.

Atualmente, o paciente estaria com quarenta e dois graus de febre, que é uma temperatura elevadíssima e perigosa. Mas não indicaria tal temperatura — já que houve uma elevação menor no último período — não mais uma progressão e sim um regredir da doença?

*Resposta reservada do Exmo. sr. ministro do Planejamento ao jornalista Mattos Aguiar*

— Meu filho, você é um rapaz inteligente. Sua pergunta já é a minha resposta.

# 13. Linhas cruzadas

Francisco Moreira, no Amarelinho, fechou a revista *Flagrante*, bebeu de um só gole uma terceira dose de conhaque e sentiu que o mundo era absolutamente irreal, pois aquelas coisas todas não podiam estar acontecendo com ele. No entanto, surpreendeu-se a fazer os gestos corriqueiros de pedir polidamente a conta, pagá-la e levantar-se da mesa. Queria ir imediatamente para casa e ver Dionísia.

Dionísia, porém, não estava em casa, como pensava Francisco Moreira. Com o fotógrafo de olhos azuis, no estúdio, ela acabara de ver pela vigésima vez suas fotos na revista *Flagrante*. Havia se excitado tanto vendo a si mesma em todas as poses, que ao fotógrafo não foi preciso qualquer preliminar para deitá-la na cama e conduzi-la a um gozo perfeito. Jamais isso acontecera tão facilmente com Dionísia. Estava apaixonada por si mesma e sua imagem.

Neste mesmo instante uma outra mulher se debruçava sobre as imagens de Dionísia e, ao contrário de Francisco Moreira, bastou a ela uma fração de segundo para adivinhar quem era

85

cavalgado pela Amazona. E como a mulher sadia que era, seu ódio brotou instantaneamente. Pegou o telefone e discou para seu pai, Oswaldo Avelar, o banqueiro. O dr. Oswaldo disse à filha que *sim*: o dr. Ribeiro acabara de mostrar-lhe a revista. E que realmente aquilo era uma pouca-vergonha que exigia imediatas providências, principalmente em se tratando da mulher de um funcionário graduado do banco. Nenhum dos dois mencionou o fotógrafo, mas cada um sabia que o outro sabia que o verdadeiro alvo daquela ira santa era Jean. O que Sílvia não sabia era que seu pai visava, além desse alvo, um outro mais importante: a OBA. O dr. Oswaldo despediu-se da filha e pediu a d. Rita, sua secretária, que o pusesse urgentemente em contato com o secretário-geral do Ministério da Justiça. Ao contrário de Oscar Goldstein, o dr. Oswaldo Avelar colaborara com o Golpe de 64 com algo bastante efetivo: dinheiro. E sempre se achava no direito de cobrá-lo através de toda espécie de favores do governo.

D. Rita — uma senhora magra e distinta, perfeitamente familiarizada com o mundo financeiro e político do país — conseguiu imediatamente a ligação com Brasília. E utilizando-se da extensão telefônica, anotou em texto taquigrafado a conversa entre o banqueiro e o secretário-geral do Ministério da Justiça, como já fizera com o telefonema de Sílvia para o pai.

Depois de inteirar-se de quem era Dionísia e lembrar-se dela da festa na casa do banqueiro, o secretário-geral havia dito que adotaria as medidas cabíveis contra aqueles que sujavam o bom nome do país e do banco.

O dr. Oswaldo sentiu-se muito lisonjeado que o secretário-geral pusesse no mesmo barco o país e o banco, porém manifestou sua inquietação quanto à hipótese de uma ação do ministério envolver sua empresa num escândalo:

"Já ouviu falar da OBA?", ele disse, sentindo-se vagamente ridículo.

"OBA?", espantou-se o secretário.

"Organização dos Bancários Anarquistas. Um bando de desclassificados que age na clandestinidade."

"Já tive alguns informes", mentiu o secretário.

"Desconfio que o francês responsável pelas fotos é um deles. Mas é preciso ir com calma, pois esses insignificantes núcleos subversivos precisam de publicidade para vicejar."

O secretário-geral era um hábil advogado mineiro e tranquilizou Oswaldo Avelar, dizendo que havia maneiras muito sutis de acionar os braços da Lei:

"O senhor sabia que esse francês se encontra ilegalmente no país?", ele acrescentou, contente por mostrar-se tão bem informado e solícito com Avelar, a quem devia favores.

O secretário só não disse que, sobre o mesmo caso, já recebera nesta tarde dois telefonemas, um deles anônimo. Fora o telefonema anônimo que o informara de que o fotógrafo responsável pelo ensaio "Amazona" não tinha seus documentos em ordem para permanecer e muito menos trabalhar no país.

Estavam, pois, diante de um caso muito simples para levar ao ministro: era só expulsar o estrangeiro, uma vez que apreender a revista, por uma questão que não valia a pena discutir com o banqueiro, estava fora de cogitação.

Oswaldo Avelar desligou satisfeito o telefone e o mesmo fez d. Rita, na extensão. Ao final do expediente, as notas taquigrafadas da secretária do banqueiro seriam transmitidas à Organização dos Bancários Anarquistas. D. Rita, nas horas vagas, também prestava serviços, só que não remunerados, à OBA.

"Estamos diante de uma verdadeira conspiração", disse o secretário-geral da OBA quando d. Rita ligou.

"... uma verdadeira conspiração", ouvira anteriormente, por coincidência, outro secretário-geral, aquele mesmo do Ministério da Justiça. Quem lhe afirmara isso, tão dramaticamente, fora o curador de menores do estado do Rio de Janeiro, noutro telefonema recebido pelo secretário a respeito do affaire Amazona e outras mulheres nuas.

O curador havia folheado primeiramente a revista *Flash*. Seu coração batera aceleradamente e sua face enrubescera, à medida que foi deparando com aquelas mulheres nuas de pernas abertas. E antes que pudesse evitá-lo, viu-se acometido de uma ereção, que só cedeu quando ele chegou à foto do senhor ministro do Planejamento. Achando um absurdo que autoridades constituídas compactuassem com a obscenidade, passou à revista *Flagrante*. Considerou as fotos menos ousadas que as da *Flash*, mas mesmo assim indecentes e, pior ainda do que isso, desrespeitosas para com o país, sobretudo no que tocava às legendas como "auriverde pendão da minha terra".

"O Brasil como uma rameira", ele disse para si próprio. E viu na foto de Dionísia em frente ao Palácio do Catete uma inequívoca intenção subversiva.

Mas foi comparando o teor das legendas na *Flagrante* com o estilo editorial de Oscar Goldstein, na *Flash*, que ele chegou à conclusão logo transmitida ao secretário-geral do Ministério da Justiça:

"Estamos diante de uma verdadeira conspiração. Não seria o caso de apreender as revistas e processar os responsáveis?"

"Não faça nada por enquanto", disse o secretário-geral. "O próprio ministério vai encarregar-se da questão."

O secretário desligou o telefone pensando que o curador era uma besta. Onde já se viu apreender uma publicação com entrevista e fotos do ministro do Planejamento? E se não podia apreender uma delas, não ficava bem ferrar a concorrente. Por sorte, para apaziguar o curador — e os grupos de senhoras católicas que havia por detrás dele — o secretário tinha um bode expiatório: o estrangeiro denunciado através do telefonema anônimo.

Embora ninguém soubesse, por ser anônimo, este telefonema fora da responsabilidade de Oscar Goldstein. Juntamente com Aldásio Coimbra, ele folheara com olhos brilhantes o último número de sua revista. Só denotou constrangimento quando deu, em seu próprio editorial, com o nome *Zaratustra*.

"Quem inventou esse personagem não foi um inimigo do meu povo?"

"Ora, era um louco inconsequente. Parece até que morreu de sífilis", retrucou Coimbra, com a sua habitual presença de espírito.

Mas o que emputeceu Goldstein de verdade foi ver a revista *Flagrante*. Chegou a dar um soco na mesa:

"Esse francês filho da puta nos traiu, Aldásio. Se ele tivesse desenvolvido mais a sequência do banheiro, eu teria publicado. É claro que eu teria."

"O pior de tudo é o plágio do nosso estilo. Veja bem as legendas. São parecidíssimas com os meus editoriais. Quer dizer, com os nossos, Oscar."

Aldásio Coimbra era um homem compreensivo com o carreirismo próprio e alheio e até simpatizava com Jean. Mas jamais poderia aceitar um plágio do seu estilo indireto e metafórico. E a citação de Camões, seu autor preferido, foi a gota d'água que o convenceu a emprestar sua voz ao telefonema anônimo, dado prudentemente de uma cabine pública.

Fora também de um telefone público que d. Rita ligara para o secretário-geral da OBA, marcando um encontro para discutirem melhor o caso Amazona.

# 14. Amor bandido

"Você está pensando no mesmo que eu estou pensando?", perguntou Frederico Otávio.

"Estou", respondeu d. Rita: "Se você estiver pensando no mesmo que eu estou pensando."

Riram. Na penumbra, era visível a pequena brasa passando de uma boca para outra, ali na cama. Sobre a cômoda, uma outra brasinha, ínfima: a do incenso queimando. Pela janela, no décimo quinto andar, penetravam o clarão difuso e os rumores de Copacabana. Havia uma espécie de combinação silenciosa, entre eles, de se amarem assim na semiescuridão, por delicadeza. D. Rita tinha cinquenta anos e Fred, vinte e cinco. E foi ele quem prosseguiu:

"Quer dizer que esse negócio de bom nome do país e do banco..."

"É pura cascata do secretário-geral... e uma cortina de fumaça", ela completou, soprando fumaça no rosto dele.

Riram de novo, enquanto ela amassava a beatinha no cinzeiro:

90

"Resumindo a noveleta: o que o secretário-geral quer é agradar o banqueiro que finge agradar a Sílvia ferrando o fotógrafo que ele pensa que é da OBA. E ainda por cima lhe papa a filha e passa ela pra trás publicamente com a mulher do bancário, que todos querem comer."

"O bancário?"

"Não, engraçadinho. Dionísia, a Amazona."

"Você disse *todos*?"

"Sim, foi exatamente o que eu disse: *todos*!"

"Como é que você sabe?"

"Intuição feminina, meu caro. Ou observação, como queira. Mas isso se..."

"Se...?"

"Ela não comer todos eles antes", arrematou rápido d. Rita, pulando em cima de Fred e sentando-se na barriga dele, enquanto lhe fazia cócegas. Ela era extremamente magra e frágil, e bastou que ele a segurasse pela cintura e a fosse empurrando, aos poucos, para que, de repente, sem nenhum esforço de ambos, ele estivesse dentro dela. E mantendo uma leve pressão em suas ancas, o que ela correspondia com as mãos sobre o peito dele, os dois expressavam que não tinham pressa e ainda algo mais: que representavam neste momento o francês e a Amazona. E riram mais uma vez, agora da capacidade que tinham de se comunicar quase telepaticamente, que chegara a um ponto tal que ambos pensaram simultaneamente que aquilo era uma verdadeira conferência de cópula da OBA, mas que este trocadilho era infame demais para ser pronunciado em voz alta.

E para que toda esta transação transcorresse ainda mais lentamente, Frederico Otávio acendeu outro cigarro, só que da Souza Cruz, e dirigiu-se a d. Rita com toda a gravidade de que era capaz, como se estivessem não na cama e sim instalados apropriadamente numa sala de reuniões:

"E que proveito você acha que pode tirar disso a nossa Organização?"

"É preciso ir com calma. Para a gente não se expor e para que não saia prejudicado quem não merece."

"O francês?"

"Sim. E por que não a própria Dionísia?"

"Você gosta dela?"

"Estou começando a gostar", disse d. Rita, rindo e mexendo--se, o que provocou um gemido de prazer em Frederico Otávio. D. Rita era uma dessas mulheres experimentadas que sabiam envolver o sexo de um homem apenas com contrações anelantes, e isso, misturado a outros fatores, era uma das razões por que Fred se tornara tão fixado nela, sem excluir, é claro, as possibilidades de outros enriquecedores relacionamentos, o que em absoluto perturbava a secretária do banqueiro. E quando ela dissera que *todos* estavam a fim de Dionísia, incluíra naquela lista o próprio secretário-geral da OBA.

Depois de haver passado, como quase todos os mortais, a maior parte da sua existência na vã expectativa de um acontecimento maior e definitivo que justificasse esta mesma existência, d. Rita um dia se dera conta de que o único objetivo da vida era vivê-la — e plenamente — a cada momento. E como se para compensar os anos todos de desperdício, ela vivia agora cada um desses momentos em vários níveis superpostos e simultâneos.

Neste preciso instante, por exemplo: enquanto o prazer ia absorvendo-a aos poucos, ela estava absolutamente atenta não só à presença do parceiro, sob seu corpo, como também tinha integral consciência das palavras que Frederico Otávio, entre suspiros e gemidos, ia pronunciando e que formavam, em seu conjunto, o seguinte plano: um emissário da OBA deveria procurar o fotógrafo para adverti-lo do perigo e propor-lhe, contra os inimigos comuns, uma aliança ampla o bastante para abrigar Dionísia.

Concordando com este plano através do próprio corpo, à medida que se abria para que Frederico Otávio a penetrasse mais e mais, d. Rita trazia a mente também aberta para um mosaico de fragmentos que ia desde o perfume de incenso a sugerir-lhe bordéis do Oriente até a visão caleidoscópica da cidade lá fora, que, pela própria disposição da cama no quarto e de Rita sobre Fred, se revelava a seus olhos pela janela. E se esta visão se compunha principalmente das outras janelas de apartamentos onde pessoas de todos os tipos se movimentavam num destino que d. Rita intuía ao mesmo tempo tacanho, sôfrego e sublime, ela também permitia, tal visão, o acesso a nesgas da noite, entre os edifícios: uma ou outra estrela; os veículos e pessoas passando lá embaixo, numa esquina da Atlântica; anúncios luminosos; o mar e suas cristas; uma ilhota e seu farol, ao longe e, por fim, o negror noturno a perder-se na imensidão.

E houve um momento em que Rita, sentindo-se liberta do corpo — e no entanto ligada a ele mais do que nunca —, viu-se a pairar na auréola da noite imensa, exatamente sobre a baía e a ponte, como se ela se houvesse encarnado por um instante em Francisco Moreira e, como ele, fosse assaltada por uma volúpia de Poder.

Ah, *Cannabis sativa*, erva misteriosa religando o ser humano à grande mente original e sem limites.

Só que em d. Rita tal volúpia se manifestava na forma de um completo assentimento e de um arremessar-se sem retorno na aventura da vida. E por isso mesmo, ao pronunciar como uma jovem esposa ninfomaníaca de Dublin as palavras, gestos e gemidos de sim, sim e sim, entre espasmos, ela não só apunha sua aprovação ao plano de Fred de ampliar a OBA, como também, com todas as suas forças, dizia sim ao próprio corpo e ao prazer e à paz e à violência e à vida e à morte e ao poder e, mais ainda que isso, ela assentia a este transcender-se humano que é o abandonar-se, em todos os níveis e sentidos, à História.

# 15. A História

Fruto de uma mente criativa, mas algo atormentada, a Organização dos Bancários Anarquistas nasceu quando seu cofundador e secretário secreto, Frederico Otávio, foi obrigado a aparar a barba e os longos cabelos, por exigência de seu chefe na agência onde trabalhava, Francisco Moreira. O motivo oculto de tal arbitrariedade era que, com a mudança para novas instalações envidraçadas, os funcionários se transformariam numa espécie de vitrine da agência, ou seja, do próprio Moreira.

Ora, Frederico não era vocacionalmente um bancário, mas um artista, um cineasta em potencial, que enquanto não podia produzir seus filmes levava uma existência algo hippie, nas horas de folga, para acumular experiências. A ordem do Moreira bateu em Fred igual a uma porrada e ele — um jovem sensível — foi chorar escondido no banheiro. Depois de algumas lágrimas e socos na parede, pensou em pedir demissão, mas esbarrava numa limitação concreta: dinheiro. Problema que poderia ser resolvido, talvez, com um desfalque, mas para que isso chegasse a bom termo ele teria de permanecer indefinidamente no banco, acobertando tal operação financeira, a menos que a realizasse grosseiramente, na forma de um assalto. Ideia que logo foi descartada, pelo perigo e pela vulgaridade do método e também porque, mesmo de cabelos curtos ou até encapuzado, não seria difícil identificar o assaltante, com sua aparência vaga e quebradiça de sonhador e poeta. Na verdade, seria um caso original em que as impressões digitais e outras do assaltante já estariam gravadas antes do próprio assalto.

Além disso, como quase todos os que acabam por trilhar um dia os heroicos e poéticos caminhos do anarquismo, Frederico Otávio — Fred, para os íntimos — necessitava de uma justificativa moral para os seus atos. Algo assim como uma nobre causa que servisse à sociedade e não apenas a si próprio.

Pois Frederico Otávio ainda estava bem longe da maturidade espiritual que talvez o fizesse, reconhecer um dia — possivelmente na prisão — que a recíproca podia ser ainda mais verdadeira: um desejo visceral de violência e vingança é que muitas vezes prevalecia sobre uma nobre causa que o acobertava.

Mas isso seria pular, precisamente, as etapas históricas que o levariam a essa maturidade, que talvez viesse na forma da conclusão nirvânica de que, em se tratando do ser humano, todos os atos e justificativas se equivalem, convergindo para o vazio. O que torna possível o paradoxo de que às vezes um homem se faz anarquista justamente para negar a doce quietude do conformismo que abriga dentro de si.

E foi exatamente o que aconteceu. Conformando-se ao próprio conformismo — que era uma das características que o haviam levado a tornar-se não só um bancário, como um artista anárquico, para negá-lo —, Frederico enxugou as lágrimas, saiu do banheiro, trabalhou até o final do expediente, foi ao barbeiro, cortou os cabelos, saiu, tomou um porre e foi para casa consolar-se com a namorada.

\* \* \*

O segundo grande golpe responsável pelo crescimento interior e exterior de Frederico Otávio foi o fato de ter encontrado, ao chegar em casa, sua namorada Lucinha nos braços de ninguém menos que o mentor espiritual de ambos, Carlos Alberto Bandeira.

Mestre em sociologia pela Universidade Berkeley, na Califórnia, Bandeira fora no entanto expelido, por razões político--ideológicas, de sua cátedra na Universidade Federal do Rio de Janeiro, nos anos mais negros da repressão. Desempregado, viera com sua mulher, uma americana bissexual, morar em Santa Teresa com Fred, Lucinha e um ou outro desgarrado esporádico. E ali, se não podia contribuir pecuniariamente com grande coisa, certamente o fazia com sua riqueza intelectual e espiritual, que incluía uma liberação total do corpo.

Nem o lar nem a transação de Fred e Lucinha eram, portanto, ortodoxos, e sim comunitários, para não falar grosseiramente num certo toque de promiscuidade. Porém uma coisa é um jovem permitir e permitir-se liberdades quando se sente seguro em uma atmosfera ampla de compreensão e afeto. Outra coisa é este jovem chegar em casa, despojado dos seus cabelos e sob o peso de uma situação profissional opressiva, e aí ver, através da porta do quarto entreaberta, sua namorada soltando não apenas gritos, mas gargalhadas de prazer, com outro membro da tribo, enquanto na radiola tocava *"I can get no satisfaction"*, com os Rolling Stones.

Poxa, e logo hoje que o Fred, depois de muito refletir no botequim, viera para casa impregnado da intenção de assumir o seu destino de bancário em ascensão, pôr o sociólogo e a americana discretamente para fora, propor a Lucinha um casamento de verdade, gerar um casal de filhos, comprar uma TV em cores e, quem sabe, um dia, até um carro de segunda mão.

O riso solto de Lucinha foi sentido por Fred assim como uma chibatada de escárnio. E se ele possuísse um revólver talvez o houvesse utilizado, transformando-se pateticamente — e até com um certo grau de injustiça — em mais um dos pilares históricos do machismo brasileiro.

Fred não tinha esse revólver. E foi assim que, à falta de qualquer ideia melhor na cabeça, sentou-se sobre umas almofadas e esperou, impassível como um Bonzo, que Lucinha e o sociólogo finalmente gozassem.

A primeira atitude de Carlos Alberto Bandeira, mestre em sociologia por Berkeley, ao voltar a si, entrevendo Frederico Otávio acachapado nas almofadas, foi ter a delicadeza de calar os Stones na radiola e cobrir-se com uma toalha. Depois, para refletir com clareza, enrolou um baseado. E quando finalmente ele entrou na sala, Lucinha, ainda nua, já se encontrava sentada no colo de Fred, que mantinha uma atitude de rígida indiferença.

"O que que houve?", perguntou Bandeira, com um gesto vago para os cabelos do bancário e passando-lhe o fumo paraguaio: "Esse é dos bons", acrescentou. "Há um capeta aí dentro, transmitido de geração em geração de índios guaranis."

"Filhos da puta, filhos da puta!", exclamava Frederico, numa alusão a toda a humanidade presente e ausente, sem excluir os guaranis, embora não recusasse o baseado.

De nada adiantou que Lucinha o cobrisse de beijos; que Bandeira lhe propusesse uma terapêutica suruba, com a participação da americana, que acabara de chegar; que esta última se dispusesse a uma noite exclusiva com Fred, contrariando seus hábitos; que se dispusesse, até, caso fosse do agrado do bancário, a uma exibição sexual com Lucinha na frente dele, como se se tratasse de um videocassete pornográfico.

Nada, nada. Frederico só demonstrou algum interesse quando Bandeira, apesar do seu atual niilismo político (ou por causa dele), propôs uma empreitada noturna de pichação às paredes virgens da nova agência, com dizeres de Proudhon, Bakúnin e Kropótkin. Ou, como alternativa, o lançamento de ovos contra os convidados que chegassem para a festa de inauguração.

Estava lançada aí a semente da OBA, embora naquele momento Frederico Otávio não se encontrasse em condições de avaliá-la em todos os seus possíveis desdobramentos, porque logo depois já retornara a um estado de profunda prostração. Ah, *Cannabis sativa*, erva misteriosa que liga o homem aos meandros mais escondidos da mente. Com ela também se pode descer aos infernos.

Como um autômato em estado de choque, Frederico Otávio limitava-se a murmurar: "Os filhos da puta, os filhos da puta...", agora com uma sonoridade destituída de qualquer significado, enquanto sua mente percorria os mais negros labirintos da depressão. Percurso este que talvez pudesse ser descrito mais ou menos assim:

Os olhos fixos no teto, Frederico projetava no vazio a imagem de si próprio, mas como um feto enrugado e gosmento a escorregar de uma caverna peluda e ensanguentada para um espaço habitado por repulsivas criaturas dotadas quase que apenas de órgãos sexuais e excretores (como os que ele acabara de ver, através da fresta da porta), mas que, durante o dia, deviam disfarçar-se em idiotas engravatados e suarentos a batalhar seu pão no meio de cidades torridamente ensolaradas, nem que para isso tivessem que se atirar uns contra os outros como porcos num chiqueiro exíguo, apenas com o objetivo de sobreviverem mais e mais. E, para tanto, tendo de enfiar por suas repulsivas goelas alimentos nauseabundos que, por sua vez, passariam por seus cavernosos estômagos e fétidos intestinos, até desembocarem naqueles mesmos órgãos sexuais e excretores que eram o princípio e o fim de tudo. Porém cuja compulsão maior era a de enroscarem-se uns nos outros como répteis asquerosos penetrando-se com seus apêndices em todas as fendas e poros e no meio de estertores guturais e convulsivos — ou até gargalhadas insanas, como a de Lucinha — até que se esgotassem numa torrente de baba como epilépticos apaziguados depois de um ataque.

E foi precisamente o que ocorreu com Frederico Otávio nessa hora: exaurido por essa viagem de minutos e milênios, enquanto era velado por seus compungidos companheiros, como numa agonia, finalmente ele se entregou a um sono sem sonhos e enovelado como o feto primeiro do seu percurso. E sendo remetido, assim, a uma bolha mais ancestral que o útero e onde reinava o puro espírito não atado a nenhuma carne com suas necessidades inesgotáveis.

# 16. O desnovelar-se de um feto

Quando saiu para a rua, na manhã seguinte, Frederico Otávio sentia-se esvaziado e feliz como um morto, o que sua própria aparência confirmava. Além do rosto escanhoado e muito branco, depois de dois anos de barba, Frederico usava um terno escuro e fora de moda, esquecido no armário desde o tempo em que ele procurara emprego no banco, logo após a morte de seus pais num desastre de ônibus da viação Cometa.

E com a mudança, assim, de sua identidade física e psicológica — esta última exorcizada traumaticamente através da dor de corno e do fumo paraguaio —, nada mais natural que Frederico pudesse observar o mundo com o distanciamento de uma alma liberta das servidões temporais. E o que ele achou deste mundo é que era muito bonito, embora, a princípio, tal percepção não lhe parecesse o indício de um enriquecimento espiritual e sim de que o fumo paraguaio o houvesse entorpecido. Tanto é que, como um carneirinho, ele vestira o terno, herança de seu falecido pai, e se dirigia agora à festa de inauguração da nova agência do Banco Continental.

O fato é que, neste momento, o bondinho de Santa Teresa passava sobre os Arcos da Lapa e o que prevaleceu dentro de Fred foi o artista. E o Rio de Janeiro, visto dali, era uma cidade inegavelmente maravilhosa, com o mar a perder-se no horizonte, entre ilhotas, e as montanhas elevando-se até o céu, o que de certa forma elevava todos eles, os habitantes da cidade, ainda que o mais humilde bancário, ao imenso Cosmos e Deus.

Mas este mundo que se apresentara tão bonito a Frederico Otávio de repente começou a parecer-lhe engraçado, no momento em que o dr. Oswaldo Avelar, descerrando uma plaqueta comemorativa, disse textualmente em seu discurso que também uma agência bancária podia tornar-se um templo do Senhor, desde que se fizesse prevalecer sobre o lucro as finalidades sociais e filantrópicas de uma empresa.

E o que parecera engraçado a Frederico Otávio, tornou-se simplesmente hilariante quando um sacerdote todo paramentado, tomando as palavras de Avelar ao pé da letra, passou a aspergir a tudo e a todos com água benta.

Mas o que nem o próprio Fred podia prever é que o gênio moleque e demoníaco, camuflado naquele fumo desde suas origens ancestrais, pudesse, de repente, numa regressão à noite da véspera, manifestar-se em toda a sua plenitude.

Pois quando Frederico — ou o capeta que o possuía — foi atingido pelos respingos de água benta, pôs-se a rir histericamente. E depois, percebendo que todos o observavam, foi obrigado a retorcer-se em convulsões, até cair vítima de um ataque epileptoide, o que empanou indelevelmente o brilho dos festejos de inauguração da nova agência do Banco Continental.

Cumpria-se aí a primeira ação concreta da OBA, o que valeu a Fred sua aposentadoria compulsória e definitiva pelo INPS, totalmente incentivada pelos patrões. E terminando por resolver, assim, o acaso, mais um capítulo aparentemente insolúvel do livro da vida: Frederico Otávio largou o banco — ou melhor, foi largado por ele — e caiu numa deliciosa disponibilidade.

A histórica noite, no entanto, ainda não terminara. Fingindo-se desacordado para não morrer de vergonha, o tímido Fred se deixou transportar nos braços dos colegas até um carro. E ao abrir os olhos, deitado no banco traseiro, teve a agradável surpresa de ver ali dentro apenas uma afável senhora, ao volante, que lhe deu uma piscadela de cumplicidade.

"Grande! Grande performance", disse ela.

Era d. Rita, que, ao assistir a cena do ataque, teve a presença de espírito de comandar a retirada do estrebuchante Fred, atitude que favorecia triplamente a secretária do dr. Oswaldo Avelar. Primeiramente, porque aos olhos do patrão ela demonstrava mais uma vez a sua eficiência; em segundo lugar, porque aquela festa, na verdade, também lhe enchia o saco. E tudo isso, finalmente, lhe proporcionava a oportunidade de estar a sós com Frederico Otávio.

Amor à primeira vista? Sim, porque no instante em que pôs os olhos no bancário, d. Rita sentiu por ele uma ternura semelhante à de uma solitária senhora que vê surgir na tela de um cinema vazio a figura de Jean-Pierre Léaud caminhando sozinho de mãos nos bolsos numa tarde cinza de outono parisiense e a assobiar uma canção melancólica de Charles Trenet e Jacques Prévert, misturando beijos roubados e folhas mortas dentro de um filme de François Truffaut. E quando Fred deu a sua primeira gargalhada insana, no início do acesso, Rita percebeu que aquele jovem, em sua palidez romântica, somava o desamparado ao incendiário. E o que era uma ternura quase maternal transformou-se instantaneamente em paixão incestuosa.

"Pode confiar em mim", ela dizia agora, dentro do carro. E

como Fred permanecesse num silêncio atônito, ela acrescentou numa voz rouca de Marlene Dietrich cheia de malícia e mistério: "Revele-me os seus segredos que eu lhe revelarei os meus". Frederico sentiu-se como um afogado a quem se estende a mão que pode trazê-lo não só à praia como alçá-lo a algumas colinas verdejantes mais acima. E quando ouviu dona Rita lhe perguntar se preferia ser levado para casa ou tomarem antes alguma coisa — e ainda acrescentando: "Eu pago" —, respondeu sem hesitação: "Prefiro tomar alguma coisa". E num gesto agilíssimo para quem acabava de sair de um desmaio, pulou para o banco dianteiro.

O bar era escuro e havia um velho pianista tocando blues e antigos sucessos da bossa nova. Entrando no clima e com aquele prazer que sente um homem ao contar a uma mulher seus amores por outra, Fred começou suas revelações por Lucinha e, numa história de trás para diante, terminou no Banco Continental e na vontade de dinamitá-lo com banqueiro e tudo.

D. Rita riu, passou-lhe as mãos nos cabelos e disse:

"Garoto, a gente deve entrar numa luta é para vencer. E para isso é preciso usar a cabeça. Como você fez lá na festa, aliás."

As palavras de Rita pareceram a Fred muito sábias e ele adorou as mãos em seus cabelos. Então, pela primeira vez, ajudado por um vinho de boa qualidade, segurou a mão dela e julgou-se obrigado a revelar ainda mais:

"Não foi totalmente uma representação lá na festa", disse.

"Você é epiléptico?", ela perguntou.

"Que isso...", ele negou, surpreso. E teve de explicar o lance do fumo paraguaio e do capeta que o habitava, levando as pessoas aos gestos mais insensatos.

"Sabe que eu nunca fumei maconha?", ela disse. "Gostaria de experimentar."

Fred estava encantado com aquela senhora que se dispunha a ser aplicada por ele, como se entregasse a própria virgindade. Mas o que o conquistou para sempre foram as próximas palavras dela:

"Se você fosse epiléptico, eu gostaria de você assim mesmo."

Esta fora a maior declaração de amor que Fred recebera em sua vida. Num impulso irresistível, deu um beijo estalado na boca de d. Rita que, emocionada, achou que era o momento de retribuir a sinceridade do rapaz, revelando seu primeiro segredo:

"Sou a secretária do dr. Oswaldo", ela declarou, sem qualquer preliminar.

"Quem, o banqueiro?"

"Sim, o próprio."

A surpresa foi demais para Frederico Otávio, que defensivamente largou a mão de dona Rita.

"Você acha que eu seria capaz de te trair?", ela reagiu, ofendida.

Diante do tenso silêncio do rapaz, só restava a d. Rita praticar um ato tão impensado quanto o de Fred ao dar-lhe o beijo na boca:

"Vou te revelar um segredo que me deixará para sempre em tuas mãos", ela disse: "Eu já matei um homem".

# 17. Eros e Tanatos

Os afetos humanos têm raízes profundíssimas e até indeci-fráveis, embora seja tido como mais ou menos certo que amor, sexo e morte estão íntima e misteriosamente interligados. Mas raramente isso terá acontecido de uma forma tão explícita como a que conduziu, naquela noite, a primeira transação sexual entre um jovem de vinte e cinco anos e uma mulher de cinquenta que confessara nada menos que um assassinato.

À medida que se afundava mais e mais naquele corpo, des-cendo a cabeça desde os seios até o ventre de Rita, para final-mente ali permanecer, era como se Fred, sem qualquer exagero literário, se visse arremessado no vácuo de um percurso desco-nhecido, cujo limite beirava o da morte.

Mas com o coração a bater em taquicardia, Fred pressentia que, ao atingir esse limite — conduzido por aquela mulher para quem não havia barreiras —, ele poderia chegar à sensação deli-ciosa que era a de não mais ter medo de coisa alguma.

É claro que tal entrega não se fizera sem resistências. Ao ouvir no bar as confidências de d. Rita, Fred sentira-se completamente oco diante de uma realidade impossível: a de que tão delicada mulher fosse uma assassina. E logo depois uma indagação começou a atormentá-lo: e se atrás daquela candidez se escondesse uma devoradora cujo furor se voltasse um dia contra ele? Tal receio, porém, começou a misturar-se a uma admiração compreensiva quando Rita lhe revelou que a vítima do crime fora simplesmente o seu marido. E que este marido era gordo, careca, chato e tirano. Matá-lo tornava-se, assim, uma espécie de ação libertária diante da qual não cabia qualquer sentimento de culpa, do mesmo modo que em relação, por exemplo, a um assalto a uma das agências do Banco Continental, desde que bem-sucedido.

Esta argumentação impressionou vivamente Fred, que no entanto não queria se deixar levar com tanta facilidade:

"E por que você se casou com ele?"

"Naquele tempo eu era uma moça idiota."

"Não podia largá-lo, depois?"

"Ele ameaçou me matar se eu fizesse isso."

Aos olhos de Fred, aquele homem começava a transformar-se apenas na entidade abstrata e odiosa que é um *marido*. Enquanto o crime de d. Rita adquiria uma conotação de legítima defesa prévia, o que até o decepcionava um pouco, despindo aquele ato de sua aura de romantismo e mistério.

Mas quando d. Rita lhe explicou como fora adicionando doses mínimas de veneno às refeições do marido, até que este expirasse vítima de mal desconhecido e embaraçoso para a medicina — já que a ninguém ocorrera desconfiar da distinta viúva —, Fred chegou ao paroxismo da admiração por aquela mulher e seu crime perfeito.

E numa percepção que somava os fragmentos de suas vivências recentes, desenhou-se para ele toda uma estratégia e o próprio nome de batismo da OBA, como se tal organização já preexistisse, latente e inconscientemente, a todos os acontecimentos. Plano que logo foi exposto a d. Rita, que o aprovou com entusiasmo, enlaçando Frederico num abraço e propondo-lhe que fossem de imediato para o apartamento dela em Copacabana. Mas para que o cérebro de Fred comandasse aos seus membros inferiores o Desejo, restava ainda ser vencida uma última barreira:

"E a mim, você seria capaz de matar?", ele perguntou.

"Menino, por você eu seria capaz era de morrer."

Falara a verdade. E, com aquela verdade, manifestava sua condição radical de animal humano do sexo feminino. A mesma radicalidade que a levara não só a matar um marido odiento como a cortar em si mesma toda possibilidade de conceber um filho daquele homem, ligando em segredo, no passado, as trompas.

Mas era como se tal filho e a grande paixão que a teria impulsionado a concebê-lo, um dia, houvessem adormecido dentro dela por vários anos, para agora se manifestarem em toda sua plenitude num só ser: Frederico Otávio.

É certo que durante toda essa espera d. Rita se lançara em uma ou outra aventura amorosa, mas sempre com o mesmo distanciamento crítico com que encarava, com sutil ironia, suas funções de secretária do banqueiro calvinista Oswaldo Avelar. Mas o que Rita jamais pudera supor é que também politicamente, um dia, de uma forma súbita, ela abandonasse esse distanciamento para transformar-se, junto com o seu querido amor, numa radical.

Desse querido e jovem amor, nessa noite, ela aprendeu como devia reter a fumaça nos pulmões para que o feiticeiro paraguaio pudesse materializar-se. E quando este efetivamente o fez, foi de uma forma totalmente empática com a secretária do banqueiro, como se houvessem nascido um para o outro.

Enquanto se extremavam em carinhos, ela e Fred puderam discorrer, com o auxílio do feiticeiro, sobre temas que abrangiam desde o taoismo e técnicas de retardamento do orgasmo, até a revolução permanente e métodos de resistência pacífica. E citações relampejaram sobre aquele leito de amor, incluindo nomes como Rousseau, Godwin, Trótski, Shelley, Bakúnin, Walt Whitman, Mahatma Gandhi, Proudhon e, por fim, mas não menores, Isadora Duncan, Emma Goldman e T.S. Eliot, as duas primeiras por sua condição de ativistas e mulheres, e o segundo, por unir no mesmo grande homem o artista e o bancário. Fred estava definitivamente conquistado. Nos dois últimos dias, amadurecera mais de cem anos. A mulher que tinha à sua frente, nua em todos os níveis, não só sabia pedir um vinho de boa safra, como misturar política e poesia e ainda dizer enlouquecida a um amante:

"Mete mais; mete tudo, meu amor."

E sim, Fred meteu mais e mais, como se aquele poço não tivesse fundo e não apenas o seu sexo se afundasse nele, mas o corpo todo e, por que não dizer, também a alma.

Através da janela do apartamento, anúncios luminosos faziam reverberar nos corpos tonalidades avermelhadas e azuis. E na cena que produziam Fred vislumbrou o clima de um filme que ele ainda iria realizar, justificando sua própria existência. Um filme dentro da atmosfera palaciana de um templo sagrado, onde se ergueria a imagem viva de uma deusa, santa e cortesã, capaz de abrigar em seu regaço macio os seus filhos e filhas mais diletos: as mulheres e os homens sedentos e desamparados como ele, Frederico Otávio.

# 18. A Organização

Desorganizada demais para uma organização, talvez tenha sido esse informalismo mesmo que contribuiu para que a OBA pudesse exercer suas atividades durante aqueles doze meses, desde a sua fundação, sem ser incomodada pela polícia. Além de não possuir arquivos nem transcrever em atas suas esparsas e quase casuais reuniões, os membros que a elas compareciam não passavam dos frequentadores daquela comunidade em Santa Teresa.

No dia seguinte à sua primeira noite com Rita, Frederico voltou para casa tão feliz que se reconciliou de imediato com Lucinha, com quem passou a tarde na cama, talvez comprovando a tese de que uma terceira pessoa revitaliza um relacionamento.

E a primeira reunião, embora informal, se deu naquela mesma noite, à hora do jantar, à qual compareceu d. Rita, convidada por Fred. O tema em pauta era a tática a ser adotada por Frederico Otávio em relação ao banco.

A primeira a falar foi Rita, que prestou um informe sucinto sobre a reação de Francisco Moreira e da diretoria a propósito dos acontecimentos da véspera e sobre como ela própria, Rita, com a autoridade de quem socorrera o bancário, interviera para que Fred não fosse simplesmente posto na rua e sim tratado como um doente dos nervos.

"E o que eu devo fazer, pedir uma licença?"

"Não, de forma alguma. Pois aí eles desconfiam de você", concordaram todos.

"Uma das características da doença mental é o doente negá-la", doutrinou Bandeira. "O que você deve fazer é ir trabalhar amanhã, como se nada tivesse acontecido."

E foi efetivamente o que Frederico Otávio fez: ao chegar ao banco, no dia seguinte, sob os olhares cautelosos dos colegas, dirigiu-se tranquilamente à sua mesa. Daí a pouco era chamado ao serviço médico, onde fingindo surpresa recebeu uma guia de encaminhamento ao INPS.

Diante da junta médica, no Instituto, Frederico reivindicou, com severa obstinação, a sua sanidade, sinal inconfundível para os médicos de que se tratava de um maluco, o que fizeram constar do laudo, opinando pelo seu afastamento do serviço, primeiro passo para a aposentadoria.

Estava confirmada a tese de Carlos Alberto Bandeira, e ao sair dali, naquela tarde, com um papelzinho nas mãos, Fred sentia-se como um jogador de futebol que acabara de obter passe livre. E só a muito custo se conteve para não dar pulos na rua, com o braço direito levantado, como se comemorasse um gol.

A relativa inércia de que foi acometida a OBA, logo após a sua fundação, talvez se tenha devido não só à hibernação a que precisava submeter-se Fred, para que não desconfiassem dele no banco, como às dissensões internas a que não escapam mesmo os menores agrupamentos políticos.

E se qualquer ata se transcrevesse das reuniões no aparelho

de Santa Teresa, talvez se pudesse obter um documento mais ou menos do seguinte teor:

A companheira Rita abriu a sessão, informando que as pichações com a sigla da OBA, sobre as paredes de agências bancárias, haviam sido confundidas com inocentes grafites. De qualquer modo chamavam a atenção dos seguranças, o que acabava por prejudicar a ação dos assaltantes profissionais.

Pedindo a palavra, a companheira dos Estados Unidos da América do Norte sugeriu que se abandonassem tais brincadeiras inócuas e se partisse para ações mais efetivas.

Por exemplo?, perguntou a companheira Lucinha.

Vocês sabem ao que estou me referindo, afirmou secamente a companheira dos Estados Unidos.

A luta armada teve consequências funestas neste país, pronunciou-se o companheiro Carlos Alberto Bandeira.

Não será o argumento do companheiro uma racionalização da covardia?, perguntou a companheira americana.

Defendeu-se o companheiro Carlos Alberto Bandeira dizendo que a luta armada era uma tentativa inútil de resolver um conflito aniquilando uma de suas faces.

Acrescentou o companheiro Frederico Otávio que o homem é um animal louco e dividido e que cabe ao artista revolucionário revelar sua dupla face.

Retrucou a companheira americana que assim a Organização ia ficar em cima do muro, sem pender para qualquer lado. E afinal do que estamos falando, de política ou de arte?

Qualquer atividade humana, inclusive a política, deve ser realizada artisticamente, sob pena de tornar-se um rito tedioso e vazio, argumentou o companheiro secretário.

Ponderou a companheira Rita que qualquer ação precipitada, neste momento, poderia atrair suspeitas sobre o companheiro Fred, depois de sua meritória investida na inauguração da nova agência do Continental.

Disse a companheira Doris que reconhecia o valor de tal investida, mas que, neste momento, o companheiro Frederico Otávio poderia abster-se de acariciar com os pés as companheiras Rita e Lucinha, para não tornar dispersiva a reunião. Fez ver a companheira Lucinha à companheira Doris que esta devia ser a primeira a reconhecer que qualquer transformação revolucionária passava necessariamente pelo comportamento mais livre das pessoas.

Pediu o companheiro Fred ao companheiro Bandeira que lhe passasse a garrafa de Smirnoff.

Advertiu-o o companheiro Bandeira, ao passar-lhe a garrafa, que talvez o álcool e o fumo paraguaio não se dessem bem. E que era bom não provocar o feiticeiro que ultimamente se mostrava tão pacificado.

Pediu a palavra a companheira Rita para sugerir que a atuação da OBA, nestes tempos de cautela, se concentrasse em pequenas ações de fustigação, enquanto se aguardavam tempos mais propícios à Grande Ofensiva.

Indagou, por sua vez, a companheira Lucinha se não devia a Organização juntar-se às manifestações ecológicas e antinucleares.

Lembrou-lhe o companheiro Fred, sorrindo para as companheiras do sexo oposto, que não se devia esquecer as reivindicações da Mulher.

Está tudo muito bem!, retrucou a companheira dos Estados Unidos da América do Norte, mas não se esqueçam de que a Organização é secreta. E, afinal, o que tudo isso tem a ver com banco, porra?

Fez-lhe ver o camarada Bandeira que os bancos não

eram tudo, companheira. Na verdade, não passavam de mecanismos sórdidos dos negócios capitalistas.

A *companheira americana:* — E por isso mesmo devemos destruí-los.

A *companheira Lucinha:* — E onde é que pagaremos nossas contas?

*O companheiro Fred:* — O companheiro Bandeira, coerentemente, não paga contas.

Interpelou-o o companheiro Bandeira, perguntando se havia ali, naquelas palavras, alguma insinuação malévola.

Explicou-lhe o companheiro Fred que apenas não resistira ao prazer de um chiste.

Inquiriu-lhe a companheira Doris, dos Estados Unidos da América do Norte, se, afinal, esta era ou não era uma Organização séria.

Respondeu-lhe o companheiro secretário-geral que absolutamente esta não era uma Organização séria.

Como se pode deduzir desta ata hipotética — e não fosse por suas animadas reuniões, alimentando o corpo e o espírito —, corria a OBA o risco de diluir-se numa entidade teórica e contemplativa, cujos objetivos um tanto vagos extrapolavam as retaliações bancárias para abranger um território mais vasto.

De qualquer modo, apesar de ligeiramente inócuas, algumas pequenas ações de fustigação foram empreendidas durante aqueles doze primeiros meses de existência da OBA, culminando com a substituição (arranjada por d. Rita), no bolo comemorativo do trigésimo aniversário do Continental, de velinhas por velhinhas, apagadas por Oswaldo Avelar com a colaboração de um Francisco Moreira ainda inconsciente dos desdobramentos que daí sobreviriam, influindo tão radicalmente em sua vida, como na de todos os outros, aliás.

# 19. Outro homem sedento e desamparado

Completamente desamparado era como se sentia Francisco Moreira ao cruzar de novo a ponte Rio-Niterói, desta vez de táxi, naquele dia fatídico em que viu Dionísia exposta nas bancas, um ano e alguns meses depois do primeiro encontro entre Rita e Fred, com a consequente fundação da OBA. Só que o dia não era mais lindo e azul, pois tanto no íntimo do bancário quanto na paisagem lá fora nuvens negras e carregadas de eletricidade prenunciavam a tormenta. Paradoxalmente, era a possibilidade mesma do desencadear-se desta tormenta que ainda impedia o Moreira de sucumbir de vez a uma terrível depressão. Pois o seu cérebro nublado se amparava numa única imagem: Dionísia. Queria chegar o mais rápido possível diante dela para atirar-lhe na cara, junto com a revista *Flagrante*, toda a sua abjeção. O que aconteceria a partir daí, ele não sabia: tanto poderia cobrir de tapas a mulher como forçá-la a entregar-se passivamente a ele — *como a putona que ela era* — ou, ainda, cair em soluços sobre o seu colo, pedindo-lhe que não o abandonasse.

Francisco Moreira só não estava preparado para uma coisa:

não encontrar a mulher. Ao entrar no quarto, brandindo sua indignação e a revista *Flagrante*, deparou apenas com o silêncio e o vazio.

"Onde está ela? Onde está ela?", saiu gritando pelo apartamento, até achar, na cozinha, a empregada. Esta nunca vira o patrão assim tão transtornado. E só pôde gaguejar, timidamente, naquilo que pareceu ao Moreira um sinal de cumplicidade: "Não sei... não sei não senhor. Acho que saiu."

Moreira retornou ao quarto com uma ideia fixa: o armário. Dispunha-se a enfrentar qualquer homem que ali estivesse escondido, junto com a mulher. E chegou a desejar, de fato, ver o francês, para que a sua fúria explodisse como um raio numa tempestade encruada. Mas, ao abrir a porta, o que o Moreira viu no armário não foi bem o francês, mas tão somente a mulher. Não em carne e osso, mas através dos luminosos espectros que emitiam os seus vestidos, aureolados por uma fragrância inconfundível. E a consciência pungente de sua perda abateu-se brutalmente sobre ele.

Como um possesso, sobraçou aqueles vestidos e os trouxe contra si, mergulhando neles o rosto. E, recuando, foi cair de costas em cima da cama, afogado num mar de cheirosas e macias roupas femininas.

Francisco Moreira suava e, aos arrancos, livrou-se do paletó, da gravata, da roupa toda. Estava acometido de uma tremenda ereção, porém levantou-se de um salto e dirigiu-se nu ao banheiro, sem se preocupar que a empregada pudesse vê-lo.

Não, o bancário não abriu o gás. Ficou por longo tempo debaixo do chuveiro, deixando que a água fria o purificasse da poeira, do sangue e da lama de um dia acidentado. Ao enxugar-se, a ereção não havia cedido.

De novo na cama, o Moreira acariciava agora o próprio corpo, apertando contra ele um vestido de Dionísia. Desesperadamente, o bancário buscava — e de alguma forma conseguia — unir em si mesmo o homem e a mulher, num prazer egoísta e seguro e que o livrasse, pelo menos por alguns momentos, de sua doída carência.

E talvez assim houvesse gozado e gozado e, depois, pacificamente adormecido, não fosse interrompido, antes, pela voz conciliadora da empregada na sala:

"O senhor não aceita um café?"

Foi como se alguém que não ele, Moreira, com uma tranquilidade distanciada, respondesse através de sua boca:

"Sim, por favor, traga aqui."

Ao surpreender o patrão naquele estado, a empregada quis recuar.

"Vem, não tenha medo", ele disse.

E ela veio. Acostumada a anos de obediência, ela veio. E ali parada, junto à cama do patrão, suas mãos tremiam e com elas a bandeja, o açucareiro e a xícara.

Era negra e jovem, a empregada; usava um vestido curto e grosseiro e suas coxas eram firmes. E foi ali, naquelas coxas, que o Moreira pôs uma das mãos, para depois, devagar, ir subindo. Tremia cada vez mais a mulher e, não fosse o medo de derramar café sobre o patrão, talvez ela houvesse fugido. Quando concluiu, enfim, que podia abaixar-se e dispor a bandeja sobre a mesinha de cabeceira, isso tinha de ser feito com muito cuidado e lentamente. E aí a mão do Moreira já se achava firmemente instalada no meio das suas pernas e ela, a mulher, já fora enredada naquela teia onde uma aranha peluda e sôfrega latejava, umedecida. Molemente, depois de ter se livrado da bandeja, ela escorregou para a cama.

Foi um festim enquanto durou, como o Carnaval. No meio

daqueles panos perfumados e coloridos, como fantasias, ela era transportada a um mundo mágico onde se confundiam senhores e escravos, empregados e patrões. E a este mundo ela se entregou, esquecendo-se, por instantes, de sua condição, temores e culpas. Quanto ao Moreira, talvez haja sucedido com ele algo mais complexo, psicologicamente, como é próprio da pequena burguesia. Não que disso ele se tenha dado conta, pois apenas mergulhou sofregamente naquela carne negra, como quem mergulha nos mistérios e prazeres de uma civilização desconhecida.

Mas se Sigmund Freud houvesse baseado suas pesquisas não em austríacos da primeira metade do século, mas em descendentes de europeus desgarrados em continentes perdidos, talvez ele chegasse à conclusão de que, nos pequenos Édipos coloniais, à fixação na grande mãe branca se deveria juntar a doce e assustadora mãe negra, com seus seios fartos e generosos. Algo assim como uma imponente deusa nagô e ao mesmo tempo todas as gentis babás negras que contribuíram para construir aquilo que se convencionou chamar de a *família brasileira*, o que, juntamente com Deus e a pátria, formam os pilares da nacionalidade.

E àquele orgasmo do Moreira — um dos melhores da sua vida — não foi estranha a sucessão de imagens-relâmpago que sintonizavam desde provincianas cozinhas, onde cozinheiras pretas debruçavam seus seios sobre fogões de lenha em que se preparavam mingaus, até gravuras engorduradas de folhinhas tentando inutilmente reproduzir campos nevados de uma Europa ancestral. No meio disso tudo, fotogramas de memórias, com índias, crucifixos, canções de ninar, matas peludas, cobras venenosas, demoniozinhos de chifres, cheiro de manga com leite, trovões bíblicos, tempestades e, por fim, algo tão perdido no tempo de todos que jamais poderia configurar-se em imagens, mas que era precisamente o que o Moreira e a negra buscavam, febris. Algo além deles mesmos e que, por um instante, os transformava, indissociáveis da natureza e do todo, em animais e anjos: sadios, inocentes, felizes. E quem dera, para sempre, pudessem permanecer assim.

Mas não podiam e, logo, retornava a realidade de um quarto onde deitavam-se lado a lado na cama um patrão e a empregada nus. Com um pouco de desprendimento e audácia, poderiam, talvez, conceder-se um pouco de ternura agradecida. Porém entre eles havia toda uma História e uma Civilização. Com um conhecimento perfeito destas, pulou a empregada da cama e, catando seus velhos panos, esgueirou-se para fora do quarto.

E ali estava de novo sozinho o Moreira, depois de haver cumprido talvez a última etapa de uma regressão. Saciado, só podia haver lugar para a dor, e o Moreira olhou para os lados, buscando um novo refúgio, no armário ou fosse lá onde fosse. Impossível, pois onde a dor se achava encravada era dentro dele mesmo. E ali, em si próprio, ele não encontrava mais nenhum espaço para onde pudesse regredir. A não ser que...

# 20. Travessia

Pela terceira vez no mesmo dia, cruzava o Moreira a ponte Rio-Niterói. Novamente ele vinha de táxi, já que o carro sumira junto com Dionísia. A paisagem agora era simplesmente negra, com a aproximação simultânea da tempestade e da noite. Castigados pela forte ventania, os carros seguiam muito devagar, até que, próximo ao vão central da ponte, o tráfego engarrafou de vez.

Teria o Moreira premeditado alguma coisa? Ou foi o acaso — na forma de um engarrafamento — que o movimentou?

Sem dizer nada ao motorista, o Moreira saltou do táxi, aproximou-se da amurada e ali se deixou ficar, os cabelos ao vento, como se olhar a paisagem, naquele instante, fosse a coisa mais natural do mundo. E, de fato, Francisco Moreira sentia a oca e agradável sensação de que ele e o mar, o espaço, o horizonte não eram entidades distintas.

Porém o fluxo de veículos avançava alguns metros e a voz do chofer o despertou.

"Como é que é, amizade, não vai entrar?"

O Moreira olhou para trás, espantado, pois aquela voz o

trazia de volta a um mundo do qual já se julgava liberto. E querendo afugentar esse mundo, pôs-se o Moreira a caminhar junto à amurada, no mesmo sentido dos veículos, mas como se aquela ponte, para ele, fosse um deserto de concreto, vestígio de alguma civilização desaparecida. Mas o motorista, fazendo seu carro rodar lentamente junto ao meio-fio, era tremendamente real.

"Se o problema é dinheiro, amizade, o senhor me paga depois."

Pela segunda vez, hoje, o Moreira era alvo da solidariedade popular. Lágrimas brotaram nos olhos do bancário e ele sentiu uma imensa piedade de si próprio.

"É, dinheiro não deve ser. O doutor parece um homem distinto. Então só pode ser coisa de mulher."

Foi neste momento que o Moreira se decidiu, talvez porque tenha sintonizado no vento a palavra mágica, origem de tudo: *Mulher*. E num gesto brusco virou-se novamente para a amurada e imprimiu toda a vontade ao seu corpo.

O corpo do Moreira não o obedeceu. Pois naquele exato instante a ventania soprou ainda mais forte e a tempestade finalmente se desencruou.

Entre estas duas forças contraditórias — a do impulso do próprio corpo e a do vento que o rechaçava — o Moreira, por um segundo, permaneceu flutuando no mesmo lugar. Tempo suficiente para que ele visse, ou julgasse ver, durante o clarão de um raio, uma cena além da imaginação.

Um corpo boiava nas águas enegrecidas do Atlântico e, no rosto do afogado, o Moreira reconheceu a si mesmo, como se ele houvesse se dividido em dois: o que se atirara nas águas e o que permanecera lá no alto, observando. Observando não só o próprio cadáver, mas também um navio a desaparecer no vão da ponte, sem ninguém no convés, como um barco fantasma que transportasse a alma daquele afogado. Uma fração de segundo depois e tudo voltara ao normal. Quer dizer: chover, ainda chovia, e forte. Porém, apagando-se o raio e diminuindo a intensidade do vento, o Moreira, literalmente, botou os pés no chão. A tempo ainda de ouvir o troar bíblico de um trovão, o apito fantasmagórico do navio e, logo depois, a voz amiga do motorista:

"Doutor, vem logo. Senão o senhor vai se resfriar."

Atônito, o Moreira olhou para o motorista: aquele conselho prosaico lhe parecia ainda mais irreal do que a cena que ele acabara de viver. De qualquer modo, obediente, entrou rápido no táxi, atrás do qual outros motoristas já buzinavam impacientes, pois o trânsito voltava a fluir.

"Puxa, doutor, por um momento eu pensei que o senhor fosse se atirar. Quer saber de uma coisa? Esse negócio de mulher a gente cura uma é com outra."

Sentado agora no banco dianteiro, o Moreira riu com o motorista. Aquelas palavras lhe pareceram de uma imensa sabedoria e ele sentiu-se liberto e feliz. Mais ainda que isso, sentiu-se como se o antigo Francisco Moreira houvesse desaparecido para sempre no Atlântico. E este outro — o que sobrevivera — se viu espantado a ordenar ao chofer:

"Por favor, me deixa no Teatro Municipal."

# 21. Mulheres

Sílvia Avelar tinha enfiado um vestido negro e se escondido atrás de óculos escuros, como se fosse uma viúva. Chorara a noite inteira, bem baixinho, para não acordar o marido. Estava cansada de saber que o fotógrafo transava com suas modelos, mas no caso da apoteose de Dionísia sentiu-se diante de uma verdadeira subversão hierárquica. Abriu a gaveta da mesinha, pegou o revólver do marido e foi olhar-se no espelho mais uma vez. Se tivesse de envolver-se num escândalo policial, que ao menos o fizesse com certa dignidade.

Mandou chamar o chofer e disse que precisava ir ao Alto da Glória. Num misto de dor e raiva, esquecia-se das precauções mais elementares.

Dentro do carro, o motorista sentiu uma fragrância de perfume francês sobre uma pele feminina logo após o banho. A tempestade da véspera se dissipara e a paisagem brilhante da avenida Atlântica, onde agora haviam entrado, ajustava-se perfeitamente ao clima de requinte no interior do veículo refrigerado. E o motorista perguntou a Sílvia se queria que ligasse o rádio.

Diante de uma seca negativa, entendeu que a patroa hoje não estava a fim de conversa. Acelerou então o Alfa Romeo, conformando-se à sua condição de empregado. E foi nesta mesma condição que ele não se fez qualquer pergunta, diante da casa do fotógrafo, quando a patroa lhe disse que aguardasse com o motor ligado enquanto ela ia lá em cima resolver um negócio. Se em cinco minutos não voltasse, ele poderia ir embora. Sílvia Avelar não sabia se ia matar o fotógrafo ou cair em seus braços. Cinco minutos depois, Sílvia não havia voltado. O chofer desligou o carro, aguardou mais dez minutos e foi embora. Porém Sílvia Avelar não matara o fotógrafo nem caíra em seus braços. Ao girar a chave do estúdio, cuja cópia havia prudentemente roubado, deu não com o fotógrafo, mas com a própria Dionísia deitada na cama. Coberta apenas com um leve lençol, ela deixava entrever um dos seios e uma das coxas, até onde ela terminava, no início do escuro entre as pernas. Sílvia abriu a bolsa, sentiu na mão o cabo metálico do revólver e aproximou-se silenciosamente da cama.

Diante daquele corpo moreno, lindo e entregue, ela hesitou, trêmula, por um segundo. Depois, lentamente, foi retirando da bolsa... a mão vazia.

A filha do banqueiro era uma mulher culta, viajada e até sensível, quando se derretia a sua camada de gelo. E percebeu que, se abrisse um buraco vermelho no coração daquele corpo, o imortalizaria para sempre, uma espécie de obra-prima a que não ficariam insensíveis nem o fotógrafo nem os jornais, que fabricariam daquela história uma tragédia grega em que a ela, Sílvia, caberia um desconfortável papel tipo Medeia.

Não podendo dar vazão a seu ódio, Sílvia intuitivamente resolveu amar. Num impulso irrefreável, sentou-se à beira da cama e acariciou aquele seio tão bonito, sentindo um carocinho brotar entre os seus dedos. De olhos fechados, Dionísia sorriu e estendeu os braços. Ao tocar uma pele delicada de mulher, quando esperava encontrar a do fotógrafo, abriu finalmente os olhos e, num gesto assustado, recuou na cama e ajeitou o lençol sobre o corpo.

"Não tenha medo, você é linda", disse a filha do banqueiro, acendendo um cigarro. E, como se distraída, pousou uma das mãos na perna de Dionísia, sentindo nela, desta vez, apenas um leve crispar-se.

Apesar de sua pouca experiência em sociedade, Dionísia não era ingênua e muito menos burra. Passado o primeiro susto, captou logo os primeiros lances daquele jogo, cujas regras intuía. E resolveu ganhar um pouco de tempo, para depois entrar nele com tudo e, se possível, vencê-lo.

"O que você quer comigo?", perguntou, sem a menor agressividade.

"Nada", disse Sílvia, estendendo à outra o próprio cigarro: "Estava passando por aqui e resolvi dar uma entrada."

Pela segunda vez na vida — e também num momento-limite — Dionísia aceitou um cigarro. Colocou-o na boca e sentiu nele a umidade da saliva de Sílvia. E, em vez de afligir-se, sintonizou no mais obscuro de seu íntimo uma velada excitação, que a fez lembrar-se vagamente de brincadeiras de infância com um primo seu.

Na verdade, não fosse por sentir-se ameaçada, teria se deixado fascinar desde o princípio por Sílvia e o modo como ela se movimentava em seu universo, ao mesmo tempo desprezando-o e nele sentindo-se à vontade.

Devolveu então à outra o cigarro, um pouco mais umedecido. E quando Sílvia o levou à boca, interceptando aquele sinal, estabeleceu-se entre ambas uma imediata cumplicidade. E sorriram ao mesmo tempo, desta vez sem qualquer artifício ou premeditação.

Foi neste instante que a chave girou na fechadura e irrompeu no estúdio o fotógrafo. Vinha sorridente, carregado de singelas sacolas de supermercado. E deparando com as duas mulheres em sua cama, não achou nada melhor a dizer que:

"Que bom ver vocês duas!"

Adivinhava mais ou menos o que Sílvia viera fazer ali. Mas nunca imaginara encontrar, um dia, as duas partilhando tão amistosamente o mesmo leito. E o único modo de averiguar o que se passava era seguir sempre em frente. Aproximou-se delas, deu um beijo na testa de cada uma e espalhou as compras sobre a cama.

"Olhem o que eu trouxe para o café."

Havia de tudo: pão fresco, presunto, três espécies de queijo, pó de café, croissants, chá, leite, ovos, manteiga, laranjas e nada menos que duas garrafas de champanha, tão francesas quanto o fotógrafo.

A única coisa que não espantou Sílvia naquilo tudo foram as duas garrafas. Acostumada à desorganização doméstica do fotógrafo, a filha do banqueiro entendeu imediatamente que não estava diante de uma simples transa sexual. E sentiu de novo a fisgada do ciúme penetrando em sua carne, como um punhal. Jean nunca se dera ao trabalho com ela, Sílvia, de tais frescurinhas caseiras. E a filha do banqueiro lembrou-se da arma em sua bolsa.

Em vez da guerra, porém, optou mais uma vez por uma ação político-diplomática:

"Podem deixar que eu preparo tudo", disse, erguendo-se de um salto. "Só tenho que vestir uma roupa mais adequada", acrescentou, já arrancando o vestido pela cabeça. E mesmo tendo vindo ali, ao menos em tese, para matar o fotógrafo, ela usava uma calcinha mínima e colorida, detalhe que não escapou a Dionísia, como também o fato de a outra ter belíssimos seios. Na verdade, as duas tinham isso em comum: aproximavam-se dos trinta anos e não se haviam animado a ter filhos com os respectivos maridos.

Dionísia levantou-se completamente nua e dirigiu-se, por sua vez, ao guarda-roupa.

"Eu faço questão de ajudar", disse ela a Sílvia. Estavam as duas lado a lado e, entre elas, havia tensão elétrica suficiente para iluminar um estádio. À distância, Jean observava aquelas duas mulheres, satisfeitíssimo com o rumo que as coisas tomavam. E resolveu colaborar com a sua parte:

"Enquanto vocês fazem o café, eu preparo uma surpresa", disse, tirando um pacotinho do bolso.

A roupa que Sílvia escolheu para sentir-se à vontade era apenas uma camisa listrada, de mangas compridas, do fotógrafo. Já tendo exibido seu vestido negro tanto a Jean como a Dionísia, ela agora se queria simples e juvenil, como se a compensar o fato de ser riquíssima e filha de um banqueiro, o que às vezes, em se tratando do fotógrafo, podia ser uma desvantagem. Fora isso, além de uma certa posse e intimidade com os objetos pessoais de Jean, Sílvia podia mostrar as pernas, que eram muito bonitas.

Já Dionísia percorreu o caminho inverso. Surpreendida na cama, ela mostrava desde o início todos os seus trunfos. E só poderia ganhar em mistério e sensualidade na medida em que se escondesse atrás de uma roupa. O problema era saber que roupa. Se pusesse os jeans e a blusa com que viera ao estúdio, nada teria a oferecer de novo a Jean, além de assemelhar-se a Sílvia em sua recém-adquirida simplicidade. E vestir qualquer coisa mais suntuosa para o café da manhã trairia um certo deslumbramento da sua parte. Salvou-a uma sabedoria oriental, já contida na própria peça que escolheu no armário: um quimono japonês de seda pura, que a transformava numa gueixa delicada, perfeitamente de acordo com a situação que estava vivendo. E continha aquele quimono, comprado pelo fotógrafo por motivos profissionais, uma outra virtualidade: ao simples puxar de uma faixa, mostrava inteiramente nua a mulher que estivesse dentro dele.

E quando o fotógrafo — que ficara na sala esfarelando uma pedrinha de coca — viu sair da cozinha aquelas mulheres sorridentes trazendo o lauto café, era como se uma houvesse incorporado um pouco da outra e vice-versa, fazendo das duas novos e belos espécimes. Já tendo aspirado um pouco de pó, Jean sentiu-se o alquimista responsável por mais essa metamorfose.

"Antes do café, a minha surpresa", disse, concluindo o meticuloso trabalho de arrumar sobre um dicionário várias fileirinhas.

E foi talvez por causa dessa surpresa que o café da manhã transcorreu num clima de grande cordialidade e até um sutil brilhantismo intelectual.

"Você estava ótima na revista", disse Sílvia.

"Você também é uma mulher muito bonita", retribuiu Dionísia. "Quando vi você ali quase nua, com aqueles óculos escuros, não sei como Jean não aproveitou para fotografá-la. Daria um efeito interessantíssimo. Não sei por quê, me lembrei de um filme de ficção científica."

Dionísia nunca tomara drogas e só o tinha feito para não sentir-se de fora. E quando os outros, ansiosos por lapidar aquele diamante bruto, a ensinaram como devia tapar uma narina e depois a outra, ela enfrentara bravamente o medo. E agora a realidade adquiria mesmo a nitidez de uma ficção científica bem dirigida, em que todos os acontecimentos eram possíveis. Os pés descalços se misturavam debaixo da mesa e Dionísia não se perguntou qual era o pé que estava sobre o seu.

"Diretamente do disco voador, uma venusiana", brincou Sílvia, referindo-se a si própria e tirando modestamente seus óculos escuros de lentes avermelhadas. E fixou seus olhos nos de Dionísia, como se mostrasse que se despia diante da outra de qualquer artifício.

"Um filme de ficção científica feito pelo Godard da fase anárquica", disse o fotógrafo, pondo os óculos de Sílvia, o que lhe permitia observar as duas mulheres sem que elas soubessem para onde ele estava olhando. E quis arrematar com uma observação que agradasse a ambas: "A Vênus de Vênus. Daria mesmo uma belíssima foto. E por que não fazê-la mais tarde? Parabéns às duas pela sensibilidade."

Jean sabia que um dos piores motivos de ciúmes da parte de Sílvia era nunca ter sido solicitada como modelo, o que ele justificava pela interdição representada pelo sobrenome dela. Mas na verdade sempre a considerara dura demais para uma modelo. O que começava a desmentir-se a olhos vistos.

"*Et maintenant, ladies and gentleman: Champagne!*" — disse ela com uma pronúncia perfeita, tendo o cuidado de pôr o *cavalheiro* no singular, ironia que escapou a seus interlocutores e que a fez sentir-se levemente superior. E, levantando-se, ela foi jogar-se relaxadamente sobre umas almofadas, colocando os dois pés na parede.

Tão bem quanto Jean, ela sabia que era preciso um bom gole para manter o nível elevado.


Talvez tenha sido um mero acidente, a princípio, embora não de todo imprevisível, na medida em que se tratava de champanha de boa qualidade. A rolha foi explodir contra o teto com a violência de uma sensualidade há longo tempo ali engarrafada — desde uma belle époque parisiense — e que agora se liberava como um gênio mágico pronto a servir seus senhores.

Na ânsia de não desperdiçar o precioso líquido, Jean aproximou-se rapidamente das duas mulheres, nas almofadas, e, antes que tivessem tempo de erguer as suas taças, Sílvia e Dionísia já estavam todas borrifadas de champanha. E foi com uma alegria juvenil que os três levantaram um primeiro brinde. "À nossa", disseram, emborcando as respectivas bebidas de um trago. E só depois saborearam vagarosamente uma segunda taça, que logo subiu à cabeça das mulheres. A primeira a sentir o friozinho na pele foi Sílvia, com sua camisa leve. Levantou-se, foi ao banheiro e voltou só de calcinha, enxugando-se com uma toalha. Dionísia não pôde detectar qualquer premeditação naquele gesto e, com uma ponta de inveja, achou-o gracioso. E verdadeiramente encantou-se quando a outra aproximou-se dela para secar-lhe os cabelos, com o cuidado de não desarrumá-los. Apenas a perturbava um pouco a proximidade do corpo debruçado de Sílvia, com os seios quase a tocar-lhe. E com a mente já um pouco turva, Dionísia sentiu um impulso de ternura, um desejo de apoiar a cabeça naquelas coisinhas tão macias, de um ser do seu próprio sexo. E só não o fez pelo receio de ser mal interpretada e também por um medo ainda maior: da possibilidade de, cedendo a um primeiro impulso, abandonar-se depois inteiramente a ele.

Como se tal faísca se transmitisse eletricamente a Sílvia, ela puxou de leve o quimono de Dionísia, apenas o suficiente para que pudesse introduzir lá dentro as mãos e a ponta da toalha. E pondo-se e enxugá-la no ritmo de uma carícia, foram os seus seios que acabaram por tocar o rosto de Dionísia.

O estudo da psiquê humana não é, pelo menos até hoje, uma ciência exata. Para explicar o comportamento humano só se pode, então, levantar hipóteses. E eis algumas delas.

Até esse dia Sílvia não tivera, ao menos conscientemente, desejos homossexuais. E mesmo os atos de agora talvez não devessem ser considerados como tal e sim como gestos de *amor*, com toda a imprecisão desta palavra.

Acariciando, sem nenhum disfarce, os seios de Dionísia, era como se Sílvia investigasse a si mesma no corpo da outra e, nele, se aproximasse do fotógrafo. Sempre a intrigara o brilho nos olhares masculinos diante daquelas duas peças redondinhas de carne, que tanto ela como Dionísia traziam tão bem constituídas. E quantas vezes Sílvia se entregara a um homem apenas por isso: para expor-se e avaliar a cobiça sensual que despertava. Por outro lado, como mulher voluntariosa e bem-nascida, revoltara-se desde o princípio com aquele quê de submissão que implicava a sexualidade feminina. E tinha uma tendência a repelir o macho tão logo se saciava. E o fato de ligar-se a Jean por um tempo que já beirava um ano talvez se justificasse pela *nonchalance* do francês, que o transformava num desafio digno dela.

Explorando o corpo da rival, encarnava o próprio Jean, penetrando naquele obscuro território onde se achava encravado o desejo tão intenso dele por Dionísia. E surpreendeu-se a encontrar ali até mais do que procurava. Quando viu Dionísia encolher-se, arrepiada — mais uma vez um misto de pudor e entrega —, entendeu não só o que movia o fotógrafo como o que a moveria, a partir de agora. Sentiu um formigamento nas pernas e a umidade do desejo inundando-a por dentro. Mas esse desejo prescindia de um homem e se dirigia inequivocamente a seu próprio sexo: não de todo por causa da atração por Dionísia, mas também — ou principalmente — pelo fascínio por ela mesma, Sílvia, que descobria dentro de si a Mulher. Aquele seio que ela acariciava, com um conhecimento que nenhum homem poderia ter, era também o Seu seio. Do mesmo modo que beijar aquela boca, que ela trouxe contra a sua, era como sentir o gosto mais íntimo de si própria.

E desfazendo a amarra do quimono de Dionísia, envolveu-a num abraço.

\* \* \*

Já Dionísia, caso se dispusesse a estragar com uma análise tudo o que lhe acontecia, talvez chegasse à conclusão de que o que verdadeiramente a ligava — permitindo a vibração de suas cordas mais profundas, que Sílvia agora manipulava como uma perfeccionista — era o crescente processo de valorização de si própria, que a transportava a uma sensação tão voluptuosa quanto a do Sexo: a do Poder. Pois, bastando a ela ocupar o espaço do seu corpo e do seu Ser, ela conquistara o fotógrafo e, em seguida, arrastara a orgulhosa Sílvia a um ponto de abandono, o que envaidecia Dionísia ainda mais, e então ela se deixava levar, entregando-se àqueles dedos que pareciam conhecê-la tão bem e desde sempre, conduzindo-a progressivamente a um acorde final.

Porém, esta admiração por si própria não excluía o espaço para um sentimento por Jean, que talvez se pudesse chamar de Amor. Pois num canto qualquer de sua mente enevoada pela champanha, o pó e a luxúria, Dionísia tinha uma noção límpida de estar proporcionando ao fotógrafo um prazer absoluto e ligado àquele sentido que ela sabia, em Jean, ser o mais primordial e alerta: o Olhar.

E estando este Olhar, no caso do fotógrafo, indissoluvelmente associado à sua profissão e às deformações dela decorrentes, nada mais natural que ele, sorrateiro, houvesse pegado sua câmera e com ela batesse, o mais discretamente que pôde, algumas fotos do que se passava sobre as almofadas. Não que pretendesse tirar delas qualquer proveito comercial ou profissional, pois não queria de forma alguma comprometer Dionísia ou a filha do banqueiro, surpreendidas em poses tão pouco convencionais.

Mas o fato é que o francês, como muitos artistas, só considerava completa uma vivência — ainda que das mais agradáveis — quando a corporificava numa obra, criando a ilusão de sobrepor-se ao tempo e à própria morte. Por outro lado, a cocaína, que ele consumira bem mais do que as mulheres, havia arrefecido em seu organismo qualquer desejo de juntar-se a elas num ménage à trois, que de certa forma ele deixava para depois, aprisionando-as numa câmara escura, assim como quem guarda um doce para comer mais tarde.

E numa sucessão de cliques, captou alguns daqueles momentos tão belos e fugazes, que iam desde as primeiras carícias, quase tão inocentes quanto as de colegiais num internato de freiras, até o momento em que a natureza, com a habitual sem-cerimônia, tragou as duas mulheres em sua boca selvagem, fazendo-as se descuidar de toda compostura para, finalmente, lançá-las extenuadas à mansidão de uma espécie de praia.

Antes que o pano descesse, entretanto, para o final do espetáculo, houve um pequeno momento em que Jean — terminada a última chapa do filme, sem que existisse tempo para trocá-lo — teve de se defrontar com a sua vivência pura e simples, sem qualquer bengala profissional para ampará-lo. E o que ele encontrou foi, por assim dizer, aquele vazio pleno que se localiza atrás do mundo das aparências a que se referem os budistas.

Pois sendo a vida uma sucessão de instantes — o contínuo *vir a ser* apontado pelos filósofos da existência, sob cujo manto Jean viera ao mundo, no pós-guerra —, o presente nunca existia, na medida em que se tornava instantaneamente passado. E a única forma de viver este presente era, paradoxalmente, eliminá-lo.

E Jean viu-se pairando sobre o ambiente, do mesmo modo como se lançavam no vácuo as duas mulheres, atingindo a curva máxima do orgasmo. E foi este vazio no interior de uma experiência-limite — arremate perfeito para a biografia de um amante e um artista — que levou Jean a uma clareza e lucidez comparáveis às que lhe proporcionariam cem anos num mosteiro zen e ainda por cima fazendo psicanálise. E ele sentiu os atos e imagens humanos como lampejos fugazes e irregulares de energia, projeções ópticas e sensoriais numa espécie de caos cósmico e deserto, e que seria uma tarefa inútil tentar aprisioná-los.

E no momento em que se desatava aquele feixe de nervos igual a um polvo constituído por duas mulheres, ele olhou não mais para elas e sim para os reflexos dourados que projetavam, em duplo, nos óculos escuros que o francês largara sobre a mesa. E Jean se perguntou se não poderiam ser estes reflexos a realidade e as mulheres, a projeção desta. E por fim percebeu que aquelas imagens femininas nas lentes — não corrompidas por sua materialização numa obra — eram, na verdade, a obra máxima dele, Jean. E que, depois dela, seria fútil prosseguir em seu trabalho de fotógrafo. Sentiu-se liberto e feliz e acreditou aproximar-se de algo parecido com Deus.

# 22. Deus

Para Dionísia, quando garotinha, Deus fora um bondoso velho de barbas, em honra de quem se ajoelhava todas as noites para rezar um pai-nosso, menos por fé do que pelo fato de os pais a acharem, assim, uma gracinha. E depois ela tomava um copo de leite, dava e recebia um beijo de papai e mamãe e logo adormecia, protegida por aquela atmosfera de devoção.

Já para Francisco Moreira esta atmosfera religiosa, em sua infância, fora de medo. Criado no interior, por pais severos, ele escapara por pouco de ser mandado a um seminário. Mas não escapara de carregar por toda a vida uma austera e vingativa imagem divina, que remontava ao Jeová dos judeus, Moisés e sua pedra de mandamentos.

Só que este Jeová, para os judeus, com exceção dos mais ortodoxos, fora se transformando, com o correr do tempo, num símbolo da superioridade e força de uma raça e da união de um povo cercado de inimigos por todos os lados, como um garoto louro criado num gueto negro nova-iorquino.

Oscar Goldstein, por exemplo, considerava este Deus como uma instituição útil, necessária e até vantajosa, em alguns momentos, como quando, durante a Segunda Guerra, deu a grande arrancada em sua fortuna ao assumir, por baixíssimo preço, algumas propriedades dos inimigos do seu povo, aqui acuados quando os governantes e militares brasileiros, depois de muito hesitarem, escolheram apoiar não o lado de Hitler, mas o outro. A bem da verdade, tais acomodações de escrúpulos não eram privilégio de qualquer raça ou religião. Aldásio Coimbra, por exemplo, também era um homem sem preconceitos. Jamais se sentira incomodado por servir a qualquer credo, raça ou opinião. O fato é que, para o acadêmico, Deus se constituía numa figura de retórica: era bom para ser citado em discursos da Academia, sonetos, editoriais patrióticos e até sensuais, com um leve toque de paganismo. Já Oswaldo Avelar era um verdadeiro cristão. Só que numa linhagem dissidente que vinha desde Calvino e tinha a vantagem de ver na prosperidade uma bênção e uma predestinação para a vida eterna. Filosofia que, somada a outras razões, como abundância de recursos naturais, rios navegáveis, genocídio de índios, pilhagem dos vizinhos etc., fizera a grandeza do capitalismo norte-americano. E mesmo quando cometia a ilegalidade de emprestar dinheiro a algumas de suas empresas, que tiveram a princípio, como testa de ferro, o seu sogro, Oswaldo Avelar o fazia convicto de que, com isso, adquiria ainda maiores méritos para o paraíso. E o banqueiro chegara até a antecipar, com muita perspicácia, o atual espírito ecumênico das igrejas, desposando há muitos anos uma senhorita que, se tinha a fraqueza de abraçar o espiritismo, era filha de um homem tão empreendedor que, depois de se constituir num dos maiores pilares do jogo do bicho na zona da Leopoldina, conseguira canalizar todos os seus lucros para negócios respeitáveis, se é que tais palavras podem vir juntas, mas o que contribuiu, em forma de herança, para a maior solidez do patrimônio de Avelar.

E se é, também, que qualquer explicação se deva aplicar ao sobrenatural, talvez as crenças e fatos acima expliquem por que d. Esmeralda Avelar carregou por tanto tempo, com uma conformada alegria, o seu apelido, que ela nunca tomou no sentido vulgar de horrenda feiticeira. Acreditando, ao contrário, haver reencarnado, ainda que de forma simbólica, neste inseto alado tão desprovido de atrativos, que é a *bruxa*, ela se sentia não só pagando — e bem paga — uma encarnação anterior de devassidão e luxúria, como ainda dispondo de sobras para saldar o passado de seu querido pai, que afinal subira ao topo da escala social graças a uma contravenção intrinsecamente ligada à zoologia. Não satisfeita com isso — e como se na última vida já se houvesse saciado ao limite do tédio —, d. Esmeralda passou a dedicar-se a obras de caridade e recusou-se daí em diante a manter relações impuras com o marido, para grande alívio deste. E Oswaldo Avelar costumava dizer de sua esposa que se tratava de uma santa e que ela não era bem deste mundo, no que o banqueiro tinha bastante razão, pelo menos no que toca à segunda afirmativa.

Tal entrechoque de crenças na família — além do descuido do pai, envolvido em seus negócios, e da mãe, em suas obras de caridade — acabou por conduzir a filha do casal a uma resultante zero, no que toca aos assuntos da alma. Não que Sílvia se considerasse ateia ou mesmo agnóstica. Com o relaxamento das gerações que estão mais para o berço de ouro do que para a manjedoura, ela simplesmente não se preocupava com esses assuntos. O que não a impediu de subir com Antônio Augusto ao altar, num casamento celebrado em rito ecumênico, satisfazendo pais, mães e amigos gerais e proporcionando a Sílvia a oportunidade de gozar, com a bênção de todos, daquilo que já desfrutara até então sem a bênção de ninguém: os prazeres da carne e, não necessariamente, a carne do marido. Sua trajetória se assemelhava, deste modo, à do fotógrafo, que sempre fora um audacioso instintivo.

O pai de Jean, com efeito, morrera na campanha da França na Indochina e, com ele, os homens do general Giap liquidaram sem querer o superego do fotógrafo de olhos azuis. Criado apenas pela mãe, uma mulher alegre, descuidada e até pura, a seu modo, pois jamais maculou sua alma com os homens que era obrigada a acolher apenas por dinheiro, a consciência do pecado e da culpa era bem pouco ortodoxa em Jean. O Mal, por exemplo, era tudo aquilo que abrigava tristeza, incluindo as igrejas na hora do mórbido e monótono sacrifício da missa e de outros sacramentos, que por esta razão ele nunca chegou a receber. Já o Bem era justamente o contrário: a alegria e a exaltação como as proporcionadas nas mesmas igrejas do Quartier Latin pelos concertos de órgão ou como aquelas transmitidas pelos carinhos e o corpo da mãe, que não tinha nenhum pejo em posar nua para os desenhos do garoto. E se alguma percepção de Deus possuía o fotógrafo, era algo vagamente panteísta e que não provinha de qualquer proselitismo religioso e sim brotava dentro do próprio Jean ao contato com coisas como a natureza, que ele aprendia cada vez mais a penetrar através do corpo feminino. Como se a sua trajetória fosse atingir, aos poucos, este feminino, para constituir-se no anjo andrógino intuído desde os primórdios do homem. E quando entreviu, através dos reflexos dourados de Sílvia e Dionísia nos óculos escuros, ter atingido o ápice desta escalada, aproximando-se de algo parecido com Deus, estava, na verdade, muito mais próximo do que supunha de verificar se Ele existia ou não.

Porque, se os três homens que neste exato momento, alguns dias depois, lhe apontavam revólveres num ermo terreno baldio, tinham uma convicção inabalável em certas entidades divinas — ou mesmo demoníacas —, esta convicção era um tanto quanto primitiva e ligada às necessidades concretas e à sobrevivência de cada um. Não se tratavam, portanto, tais entidades, de forças que os solicitassem necessariamente para o Bem e sim de poderosos e neutros espíritos a quem se devia bajular em troca de favores. Por isso mesmo, antes de se desincumbirem da missão dessa noite, eles haviam deixado, junto a um poste de esquina, velas acesas, charutos, galinha preta, cachaça e farofa, em homenagem a esses espíritos.

E quando o francês lhes implorou, numa força de expressão, que o poupassem *pelo amor de Deus*, não sabiam o que uma coisa tinha a ver com outra. Com a pureza cruel de indígenas pagãos diante de um membro desgarrado das tropas de Villegaignon, fizeram com que Jean se ajoelhasse no solo barrento. E se tivessem um tacape, com certeza o teriam utilizado. Como não o possuíam, descarregaram seus revólveres no pobre fotógrafo de olhos azuis, completando, ao destruir o seu ego, o trabalho iniciado pelos futuros vietcongues com o superego. E para dificultar um reconhecimento — ou talvez para que, cumprindo um ordenamento bíblico, mais depressa ao pó tornasse —, atearam fogo ao cadáver, depois de o terem embebido com gasolina. E se afastaram velozmente em seu carro negro de chapa fria.

# 23. Metafísica barata

O que dizer de um homem que não mais se encontra presente na paisagem, a não ser em forma de cadáver esturricado, que os urubus já espreitam neste final de madrugada? Haverá mesmo uma alma imortal, e encontrar-se-á Jean, neste momento, diante do Criador? Sorrirá o Criador, orgulhoso e benevolente, para a alma desta criatura Sua tão simpática e bem-acabada? Haverá, depois, também a ressurreição da carne, reaparecendo saltitante com seus olhos azuis o fotógrafo Jean, para encantar a todos na paisagem insólita do paraíso, com um fundo sonoro de harpas angelicais?

Ou terá ele merecido o inferno, por haver dispersado seus merecimentos durante toda uma existência no regaço aconchegante de macias mulheres? Mas será o Criador tão mesquinho e injusto a ponto de condenar um homem por abandonar-se candidamente a um instinto com que Ele próprio o dotou? E existirá mesmo um inferno, cheio de fogo, torturas, gritos lancinantes, ranger de dentes, como nas gravuras do livro *Novíssimos*, utilizado na instrução religiosa do menino Francisco Moreira em Minas Gerais? Ou será este inferno uma fabricação dentro de nós próprios, seres humanos, que acabamos por materializar demônios reais e, em certos casos, até elegê-los com todo livre-arbítrio como Senhores?

Haverá este livre-arbítrio? E por ele o mais belo de todos os anjos, Lúcifer, teria inaugurado toda uma diabólica dinastia, à espera daqueles que, através da eleição do pecado, queiram juntar-se às suas legiões?

Ou, pelo contrário, no fim de tudo, haverá apenas a Paz e o Bem, a fusão xifópaga de nós todos, míseros humanos, com esta entidade maior, etérea e delicada, tão próxima e tão distante, literalmente informal e fluida, como um oceano ou uma melodia — e da qual temos sido, pelos tempos afora, fragmentos e notas dispersas, e a que se tem dado, por todos esses tempos, o nome de Deus?

Terá então Jean — se algum nome ou individualidade se deva atribuir a quem atravessou esta linha tão tênue — encontrado, por fim, o seu verdadeiro anseio, que nenhuma ou todas as mulheres do mundo lhe poderiam proporcionar? Ou será esta Paz a mesma do abrigo de sua mãe, antes que o tivesse expelido para as dores da respiração? E não se encontraria aí, nesta caverna misteriosa como a boca da noite, limiar dos não vivos para a vida, também um pórtico entrevisto da morte? E desaguará, por fim, esta morte num território tão vasto quanto o mundo dos sonhos?

E o que dizer desta paisagem terrena que ficou: esta terra fértil para os vermes, porque andou se nutrindo fartamente de cadáveres, pois aí é local de desova dos *Esquadrões*? Existirá uma paisagem quando não há nenhum homem presente, a não ser em forma de cadáver esturricado? Já se encontrará a alma dele em processo de metamorfose, para outro ser, humano ou não? Estará então certa, em sua singeleza, d. Esmeralda Avelar, e se achará o nosso Jean em vias de transmigração, superior ou inferior? Levará um certo tempo para que se efetue tal metamorfose e fará parte dela o processo mesmo de putrefação? Na seiva dos arbustos, nos vermes da terra e da carne, se encontrará, progressivamente, um pouco desta *anima* que abandonou o corpo de Jean? E como uma orquestra tocando para si mesma, conterá esta paisagem, simultaneamente sinistra e plena de vida, uma espécie de conhecimento daquilo que ela mesmo é e emite: uma obscuridade envolvida por uma tênue abóbada de luz, o vento ondulando o capim, a umidade nos poros da terra, o brotar de uma semente, a fixidez de uma pedra? E também os espaços de silêncio, rompidos pelos silvos de grilos, o bater das asas dos urubus, os latidos dos cães e o ruído, ao longe, dos carros numa estrada? E serão as palavras uma porta de acesso a esses mistérios? Ou, pelo contrário, deles nos distanciarão?

Enfim, são perguntas que nem mesmo o tirânico autor de uma história pode responder. O que ele pode, sim, dizer é dos últimos momentos de sua criatura, Jean, o fotógrafo de olhos azuis.

Fora sorridente que o fotógrafo abrira a porta do estúdio, sem ao menos perguntar quem batia. Estava tão beatificado pelas demonstrações de amor dos últimos dias que esperava ver entrar, de surpresa, às onze horas da noite, uma de suas duas amantes.

Levou, literalmente, um soco na boca do estômago.

"Polícia", disseram. E ao vê-lo curvado e gemendo, deram-lhe mais uma saraivada de socos, atirando-o atordoado contra as almofadas.

"Onde estão as fotos e os negativos?"

Embora machucado e surpreso, Jean ainda se permitia um acesso de lucidez: se Dionísia já fora exposta, nua, em todas as bancas do país, como poderia alguém interessar-se pela posse dos negativos? Então só podia tratar-se das fotos junto com Sílvia. Mas como, se só ele e as duas mulheres sabiam daquilo? Jean sentiu-se traído, mas não queria tornar-se ele próprio um traidor.

"Mas que negativos?", perguntou.

Aquele que parecia o chefe do grupo respondeu-lhe com um sorriso sinistro:

"Está bem, já que você não quer dizer, a gente vai ter que procurar."

E quando os policiais, entre deboches grosseiros, começaram a vasculhar o guarda-roupa de trajes femininos, Jean sentiu uma pontada no coração. Ele que sempre vivera tão calidamente junto às mulheres, de repente se sentia como uma delas, ultrajada por homens brutais. O fotógrafo de olhos azuis era um homem que gostava de mulher.

E ali, nas duas pequenas peças contíguas à sala, servindo de câmara escura e arquivo de fotos, era como se estivessem guardados o tesouro e o segredo da vida de Jean: esta Mulher maior, composta de todas as fêmeas aprisionadas em instantâneos de intimidade e beleza e que haviam acompanhado o fotógrafo em sua aventura terrena, desde sua mãe até, mais recentemente, Dionísia e Sílvia, a origem certa de toda esta confusão. E quando ele percebeu um dos homens aproximar-se daquela porta divisória, teve vontade de, pela primeira vez, em tantos anos, nunca ter saído de seu país.

"Exijo a presença do cônsul", disse.

Neste exato instante, um dos homens, que andara remexendo numa gaveta, apareceu com um pacotinho de cocaína nas mãos:

"O que será que o cônsul vai achar disso?"

Vendo-se perdido, Jean tentou a saída habitual.

"Quanto vocês querem para me deixar em paz?"

"Os negativos... e mais o que você tiver para dar", respondeu o chefe dos policiais. E abriu a porta divisória com um pontapé.

A câmara escura escancarou-se diante de Jean como uma chapa muito querida e ainda não revelada e que, de repente, fosse exposta à luz. Numa das paredes da sala de arquivo estava um dos desenhos que ele fizera de sua mãe. Ao revê-la nua, teve um pressentimento de morte que era mais ou menos como sentir-se de volta àquele ventre, porém trespassado por um mortífero estilete de luz.

Quando algum tempo depois foi jogado aos trancos dentro de um carro negro, que os esperava oculto numa ruela transversal, a Jean só restava uma esperança, a mesma de muita gente presa neste país: ser conduzido a uma delegacia e autuado, ainda que em flagrante. Caso se realizasse uma pesquisa entre os criminosos desta cidade, talvez também eles, como grande parte da população, fossem favoráveis à pena de morte, com todos os seus procedimentos jurídicos e legais. Pois deste modo teriam direito a uma defesa e a toda a lenga-lenga das apelações, não ficando simplesmente à mercê de homens como os que conduziam agora o francês a um desenlace fatal.

Depois de tantos anos de arbítrio e impunidade, julgavam-se esses homens simultaneamente investigadores, juízes e carrascos, numa espécie de desburocratização do processo penal. De sua missão, sabiam tratar-se da apreensão de negativos comprometedores para uma dama importante e de dar uma prensa no francês responsável por eles e que ainda por cima se encontrava ilegalmente no país. Ora, um homem morto, muito mais do que um expulso, já não pode incomodar a pátria. Pois, no segundo caso, sempre poderia o intruso criar problemas de longe ou, como os subversivos, retornar. Do mesmo modo que um negativo só se torna inteiramente inofensivo depois de transformado em cinzas. Mas quanto a esses negativos — e eles haviam apreendido um montão —, cabia ao superior decidir. E o delegado dissera:

"As fotos e negativos, de qualquer maneira eu quero aqui. Quanto ao francês..."

E se deixara quedar pensativo como um filósofo, abrindo espaço a todas as hipóteses, inclusive a de que, se um dia essa história toda desse galho, jamais poderiam acusá-lo de mandar exterminar quem quer que fosse.

Já os seus subordinados, como era natural por sua própria posição hierárquica, raciocinaram com mais simplicidade: os negativos e fotos já estavam em seu poder, não estavam? Já tinham também tomado grana suficiente do gringo, não tinham? E, o que era mais grave, apreendido com ele boa quantidade de cocaína, quase no limite que diferencia um consumidor de um traficante, esta categoria que tantos males tem causado à juventude do nosso país. E talvez tenha sido pensando nesta juventude que, por uns bons quinze minutos, antes de deixar o estúdio, eles fizeram desaparecer através de suas narinas uma quantidade razoável daquele pó, chegando ao requinte de oferecer duas fileirinhas ao francês, assim como quem proporciona a um condenado o seu último desejo. O que este condenado, para ser prudentemente gentil, não recusou.

E talvez tenha sido este pó mesmo que, com seus poderes, os conduziu à última e mais brilhante das suas conclusões: sem documentos atualizados no país, o francês já não possuía assim uma existência legal, certo? Juridicamente, portanto, estava morto, restando apenas eliminar alguns incômodos vestígios de sua pessoa. O francês também era uma espécie de negativo que precisava ser destruído, pois caso revelado poderia oferecer aos olhos do público interessantes flagrantes de policiais aspirando cocaína e extorquindo dinheiro de um homem à custa de chantagem e porrada, o que faria a delícia de pasquins de esquerda, politiqueiros da Oposição e organizações intrometidas como a Anistia Internacional, a OAB, e a OBA, que o seu chefe havia mencionado de passagem.

Só restava conduzir a vítima a um lugar seguro; para eles, evidentemente. Algum aprazível recanto na periferia da cidade, onde nem estampidos nem tochas humanas despertassem atenção, pois hoje não era Sábado de Aleluia, para tascar um Judas, nem dia de São João.

Na verdade, aproximava-se o Carnaval. E ali, dentro do carro, era como se Jean estivesse no interior escuro de uma câmara fotográfica. Em sucessivos e rapidíssimos flashes, ele podia enquadrar instantâneos de sua cidade adotiva. Só que não era mais possível aprisioná-los numa película virgem, mas apenas refleti-los na retina e no cérebro, assim como os meros artistas da vida, talvez os maiores de todos, porque simplesmente atravessam esta vida sem nenhuma preocupação — ou possibilidade — de imortalizá-la. Jamais sentira-se o francês tão humilde e tão lúcido, por causa do pó e do momento-limite que atravessava. Pensou, então, que esses artistas anônimos, sim, eram sábios, pois os outros, por mais perfeitas e duradouras que fossem as obras que perseguiam, chegaria um tempo em que todas elas, como os seus autores, à poeira tornariam, fosse por causa da gigantesca e final explosão atômica, fosse por revoluções dentro do próprio sistema solar. Talvez chegasse um dia, até — ainda que em milhares ou milhões de anos —, em que nem mesmo o vestígio de uma civilização restasse sobre este planeta então gélido e escurecido e rolando como um fantasma inútil pelo espaço.

E sem a memória de uma humanidade, seria como se esta humanidade jamais houvesse existido.

Antecipando Jean o fim, este era um pensamento consolador, porque irmanava a todos num único destino, ainda que atroz. Mas, se conseguia ter tais pensamentos, era também porque, no fundo, como todos nós, não podia absorver a própria morte. Pois se é verdade que somos ínfimos fragmentos de vida, também é verdade que esta vida só se manifesta através de cada um de nós.

# 24. Vida

E era desta vida mesma que, a uma hora da manhã, o bairro da Glória ainda fervilhava. Descendo a Barão de Guaratiba e chegando à rua do Catete, os homens nem fizeram menção de parar no nono distrito policial. Fazendo cantar os pneus, viraram celeremente à direita, oferecendo a Jean, de relance, a visão de alguns daqueles botequins de bairro, que tanto ele achava pitorescos e onde tantas vezes pisara, nem que fosse para comprar um maço de cigarros. E que agora se afastavam, na razão direta da velocidade que se imprimia ao veículo. Para apreender cenário tão conhecido, não era preciso a Jean mais do que um ínfimo olhar. E ainda que estivesse completamente cego, ele teria captado, através de todos os seus outros sentidos, o que ali se encenava.

De pé, ao redor dos balcões de botequins, homens sem camisa e mulheres de shorts, com a barriga de fora, se amontoavam em meio a um tremendo alarido. A cor da pele variava quase sempre do moreno para o negro, e de todos aqueles corpos escorria suor. E neste instante as narinas de Jean, apesar dos resíduos de cocaína, impregnaram-se de um cheiro que, àquela distância, só podia provir da memória. Mas um cheiro que continha, certamente, um pouco de cerveja e cachaça, mijo, frituras e suor e, mais ainda do que isso, um quê da própria cidade (e cada cidade tinha o seu próprio). E só se gostava dele, este cheiro, quando se amava a cidade, como Jean, pelo menos até hoje.

Um cheiro finalmente, que era inseparável dos ruídos e da luminosidade baça da noite, como se tudo não passasse do indivisível e do indizível de uma atmosfera. E o francês quase julgou ouvir alguém cantar "lona", numa roda de porrinha aureolada pelo clarão de um poste.

E agora, como um fundo sonoro irreal desta atmosfera, ouvia-se cada vez mais próximo a percussão das baterias de um bloco carnavalesco. E ali, já nas cercanias da Lapa, o carro diminuiu a velocidade e, de repente, parou de todo. Diante deles, o bloco passava, cindindo-se para infiltrar-se no meio do tráfego. Nesta manobra, o bater dos tambores havia cessado. E houve um instante de silêncio, no interior do qual uma centelha de expectativa percorreu todos os corpos, como se algo tivesse de acontecer para quebrar uma tensão insuportável entre os que eram do bloco e os que estavam fora. Percebeu o francês que os homens que iam a seu lado destravavam os revólveres.

Em qualquer outro momento da sua vida, Jean teria se inquietado, como todos, envolvidos de surpresa durante a madrugada por um bloco anônimo. Mas o francês já atravessara aquele limite depois do qual um homem não tem nada a perder. E qualquer acidente que se produzisse só poderia contribuir de alguma forma para salvá-lo. E Jean intimamente desejou que aquele bloco fosse o mítico e famigerado Arrastão da Mangueira, que à saída do Maracanã deixava um rastro de devastação e pilhagem atrás de si, igual a um exército de saúvas ou uma nuvem de gafanhotos. E nesta devastação, quem sabe, poderiam ser tragados os policiais, o carro e o próprio pesadelo vivido pelo fotógrafo?

Porém o que sobreveio foi o que aqui, neste país, pode ser considerado *a normalidade*. Com uma cadência fantasmagórica, o ritmo voltou a ser marcado, agora através dos tamancos batendo, a intervalos rigorosamente medidos, contra o asfalto. Era um *bloco de índios*, com suas tangas, peitos nus, adornos e, sobre os rostos, assustadoras máscaras africanas, como se todos fossem feiticeiros naquela tribo que agora, na cadência ritmada de tamancos portugueses, se afastava como uma alegoria colonial em direção ao Catete. E com ela se dissipava também a esperança de Jean de estar vivendo de fato um sonho, do qual despertasse na cama com uma mulherzinha do lado.

O trânsito se desimpediu e o carro arrancou velozmente rumo ao centro da cidade. Um dos homens desabafou com um "puta que o pariu", entre risadas nervosas, enquanto outro cutucou as costelas do francês com o cano do revólver:

"Como é que é, gringo, gostou do Carnaval?"

Jean chegou a fazer um esforço para sorrir, pensando em amaciar os homens. Mas foram os seus lábios que se negaram, pois mesmo naquelas circunstâncias isso o faria sentir-se um crápula e um covarde. E o que o francês então disse foi deliberadamente ambíguo, mas com o cuidado de não deixar transparecer qualquer intenção malévola:

"O país de vocês é uma loucura."

Ao que, como se fosse uma perguntinha casual, acrescentou rápido:

"Por falar nisso, aonde é que nós estamos indo?"

"É um passeio, gringo. Você vai ver..."

# 25. Rio de Janeiro *by night*

Se a câmera que Jean abrigava dentro de si, neste momento, tinha tecnicamente a desvantagem de ser imaginária, por outro lado permitia ao francês não esbarrar com nenhuma limitação material para o seu último ensaio fotográfico. E o transfigurava num pintor que transcendia as dimensões de uma tela.

Através de uma quarta dimensão, próxima à do sonho, ele captou, logo nas imediações da praça Paris, não só o pulsar das pequenas aldeias de mendigos a se espalharem, com suas fogueiras, pelo aterro do Flamengo, como sintonizou todo o conjunto de luzes a envolver a cidade, desde o céu estrelado, as torres dos edifícios, os anúncios luminosos — até o relance faiscante dos olhos de um gato na folhagem espessa da praça.

Um cartão-postal, sim, mas como se da perspectiva alucinada do olhar de Jean refletido no olhar do gato. Pois nessa paisagem o francês incluiu a si próprio dentro de um carro negro, a deslizar entre outras formas e luzes no caleidoscópio da madrugada.

E num pequeno girar dos vidrilhos coloridos que compunham este caleidoscópio, o que se fixou, de repente, no olhar de Jean refletido no olhar do gato, foram as luzes da outra cidade a estender-se, além da baía, diante do Rio de Janeiro.

Mas não foi propriamente numa dessas luzes que sintonizaram as antenas de Jean e sim no vão às escuras de uma daquelas janelas, em Niterói. Ali, dentro de um quarto, deveria encontrar-se Dionísia, possivelmente deitada ao lado do imbecil do Moreira. Porém, na liberdade ilimitada do sono, seria no interior dela mesma, Dionísia, que estaria refulgindo, num sonho resplandecente, a imagem dele, Jean. Que ali era transportado a uma tranquila planície, onde docilmente estendido sobre a relva se deixava cavalgar mais uma vez por sua Amazona. E quando Jean deu por si estava de pau duro dentro do carro, num contraste com as duas lágrimas que se formavam em seus olhos. E ele não saberia explicar se elas se deviam à consciência subitamente ampliada de uma grande perda ou se à alegria de saber-se existente para além do espaço do próprio corpo, o que era uma forma de perenidade, ao menos enquanto a ele sobrevivesse Dionísia, a produzi-lo em imagens da memória ou do sonho.

Mas para que tudo isso que tanto demorou a se descrever em palavras se realizasse, como num raio bíblico, no cérebro de Jean, não foi necessário mais do que um fragmento de instante. Do mesmo modo que, numa escala cósmica, a vida inteira de um ancião ou mesmo muitos séculos da História humana não passam de um grão de areia a escorrer de uma ampulheta. E havia muito já se afastara o carro por entre as ruas, ora desertas, ora atravessadas por um clarão humano, no miolo da cidade.

E, depois da amplitude, o detalhe. O que se fixou, então, no negativo interno de Jean, foi um fugaz instantâneo: contra um tapume de obras, um homem abraçava uma mulher. Mais ainda do que isso, o francês percebeu no homem a ânsia de atravessá--la, como se o território e o prazer que ele buscasse estivessem além, muito além, num ponto paradisiacamente morto e onde se encravava o apaziguamento de uma sede insaciável. E por alguma razão obscura Jean teve certeza de que o homem jamais vira antes aquela mulher e que nem mesmo perguntara seu nome, buscando, ao contrário, o anonimato de dois cachorros de rua. E que ela, por sua vez, se deixava possuir com a passividade absoluta de quem já se desligara do mundo. E se alguma fantasia ou desejo ainda se materializava naquela mulher era o de conseguir do homem alguma grana e comer um bife com fritas acompanhado de uma cerveja preta, que a engordasse. Uma *natureza-morta*. E foi precisamente o que Jean, desta vez enquadrando, materializou em sua tela: este bife engordurado, cerveja preta, batatas fritas. *Sofreguidão*, era o título que ele teria inscrito sob tal obra. E o francês não soube, neste instante, se sua mente se tornava fulgurante ou se, ao contrário, já se dissociava. Não sabia mesmo se suas paisagens interiores ainda se referiam à realidade ou se esta, havia muito, já se desintegrara.

Pois logo em seguida, passando sobre um comprido viaduto, entre esqueletos urbanos, ele viu navios atracados no porto, e isso era muito estranho, com a aparência irreal que possui a realidade. E talvez por essa irrealidade mesma é que ele não tenha achado ainda mais estranho que sua mente captasse, no porão de um daqueles navios, nada menos que um rato a roer o que roem, nos porões dos navios, os ratos. E que captasse, também, ainda mais entranhadamente, nas vísceras daquele rato, a latência da peste. E que finalmente ele desejasse, com todas as suas forças, a materialização desta peste, quando toda aquela parafernália urbana, que o circundava, tornaria a ser tão limpa, silenciosa e bela quanto a presença de algum afogado anônimo que Jean intuía a flutuar agora, com o rosto refletido pela lua, no meio da baía, como a gélida atração gravitacional de dois desertos.

Jean recostou-se mais no banco, fechou os olhos e respirou

profundamente. E não fosse pela dor a infiltrar-se entre suas costelas machucadas, talvez ele houvesse adormecido, irmanando-se à paz daquele morto.

Que maravilha, o apagar-se, quando o mundo ao redor não passava de um massacre. Estavam agora na avenida Brasil e, apesar dos olhos fechados, este massacre penetrava no francês por todos os seus poros: o ruído dos carros em disparada, o odor fétido das indústrias, sirenes policiais, gasolina e fumaça, o cheiro pantanoso dos mangues e depósitos de lixo, um grito na noite, estampidos, a presença pressentida dos urubus...

De vez em quando o francês se arriscava a abrir os olhos, para logo tornar a fechá-los. Mas foi num desses *cliques*, como a abertura de um diafragma, que Jean avistou o *pássaro*. Haviam ultrapassado a estrada do Galeão e, majestosamente, no meio da névoa noturna, ele alçava voo rumo a um longínquo e paradisíaco território. Era nada menos que o *Concorde*.

No bojo uterino daquela aeronave haveria certamente algum garoto francês, retornando à pátria, como quem retorna a um aconchegante abraço. Com os olhos pregados à janela, a cidade seria para ele um brinquedo colorido e iluminado, à medida que se apequenava, não podendo mais ameaçá-lo do que quer que fosse.

Porque, com o coraçãozinho a bater, talvez ele intuísse, sem conseguir expressá-lo em palavras, que lá embaixo, depois de cinco séculos de História, este território no sul da América se transformara, de pequenas tabas de selvagens, num complexo presépio onde os habitantes em miniatura, desgarrados uns dos outros, transportavam celeremente sua solidão e medo dentro de carros resfolegando sobre pistas de concreto. E que lá, mesmo a essa hora da madrugada, ainda pulsava uma ânsia. Como se os nativos do princípio da História estivessem condenados a perseguir, para sempre e inutilmente, o descompasso que os separava da civilização que os violentara. E que, nesta corrida voraz, a todo momento explodissem uma alegria ou violência ancestrais e bárbaras, que tanto pertenciam ao descobridor quanto ao colonizado e o escravo.

Era Jean uma dessas miniaturas e, para ele, desvanecera-se o avião que levava o menino, igual a uma miragem. E logo depois desaparecia também a cidade, deixando um rastro de luz e um rumor abafado, enquanto se desembocava nas grandes aglomerações espaçadas na temível *Baixada*. Tão lúgubre quanto a paisagem era o silêncio dentro do carro. O brilho postiço e o falso poder da cocaína tinham se apagado, cedendo lugar à depressão sem esperança.

Haviam funcionado — tanto o menino quanto o homem no tapume; e também o rato do navio e as naturezas-mortas do bife, da lua gélida, da peste e do afogado — como um desdobramento do próprio Jean, numa fusão indissolúvel de vida e de morte e como, se numa antecipação desta, a alma do francês já ansiasse por despregar-se do seu corpo ameaçado.

Mas foi ainda na pele daquele menino que Jean se deu finalmente ao direito de chorar baixinho. Haviam tomado uma estrada lateral de terra e, como um último resíduo da civilização que havia bem pouco tempo Jean renegara, destacava-se o ruído do motor daquele único carro. E quando este parou junto a um matagal, o negror da noite era um pórtico da morte, orquestrado por grilos e sapos.

Arrastado para fora do carro, Jean teve por um instante o impulso fútil de resistir e lutar. Mas viu contra ele três armas apontadas. E o que saiu instintivamente da sua boca foi apenas um apelo à misericórdia:

"Pelo amor de Deus, não me matem."

Aqueles três homens fazia muito haviam deixado de identificar como um semelhante qualquer outro ser que não pertencesse à sua confraria macabra. E, se concederam ao francês mais uns poucos segundos, foi apenas pela volúpia de medir, em toda a amplitude, a solenidade daquele Ato.

Nesses segundos de eternidade, o que se infiltrou na *câmera* do francês, como um último clique panorâmico, não foi — ao contrário do que sempre se afirma — o desenrolar de toda uma vida, mas a percepção supernítida de tudo o que o circundava: a abóbada fantasmagórica de luz emitida pela cidade; o clamor abafado que vinha dela; os demais rumores, ali bem perto, como os latidos de cães, a intermitência sonora e piscante dos vaga-lumes e outros pequenos animais do mato. Este mato alto e úmido, ondulado pelo vento e que Jean sentia fustigar de leve o seu corpo, num sopro de vida. E, por fim, também como um último sopro, mas de uma esperança insensata, Jean avistou a luzinha isolada de uma casa das redondezas.

E foi esta luz, tão pequenina, que de repente o ofuscou, penetrando igual fogo em sua mente, num último clarão e estrondo, antes de diluir-se de todo num delicioso vazio, se houvesse alguém a senti-lo.

II

# 26. Esclarecimentos

O que nem Jean nem os *agentes da Lei* sabiam é que um daqueles negativos não mais se encontrava no estúdio. Tinha sido expropriado, dias antes, pela Organização dos Bancários Anarquistas.

Na verdade, quando a americana Doris, mulher do sociólogo Carlos Alberto Bandeira, tocara a campainha do estúdio, sua missão era alertar Jean do perigo que corria e oferecer a ajuda da OBA para que ele caísse na clandestinidade.

A americana fora escolhida para a missão por duas razões bem simples: além de não possuir qualquer ligação presente ou passada com o Banco Continental, que despertasse suspeitas caso a polícia estivesse por perto, Doris tinha uma justificativa na ponta da língua para bater à porta do fotógrafo: viera tentar a sorte como modelo. Por isso mesmo fora obrigada a vestir uma roupa do gênero que até hoje desprezara como expressão de uma burguesia decadente que aviltava a mulher, a pretexto de incensá-la.

Só que, uma vez trajada a fantasia, Doris acabou por vesti-la também interiormente. Olhou-se no espelho e sentiu um vago tesão, ainda sem um objeto definido além dela mesma, Doris. Ao ver-se cara a cara com Jean, um objeto para este tesão configurou-se naturalmente e ela pensou em unir o útil ao agradável. Antes de revelar o real objetivo de sua visita, se fingiria mesmo de modelo, despindo-se narcisisticamente diante do francês e depois, se possível, o comendo.

No momento mesmo em que realizava este último desejo, montada sobre o fotógrafo, os olhos de Doris depararam com uma cena que parecia escrita sob medida para que a OBA desempenhasse, por fim, um papel digno de suas disposições estatutárias. Em cima da mesa, à sua frente, havia fotos e negativos de duas lindas mulheres surpreendidas no ato do amor.

A americana era uma mulher de ação e de um raciocínio velocíssimo: o duplo e inesperado prazer de trepar com o francês enquanto podia contemplar outras duas mulheres nuas, ainda que em fotografias, não a impediu — familiarizada como era, por pertencer à OBA, com o mundo das finanças e suas adjacências — de reconhecer Sílvia Avelar como a parceira de Dionísia, a Amazona. O coração de Doris bateu muito mais forte do que num orgasmo corriqueiro, pois ela entreviu, instantaneamente, todo o horizonte de possibilidades que sua descoberta abria para a Organização.

Quando o francês foi por instantes ao banheiro, Doris guardou em sua bolsa não mais do que um daqueles negativos, como quem rouba de um maço de notas uma quantidade que não chega a diminuir seu volume.


Quanto ao francês, os moralmente mais exigentes perguntarão: como um homem tão bem-amado — e por duas mulheres — se deixara seduzir com tal facilidade por aquela americana meio lésbica? A resposta é quase singela, de tão linear.

160

Conhecedor que era das mulheres, ao francês não foram necessários mais do que alguns segundos para que o seu computador interno lhe fornecesse a ficha de Doris: uma mulher quase bonita (quando bem-vestida), bissexual e aventureira, e que pelos dois papéis que podia representar despertava um certo interesse em Jean, tanto do lado profissional quanto do sexual. E o fotógrafo a visualizou, retrospectivamente, como uma George Sand junto ao piano onde Dionísia tocara Chopin, no ensaio *Amazona*. Algo assim como um homem que de repente podia extravasar sua feminilidade, ou vice-versa: uma mulher que assumia às vezes com tanta radicalidade seu lado masculino que fazia de um homem uma tímida donzela, o que talvez explicasse sua ascendência sobre o em todos os sentidos dúbio Carlos Alberto Bandeira.

Vivendo Jean uma paixão ardente com Dionísia e, por outro lado, vendo redobrar o interesse de sua outra amante, pela razão mesma de viverem este triângulo, o fotógrafo andava sendo muito exigido, afetiva e sexualmente. E viu na transação com Doris uma oportunidade de repousar, deixando que ela fizesse dele gato e sapato, com a condição tácita de que nenhuma reciprocidade fosse exigida, como de fato não foi. E Jean, depois de tirar por dever de ofício algumas fotografias, deixou-se foder e até fotografar passivamente, nu e com as mãos cruzadas no peito, numa estranha antecipação — enquanto sua cabeça podia divagar livremente sobre as duas mulheres de sua vida, Sílvia e Dionísia, com aquele amor que se revivifica na ausência.

É claro que o negativo roubado por Doris causou sensação em Santa Teresa. Tinham ali nas mãos uma arma poderosíssima contra Oswaldo Avelar. Mas, de outro lado, uma surpresa: aquela cumplicidade de Sílvia e Dionísia junto ao fotógrafo os deixava perplexos. Afinal quem poderia ser considerado amigo ou inimigo naquela história toda?

Resolveram então suspender qualquer operação antes que novos fatos dessem à luz uma avaliação mais objetiva.

O que o pessoal da OBA não sabia era que Carlos Alberto Bandeira era ainda muito mais filho da puta do que eles imaginavam. Mandou tirar na surdina uma cópia daquele negativo, que enviou com amável dedicatória datilografada a Sílvia Avelar.

Se não quiser que essa linda foto — de que tenho o negativo — vá parar em mãos indesejáveis, prepare um pacote com cinquenta milhões de cruzeiros e aguarde meu telefonema, depois de amanhã, ao meio-dia.

Não tente enganar-me. Qualquer vacilo da sua parte significará o fim das negociações.

Um desses monstros que só o intelectualismo excessivo pode gerar, quando não canalizado para atividades socialmente mais inofensivas, como as cátedras universitárias, o jornalismo, a sã política, a filosofia etc., Carlos Alberto era capaz das mais mirabolantes racionalizações teóricas quando se tratava de tirar algum proveito para si próprio.

Na mesma noite em que o negativo veio parar em Santa Teresa, ele produziu silenciosamente o seguinte discurso:

"Os escrúpulos excessivos só podem atrapalhar a Revolução. E uma organização revolucionária, quando submetida a um prolongado imobilismo, atrofia sua capacidade de agir. Por outro lado, a burguesia bancária e seus herdeiros não merecem qualquer tipo de consideração. E se um ou outro inocente vier a sofrer com essa história toda, será como se os estilhaços de uma granada, atirada contra um objetivo justo, ferissem ligeiramente algum incauto. *Last but not least*, se um ativista se vê impedido, pela sociedade opressora que ele combate, de ganhar honestamente a sua vida, nada mais natural que retire das expropriações revolucionárias uma cota para a sua manutenção pessoal."

O que Carlos Alberto Bandeira não sabia era que Sílvia Avelar era muito mais porra-louca do que ele podia supor. Ficou satisfeitíssima ao receber pelo correio aquele presente que Jean até hoje, por precaução, se negara a dar-lhe. Só não o pôs na parede por causa do restinho de respeito que tinha pelo marido. Algo porém a intrigava: como fora parar aquela foto nas mãos do chantagista? Estaria o francês — ou Dionísia — por trás daquele golpe? E estaria ela, Sílvia, por seu turno, inocentemente envolvida numa diabólica trama da OBA, a cujos quadros pertenceriam o francês e a Amazona?

Sílvia Avelar não queria desconfiar de Jean, do mesmo modo que Jean não quisera desconfiar dela e de Dionísia. Então à filha do banqueiro, para esclarecer suas dúvidas, só restava dar um pouco de corda ao chantagista.

Fingindo-se muito assustada, marcou com ele um encontro, prometendo o maior sigilo. "Afinal, com um escândalo", asseverou, "serei eu a principal prejudicada."

Sílvia Avelar desligou o telefone, vestiu uma de suas roupas mais espetaculares, pegou o carro sem chamar o chofer e foi até o *seu* banco, sem nenhuma força de expressão. Ao sair de lá, em direção a uma movimentada esquina do Leblon, não levava mais do que dez milhões de cruzeiros.

# 27. Conversações

"Trouxe o dinheiro?", perguntou Bandeira, olhando nervosamente para os lados.

"Está aqui", disse Sílvia, apontando para a bolsa: "E o negativo?"

"Aqui", falou Bandeira, mostrando uma pasta de papelão dentro de uma sacola.

"Mostre-me", disse Sílvia com firmeza, procurando logo assumir o comando da situação.

Carlos Alberto Bandeira pegou a pasta, puxou os dois elásticos que a prendiam e abriu-a o suficiente para que Sílvia visse lá dentro um negativo.

"Como posso ter certeza que é esse? Quero ver contra a luz."

"Aqui na rua?"

"Podemos ir a um lugar discreto."

"Que tipo de lugar?", ele perguntou, cada vez mais nervoso.

"Um motel", ela disse. E adivinhando as objeções do outro, acrescentou: "Você escolhe".

"Está certo. Vou chamar um táxi."

"Meu carro está logo ali."

Bandeira encarou-a bem nos olhos, como se dissesse: "Quer me levar para uma armadilha, está pensando que eu sou otário?". Sílvia sustentou o olhar:

"Cara, eu estou nas suas mãos."

O fato de aquela linda mulher da alta burguesia dizer que estava em suas mãos atingiu Carlos Alberto num ponto profundamente sensível, fazendo-o sentir-se poderoso como nunca, quando na verdade se enfraquecia. Pela primeira vez, nessa tarde, sua voz saiu confiante:

"Quero ver o dinheiro."

Sílvia Avelar abriu ligeiramente a bolsa...

"Como posso saber que está tudo aí?", ele disse.

"Quer contar no meio da rua?"

"Não, vamos."

Silenciosamente, dentro do carro, que tomava o rumo da Barra, cada um procurava fazer uma avaliação mais exata do outro. Sílvia viu logo em Bandeira um desses tipos da classe média que ultimamente, por causa da crise em todos os níveis, se aproximavam da marginalidade. Ela mesmo, para comprar pó, já esbarrara com um monte deles. Um profissional de verdade jamais se exporia a um encontro desses. Ao mesmo tempo que isso aumentava a confiança de Sílvia, também lhe dava um certo medo: amadores, quando acuados, podiam ficar extremamente nervosos e apelarem para uma besteira. Mas a verdade é que Sílvia gostava de sentir um pouco de medo. Pisando a todo instante nos pedais, ela deixou que seu vestido subisse até as coxas.

O coração de Carlos Alberto Bandeira também batia... Fascinado quase sempre à distância pela *ação*, como todo intelectual que se acredita revolucionário, o sociólogo via-se vivendo uma situação-limite, que lhe exigia o máximo de sangue-frio. O problema é que uma fascinação ainda maior se apossava de Bandeira: a fascinação pela própria Sílvia. Se ele baixasse um dia a guarda, permitindo que o seu espírito crítico, tão agudo quando se tratava da sociedade lá fora, se voltasse também para o seu interior, com toda a certeza verificaria que o seu ódio de pequeno-burguês pelos verdadeiros e quase aristocráticos burgueses escondia um tremendo fascínio por eles e a vida que levavam. Além disso tudo, Sílvia era muito gostosa.

"Qual que você prefere?", ela perguntou, quando já estavam na região da Barra onde havia vários motéis.

Bandeira, que agora só tinha uma ideia fixa, levá-la para a cama, vacilou o suficiente para que ela tivesse plena certeza de que aquele mundo de motéis luxuosos era completamente estranho a ele.

"Aquele ali é muito bom", ela disse e, antes que ele pudesse fazer qualquer objeção para honrar o papel de chantagista, Sílvia dirigiu o carro até lá.


"Olha, cara, eu estou pouco me importando que você mostre essa foto pra todo mundo. Por mim pode até pôr na primeira página do *Jornal do Brasil*. Você tem esses dez milhões aí para me comer, se me der umas informações."

Quando Sílvia Avelar disse isso, ela estava com um copo de uísque na mão e completamente nua em cima da cama, o que era um tremendo argumento a seu favor. Sentado na mesma cama, só que vestido, diante de um monte de notas espalhadas, estava Carlos Alberto Bandeira, também com um copo na mão. Ambos estavam de acordo, logo que chegaram ao quarto, em pedir uma garrafa de uísque, para tornar as conversações menos tensas e mais civilizadas.

Em cima da mesinha, agora esquecido, o negativo. Algum tempo antes ele fora examinado contra a luz, como exigira Sílvia na rua. Só que ali no quarto, curiosamente, a iniciativa partira do sociólogo. "Aí está o seu negativo", ele havia dito, suspendendo-o diante do abajur. Para vê-lo, Sílvia tinha de chegar bem perto de Bandeira.

"Gostaria de ver o *original*", ele disse, olhando sem disfarce para o corpo de Sílvia. Aquela situação excitava incrivelmente Bandeira, que havia muito se tornara um entediado sexual, necessitando de emoções cada vez mais fortes para ligar-se.

"Tudo bem", ela disse, desafiadoramente, começando a desabotoar a roupa: "Agora passe-me o negativo."

Foi neste momento que o sociólogo, sentindo-se extremamente confiante, resolveu dar uma de durão:

"Um momentinho, o dinheiro."

Sílvia meteu a mão na bolsa e atirou as notas em cima da cama, como se o outro fosse uma puta escrachada. E depois, num gesto quase brutal, arrancou toda a roupa e deitou-se.

Na verdade, tudo não passava de mise en scène. Sílvia queria estar exatamente naquela posição vantajosa — nua, oferecida — quando o chantagista contasse o dinheiro. Era uma questão de inverter as posições, como numa trepada em que os parceiros competem um com o outro.

"Não tem cinquenta milhões aí", foi o que ele disse, depois de manusear algumas notas e antes dela, por sua vez, colocar tão categoricamente as cartas na mesa:

"Olha, cara, eu estou pouco me importando para que você mostre essa foto pra todo mundo. Por mim pode até pôr na primeira página do *Jornal do Brasil*. Você tem esses dez milhões aí para me comer, se me der umas informações."

"Depende das informações", ele falou, depois de medir todos os prós e os contras da situação e concluir que trepar com Sílvia e ainda ganhar dez milhões de cruzeiros era um ótimo negócio, o que de fato era. O único problema era de consciência, se é que ele tinha algo parecido com isso: não trair demais o pessoal da OBA, já que com apenas dez milhões não dava para ele se mandar numa boa.

"O francês está por trás disso?", ela perguntou.

"Posso garantir-lhe que não", ele respondeu, aliviado por poder falar a verdade.

Sílvia Avelar também sentiu um imenso alívio, pois, na verdadeira luta de foice no escuro que era o mundo onde ela circulava, poder confiar em alguém, como Jean, e amá-lo era como encontrar um bote salva-vidas depois de um naufrágio no Triângulo das Bermudas. Mas como saber se aquele desclassificado falava a verdade?

Carlos Alberto Bandeira já havia tirado a camisa e aproximava-se de Sílvia. De repente ela deu um salto para perto do telefone, como se fosse chamar a polícia:

"Quem está por trás, então?"

"Isso eu não posso dizer."

Sílvia nem precisava ter a inteligência que tinha para adivinhar que aquilo era coisa da OBA, organização da qual já ouvira falar várias vezes e achava até engraçada. Sua única preocupação era com o francês, pois se ele não a tivesse traído ela se sentiria muito culpada de tê-lo entregado ao seu pai naquele telefonema num momento de raiva. Neste caso, precisava reparar o seu erro.

"Tudo bem, cara, eu não tenho nada contra a organização de vocês. Só quero garantias de que o francês não está por trás disso e, caso não esteja, de que ninguém irá sacaneá-lo."

Apesar de sua formação excessivamente intelectual, que o cegava para quase tudo, Carlos Alberto Bandeira não pôde deixar de reconhecer que ali, na pessoa de Sílvia, havia algo audaciosamente parecido com Vida e também com Amor — palavra que ele tinha vergonha de mencionar até interiormente, como se fosse uma doença infecciosa para o seu cinismo. E isso o impressionou tão vivamente que ele morreu de vontade de apresentar a filha do banqueiro a Doris. Mas julgou prudente e apropriado resistir um pouco mais: "E que garantias você me dá, se eu confiar em você?"

Sílvia Avelar simplesmente deitou-se na cama e abriu os braços e as pernas, como alguém disposta a crucificar-se pelo amor a um homem, entregando tudo, tudo, só que a outro homem.

Carlos Alberto Bandeira não estava disposto a perder essa oportunidade: "Estou agindo por conta própria", confessou. "A Organização expropriou o negativo, mas depois que entendeu que você, Dionísia e o francês estavam no mesmo barco, resolveu suspender qualquer ação contra... o banco, digamos assim. Bom, é só. Agora sou eu quem está em suas mãos", disse, algo desconsolado, embora tirasse o resto da roupa e se deitasse ao lado de Sílvia. "Se eles souberem dessa outra expropriação, por minha própria conta, não sei o que vai ser de mim."

Sílvia Avelar estava alegre e excitadíssima, sentindo-se cada vez mais ligada ao fotógrafo, Dionísia e até à OBA, como se houvesse encontrado sua verdadeira turma, que a livraria de uma insípida vida de milionária.

Solenemente, a filha do banqueiro entregou o negativo a Bandeira: "Tudo bem, eu o deixo sob sua guarda. Pois estamos todos no mesmo barco, não é isso?".

E antes que ele pudesse digerir todas as implicações contidas nessas palavras, Sílvia empurrou displicentemente com os pés, na direção dele, todas aquelas notas. Sem largar o copo de uísque, ela disse: "Vem!".

A trepada entre Carlos Alberto Bandeira e Sílvia Avelar foi ótima. Pois se a filha do banqueiro estava apaixonada pelo fotógrafo, ela também achava que dar para outro homem não tinha nada a ver com isso. Afinal ela o fazia pelo próprio Jean, e, por outro lado, o que as pessoas enfiavam umas nas outras não tinha a menor importância. Na verdade, tal situação — agora que as coisas estavam esclarecidas — até a agradava, pois deixava manifestar-se, através dela, a relatividade que Sílvia supunha que todas as mulheres traziam dentro de si: uma face de mártir e outra de puta. Era mais ou menos nisso que ela pensava, enquanto, tranquilamente, tomava o seu uísque e deixava que o sociólogo a beijasse por todo o corpo e depois a penetrasse. Só não permitiria que aquele filho da puta a beijasse na boca, o que, aliás, cavalheirescamente, ele nem tentou. Pois ambos sabiam que um beijo na boca... etc. etc.

Mas para o sociólogo esta foda foi um momento retumbante em sua biografia: aquela linda mulher, filha de um dos maiores banqueiros do país, dando assim para ele com uma indiferença tão grande que ela até se permitia tomar uns tragos, era algo que fazia vibrar simultaneamente o corpo, a inteligência e a alma revolucionária de Bandeira. Era quase como se ele vislumbrasse, depois de anos e anos de reflexão e pesquisa, a aproximação da convergência final de uma tese sociológica em que ficaria demonstrado que a prostituição da alma, no mundo dos negócios, não era algo dissociado da prostituição do próprio corpo.

Mas eis que, numa súbita reviravolta, de repente penetram nesta tese, quase clandestinamente, o acaso e a intuição poética, elementos que, não raro, fazem de uma simples teoria uma obra de arte. E foi assim que, à beira de atingir um clímax físico e intelectual, Carlos Alberto Bandeira ainda teve tempo de retificar o rumo do seu pensamento, para concluir que Sílvia Avelar levava tão longe a amoralidade e a falta de escrúpulos, própria dos grandes burgueses, que acabava por passar para aquele outro lado onde pairam como arcanjos os grandes místicos ou revolucionários. Aqueles poucos privilegiados que, em plena existência, conseguiram quebrar sua couraça de caráter. E se algum modelo fosse de utilidade para reduzir tal tese à sua síntese, este modelo teria a simplicidade da matemática rudimentar: menos com menos dá mais. Tomando-se o termo *menos*, aí, como uma absoluta carência de grilhões morais.

Naquele momento, então, em que chegava à explosão final de um orgasmo englobando o corpo e o espírito, Carlos Alberto viu em Sílvia uma grande cortesã do feminino dionisíaco, o que o tornava apto a compreender e partilhar de acontecimentos que sobreviriam, envolvendo uma deusa ainda maior, encarnando, como um Messias, esse Feminino Radical. Mas isso é coisa para depois. Por enquanto, o certo é que Bandeira sentiu o desejo imperioso de também *dar* alguma coisa em oferenda que não fosse o seu vulgar esperma de macho que, em comparação à Grande Mãe Terra, não passava de um adubo prosaico. E o único gesto de grandeza que ele encontrou ali, à sua disposição, foi o de juntar todas aquelas notas embebidas do suor e do sumo dos corpos e fazer menção de devolvê-las a Sílvia.

Grande erro. Pela primeira vez, nesse dia, ele viu a filha do banqueiro ofendida de verdade, o que demonstrava que, em qualquer tese, por mais arrumadinha que esteja, nunca se pode ter a certeza de que se atingiu um ponto final irretocável.

Para a filha do banqueiro — e Carlos Alberto logo percebeu que mais uma vez ela estava na vanguarda do processo — era fundamental pagar por aquela trepada, devolvendo Bandeira à sua condição de chantagista reles, enquanto ela, por seu turno, podia cumprir exemplarmente o papel da amante que, por seu homem, entrega o corpo a um bandido.

Se não chegava a ser uma obra perfeita, pensou o agora cauteloso sociólogo, pelo menos era digna de ser apreciada.

"Desculpe-me, não foi minha intenção ofendê-la", ele disse, guardando o dinheiro na sacola.

Sílvia Avelar sorriu com altivez e chegou a conduzi-lo de volta ao Leblon, onde ele, antes de descer do carro, colocou-se à disposição dela para qualquer eventualidade, prometendo telefonar-lhe no dia seguinte, à "hora de sempre". Só não podia dar seu próprio telefone por razões de segurança.

Quando aquela mulher admirável afastou-se cantando os pneus no rumo de Ipanema, Carlos Alberto Bandeira ainda se deixou ficar ali, numa esquina, tentando pôr as ideias em ordem. Lembrando-se, de repente, que estava cheio de grana, resolveu pôr essas ideias em ordem num lugar mais agradável. Encaminhou-se para o Real Astória, escolheu uma mesa, sentou-se e encomendou ao garçom um prato que na verdade ele nunca havia experimentado: lagosta à Thermidor, acompanhada de vinho branco.

# 28. Mais esclarecimentos

O que Sílvia Avelar não sabia era que, durante a sua ausência, a foto em seu poder fora temporariamente expropriada pelo marido. Não que ele vivesse fuçando a vida da mulher, até pelo contrário: Antônio Augusto não queria encontrar nenhum pretexto para o divórcio. O caso é que Sílvia, na sua habitual despreocupação, deixara a foto na gaveta da mesinha de cabeceira, que o marido abrira, na noite passada, para procurar fósforos, enquanto a mulher tomava banho. E sua fidelidade ao sogro acabou por falar mais forte. Nessa noite ele fingiu dormir tanto quanto Sílvia, mas sua cabeça também trabalhava febrilmente. Sabia melhor do que ninguém que Sílvia era louquinha, mas que ela se expusesse tanto assim — e com Dionísia —, isso o intrigava. Sabia também — por seus próprios informantes — que havia muito o sogro se encontrava no rastro do fotógrafo, não propriamente porque ele lhe papava a filha, mas por desconfiar que o francês fazia parte dos quadros da OBA, o que até hoje não conseguira confirmar, inclusive porque não era verdade. Mas talvez se encontrasse ali o indício que faltava, pois aquela obra tão comprometedora *para o banco* só podia ser do francês, até por seu indiscutível estilo, misturando sacanagem e bom gosto.

No dia seguinte Antônio Augusto foi normalmente ao trabalho e esperou que Sílvia saísse — o que confirmou pelo telefone com a empregada — para voltar à casa, pegar a foto e ir correndo levá-la a Oswaldo Avelar.

Depois de muito meditar atrás dos seus óculos escuros, o banqueiro ordenou ao genro quase como se lhe desse um esporro: "Ponha essa foto no lugar onde estava e não mencione isso a ninguém. Nem à sua própria mulher, entendeu?"

Julgava o banqueiro ter nas mãos a pista que poderia levá-lo à OBA e, possivelmente, desmantelá-la. Só havia um pequeno problema: junto com a Organização poderia desmantelar-se de vez a reputação já não muito sólida da filha e, o que era pior, arrastando com ela o nome do próprio Continental, este bastante sólido. O recurso a qualquer autoridade constituída, como, por exemplo, o secretário-geral do Ministério da Justiça, estava desta vez fora de cogitação.

Restavam as autoridades não constituídas. E o contato que Oswaldo Avelar precisava estabelecer, logo após a saída do genro, era tão confidencial que ele — um presidente de banco — esgueirou-se furtivamente de sua sala, desceu até à rua e dignou-se a telefonar de um orelhão. Para logo depois, dispensando o chofer, tomar um táxi que o levou a nada mais nada menos que Olaria.

Logo que os portões de aço de sua fortaleza se fecharam atrás de Avelar, Fernandinho Bombril recebeu o colega banqueiro com grande efusividade:

"A que devo tanta honra? E d. Esmeralda, como vai? Há quanto tempo não a vejo", ele dizia atropeladamente sem esperar resposta, com um monte de tapinhas nas costas de Avelar, que teve de reprimir o seu profundo desagrado. O que não era obrigado a fazer por sua família e suas empresas...

"Vai bem, Fernando. Vai muito bem", ele falou impaciente, de modo que o outro percebesse que estava ali para coisa séria. "Sente-se, por favor. Aceita um drinque?", perguntou Bombril, fingindo-se desentendido quanto à aflição do outro. Apontava para o salão decorado com um tremendo mau gosto: "Grande homem, o seu sogro. Tudo isso aqui se deve a ele", sentenciou, com um gesto largo que abrangia não só a mansão, mas toda Olaria e adjacências.

Fernandinho Bombril era aquilo que, segundo padrões mais refinados, poderia chamar-se um tipo pegajoso. Gostava, particularmente, de exibir familiaridade com pessoas situadas pelo menos uma nota acima da sua na escala social. Mas seu apelido vinha precisamente do fato de realizar seus negócios sem deixar o menor vestígio de sujeira, justamente o que Avelar necessitava naquele momento. Mesma razão, aliás, que levara seu sogro a escolher Fernandinho Bombril como sucessor quando quis sair da clandestinidade para céu aberto, percurso que o genro, pelo menos momentaneamente, precisava fazer no sentido inverso.

Só restava ao banqueiro relaxar e cumprir o ritual imposto pelo outro. Aceitou não só o uísque — o que contrariava seus hábitos austeros — como também um charuto, o que era até repugnante. Mas não lhe desagradava de todo conversar sobre negócios escusos, quando isso era feito com um certo refinamento:

"E os negócios, como vão?", perguntou Avelar, afundando-se numa poltrona.

"Assim, assim...", disse Fernandinho, modesto. "Os problemas de contabilidade me deixam louco. Odeio a burocracia."

"Ora, Fernando, isso se arranja. Isso se arranja. Afinal para que servem os amigos?", falou o banqueiro, satisfeito de poder estabelecer, como preliminar, que estava ali para uma troca e não simplesmente um pedido. E isso o animou tanto que quase deu um passo em falso: "O importante é que os negócios vão bem. Os momentos de crise excitam o sentimento lúdico do povo".

Bombril encarou Avelar com desconfiança. Não conhecia a palavra *lúdico* e podia estar sendo alvo de alguma velada ironia. Mas Avelar não se encontrava em situação de ironizar quem quer que fosse e apressou-se a esclarecer:

"A crise econômica acaba por favorecer os empreendimentos lotéricos."

Entre dois homens do porte de Oswaldo Avelar e Fernandinho Bombril qualquer referência explícita ao jogo do bicho seria grave descortesia. E, de fato, embora pudesse paralelamente bancar por conta própria apostas das classes menos favorecidas, Fernandinho Bombril era também proprietário de uma cadeia de lojas de loteria esportiva, onde se jogava sob a proteção da Lei e pagando pesados impostos. Quanto aos rumores sobre resultados de futebol previamente arranjados em localidades longínquas como Cascavel, Itumbiara ou Taquaritinga, onde a imprensa esportiva do país não estaria assim tão atenta à atuação de juízes e goleiros, talvez não passassem do que talvez pudessem ser: rumores. Afinal, para que precisaria Fernandinho de ainda mais dinheiro, a não ser que fosse pelo prazer *lúdico* de ganhá-lo? E todos estão de prova que esta era uma palavra com a qual ele apenas acabara de travar conhecimento.

E a forma como Fernandinho disse o que disse, a seguir, a propósito do comentário de Avelar, era tão desinteressada e genérica que ele parecia um observador neutro situado em outro ponto do planeta:

"Ao cidadão comum do Brasil, hoje em dia, para sair do buraco, parece que só restam duas opções: a loteria ou o crime."

Também como se falasse genericamente, Avelar aproveitou

176

a deixa para tocar de leve nos problemas que o afligiam, sem ferir o protocolo:

"Um homem, atualmente, tem de defender-se como um leão. Usando as próprias forças."

"E as dos amigos, meu caro. Não se esqueça que existem os amigos."

"E é exatamente por isso que estou aqui, Fernando. Porque felizmente ainda existem os amigos."

Por acaso se esquecera Avelar de que vivia esnobando o bicheiro só por causa disso, porque era bicheiro? Não, não se esquecera. É que na verdade Bombril também precisava dele, justamente para resolver os burocráticos problemas de contabilidade que tanto o entediavam, através da canalização de certos rendimentos menos explicáveis para papéis revestidos de uma roupagem mais do agrado do imposto de renda, o que acabava por favorecer a ambos. Não o imposto de renda, é claro, mas os dois empresários.

E se os preâmbulos de cortesia dessa tarde demoraram um tempo excessivo, o mesmo não se pode dizer das conversações objetivas. Expostas em linhas gerais as aflições de Avelar — de um modo que o nome de sua filha ficasse apenas subentendido, como subentendidos também ficaram os estragos que o francês e a OBA poderiam causar aos respectivos negócios, puxando um fio da meada que ia dar no pai de d. Esmeralda —, Fernandinho Bombril disse uma coisa que deixou Oswaldo Avelar quase comovido.

"Pelo menos aqui na minha área eu sempre fiz questão de zelar pela moralidade e a segurança. E não é por outra razão que nós temos amigos na polícia."

Diante do sobressalto do outro à menção desta última corporação, ele apressou-se a explicar.

"Amigos confiáveis, quero dizer. Você quer os negativos, não quer? E quanto ao francês?"

O silêncio de Avelar diante desta última pergunta foi significativo o bastante para que este pequeno diálogo, unindo o dito ao não dito, pudesse transformar-se no monólogo especulativo que o delegado Serpa pronunciou para seus homens, nessa mesma noite, junto com a promessa de uma gratificação por horas extras:

"As fotos e os negativos, de qualquer maneira, eu quero aqui. Quanto ao francês..."

# 29. Quanto ao francês...

Quanto ao francês, talvez ele não tivesse se *fodido* nessa mesma noite caso Sílvia Avelar não fosse obrigada a conjugar novamente este verbo, *foder*, só que em outro tempo: o *presente imediatíssimo*. Não que ela não quisesse conjugá-lo, até pelo contrário: ela o queria e muito, mas em outro lugar (o estúdio), tempo (o *futuro próximo*) e pessoa (o francês).

Quando deu um pulo em casa, ao anoitecer, depois de sua transação com Carlos Alberto Bandeira, Sílvia planejava tomar um banho, enrolar um pouco o marido e sair de fininho para o estúdio a fim de saciar o que o sociólogo atiçara ainda mais: o desejo pelo francês, mesmo — ou principalmente — se tivesse de partilhá-lo com Dionísia.

Sílvia Avelar só não contava com um detalhe: o desejo urgente da parte do próprio marido.

Estranha força, o desejo, essa coisa que tanto valorizamos mas que nos exaspera até conseguirmos aniquilá-la completamente. Deus, se existe, deve ser um brincalhão. E não é de admirar que alguns cheguem até ao assassinato nesses assuntos.

Depois de cumprir seu dever com o sogro, Antônio Augusto pôde permitir-se um exame mais desinteressado daquela foto, antes de repô-la na mesinha de cabeceira. E não escapou, também ele, à sedução de Dionísia, o que se desdobrou num tesão exasperante por sua própria mulher, confundida naquele flagrante com a Amazona.

Sílvia captou um brilho diferente no olhar do marido e, com uma nova cautela, por causa dos últimos acontecimentos, resolveu explorar um pouco mais o terreno para saber onde pisava. Refreando sua impaciência, não se opôs quando Antônio Augusto a seguiu até o banheiro nem quando ele quis ensaboá-la, o que, pouco a pouco, a foi excitando incrivelmente. Não por causa daquele cretino, é claro, mas porque a curva da sua excitação, caso verbalizada, poderia fazê-lo da seguinte forma: "eis que o meu próprio marido me lava dos vestígios de outro homem a quem me entreguei por amor a um terceiro".

"Estou virando uma puta", concluiu em voz alta, abrindo mais as pernas. E também não opôs qualquer resistência quando Antônio Augusto, encorajado por aquela declaração de princípios, retirou-a do boxe, enxugou-a descuidadamente e a arrastou até a cama, onde a jogou de bruços. E foi assim, ela de bruços, que ele a possuiu, com a segurança de quem detém nas mãos um curinga — a foto —, embora estivesse terminantemente proibido pelo sogro de mencionar isso.

A trepada de Sílvia Avelar com Antônio Augusto foi ótima. Da parte dele, não só porque pela primeira vez, no casamento, sentia-se em vantagem sobre a mulher (que se traduzia na posição de ambos na cama), mas também porque podia penetrar, através da súbita transparência de Sílvia, num outro corpo cheio de mistérios antes inacessíveis: o da Amazona. Elevava-se assim

Antônio Augusto da condição de tímido espectador à de ativo participante do banquete da vida.

"Estou traindo você com você mesma", pensou ele sem ousar revelá-lo em voz alta, o que talvez nem fosse preciso. Porque também pela primeira vez — percebeu espantadíssimo — Sílvia gozava sem qualquer fingimento com ele próprio, o marido.

Pois da parte de Sílvia Avelar aquela foda era ótima justamente por isto: transformava-se Antônio Augusto num estranho, digno de participar, pelo menos momentaneamente, da batalha sangrenta de amor, ódio, morte e sexo sem limites. O festim dionisíaco.

Só não houve beijo na boca. Porque um beijo na boca etc. etc.

E depois de um orgasmo perfeitamente sincronizado — o que geralmente só acontece nos livros e filmes —, caiu cada um para o seu lado, transpondo o muro que separa o sono da consciência. Não sem que antes Sílvia pudesse murmurar esta breve oração ao francês:

"Fica para amanhã, meu bem. Você sabe que é por nós dois que eu faço tudo isso."

Como todos sabem, não houve *amanhã* para o francês. Mas talvez ele não tivesse se fodido naquela noite caso também Dionísia pudesse corresponder a seus desejos e ir até o estúdio, servindo-lhe de escudo e testemunha. Mas não pôde. Porque no momento em que passava em casa para pegar umas roupas, encontrou-se com o marido, a quem não via desde que fora exposta nua em todas as bancas do país.

Também Dionísia viu um brilho diferente no olhar do marido e resolveu explorar um pouco mais o terreno, para saber onde pisava.

Tremenda surpresa. Preparada para uma série de recriminações, até violentas, Dionísia ouviu o Moreira dizer calmamente que passara ali para arrumar suas próprias malas. E mais: que ele liberava a mulher de qualquer compromisso, já que estava entrando em outra.

A reação imediata de Dionísia foi esta: arrancou toda a sua roupa e pôs-se a mexer no armário, de modo que o Moreira podia vê-la dos ângulos mais interessantes. E com a cabeça imersa lá dentro, no meio de um monte de vestidos perfumados que selecionava para levar para o estúdio, ela perguntou com uma voz falsamente negligente:

"O que você quer dizer com isso, entrar em outra?"

# 30. A outra

O *entrar em outra*, de Francisco Moreira, fora literal, e a história que ele tinha para contar a Dionísia era, em outras palavras, a seguinte: para culminar aquela noite em que quase se jogara da ponte Rio-Niterói, ele simplesmente fora à ópera, evento em que, nos romances antigos, costumavam iniciar-se grandes casos de amor. E foi também o que aconteceu com ele: havendo comprado um lugar ao acaso, no segundo balcão, teve a agradável surpresa de sentar-se ao lado da distinta mulher que ele notara na bilheteria do teatro, pela manhã.

Ora, dirão: isso é coincidência demais. Nem tanto, pois o fato de o Moreira sentar-se justo ao lado da mulher que ele timidamente desejara, na rua, não é uma hipótese estatisticamente mais implausível do que, na mortal maratona de espermatozoides, numa noite de inverno, em Juiz de Fora, rumo ao útero de sua mãe, ter sido precisamente ele, Francisco Moreira, o vencedor. O que, numa analogia otimista, transforma a todos nós, os que conseguimos nascer, em bravos conquistadores.

E era como se sentia o Moreira, naquela noite, depois de

183

tantos percalços: um vencedor. Tanto é que, ao dirigir-se ao teatro, já seguia, quase inconscientemente, uma brilhante intuição. E depois, vendo confirmada tal premonição, nada mais natural que se tornasse ainda mais confiante. Principalmente quando, ao dar uma tossidinha, prenúncio de uma gripe, viu sua vizinha oferecer-lhe um drops de hortelã.

Por que fez ela tal coisa? Porque era uma pessoa vulgar e de fácil relacionamento? Não, até pelo contrário. Violeta (assim se chamava) era tímida e recatada. Porém reparando naquele homem que se molhara todo na chuva apenas para não perder uma ópera (foi o que ela pensou), sentiu por ele uma terna cumplicidade. Além disso, num motivo mais egoísta, não queria ouvi-lo tossindo durante o espetáculo.

O simples oferecimento daquele drops abriu caminho para que o Moreira não tivesse constrangimento de convidar Violeta, no intervalo, para uma taça de champanha, enquanto que ele mesmo, para combater a gripe (foi o que disse), se convidava a um conhaque.

Ah, a champanha e a Mulher... mais uma vez entrelaçadas nesta história. Só que, em relação à espumante bebida, o Moreira passava de vítima a beneficiário.

Violeta era completamente abstêmia e só aceitara uma taça, desta vez, para não magoar o cavalheiro que a ouvia tão atentamente enquanto ela discorria sobre o virtuosismo deste ou daquele intérprete. E o segundo ato, para ela, transcorreu sob uma névoa de embriaguez e exaltação.

E quando, no momento culminante da ópera, o herói e a heroína, depois de mil obstáculos, se juntaram num mesmo hino ao amor, foi com grande naturalidade que Violeta deixou que o Moreira segurasse a sua mão, como se estivessem instalados não na plateia, mas no palco do grande espetáculo.

"Não, absolutamente ele não permitiria que ela tomasse um táxi sozinha até à Tijuca a essa hora da noite."

No banco de trás do táxi, as mãos enlaçadas repousavam maciamente no colo dela e ambos, em segredo, queriam que aquela viagem através da chuva, os pneus chiando no asfalto, nunca terminasse.

"Se ele aceitaria subir para um chá antes de ir para casa? Sim, com todo o prazer, desde que não fosse incômodo para ela."

"Não, não era incômodo. Absolutamente. E com duas rodelas de limão — e um comprimido — talvez a gripe não progredisse."

Sim, o Moreira estava febril, foi o que ela constatou, pousando a mão em sua testa. E mesmo bastante embaraçados, chegaram ambos à conclusão de que ele devia trocar a roupa úmida e não sair mais dali aquela noite. Na verdade, ele não sairia nunca mais.

Um pijama foi providenciado, herança de algum marido que morrera ou partira, quem sabe? E, depois de um banho quente, o Moreira o vestiu como quem veste contra a carência infantil dos gripados a proteção de um verdadeiro lar.

Foi sob a luz de velas, ao som de Mozart e ali mesmo, no sofá da sala — arrumado para o Moreira, depois de expulsar-se um gato persa —, que tudo aconteceu pela primeira vez, numa transação tranquila e silenciosa, como se eles, pudicamente, fingissem que nada estava de fato acontecendo. Pois a ela, em sua timidez e depois de tanto tempo, aquilo lhe parecia quase um pecado, o que se a privava, neste princípio, de um prazer completo, não a impedia de desfrutar, aos poucos, do calor de um homem delicado.

Sim, delicado, porque o corpo do Moreira, a esta altura, já

se entregara à debilitação da gripe e também sentia-se ele dentro de um delicioso delírio que qualquer movimento mais brusco poderia dissipar. Um delírio orquestrado por uma música suave que arremessava o Moreira a um requinte de Europa, depois de haver ele, naquela tarde, se aventurado na mata espessa de uma África primitiva e selvagem.

Durante alguns dias permaneceu ali o Moreira, convalescendo, protegido dos acontecimentos que lá fora rolavam. E nesses dias cimentou-se entre eles um amor sólido e tranquilo, quase próximo da amizade.

Ficou sabendo o Moreira que Violeta era viúva e que recebera de herança uma quantia suficiente para que se dedicasse apenas à apreciação da arte e ao lar.

Quanto a ela, o que ficou logo sabendo é que o Moreira nada entendia de óperas ou música clássica. Decepção que logo foi aplacada quando também lhe confessou o Moreira que fora ao Municipal não pela ópera (na verdade não sabia nem o programa), mas por ela, Violeta. E de qualquer modo haveria uma vida inteira para ele aprender a gostar do clássico. Pois quando ele saiu dali, foi a Niterói apenas para buscar suas coisas e acertar, sem ressentimentos, sua situação com Dionísia. Como um homem moderno, estava apto o Moreira a deixar a esposa em paz com seu novo namorado e, diante da ascensão de Dionísia, dispunha-se a tornar-se um simples espectador.

Um espectador privilegiado, diga-se de passagem, pelo menos no que tocava a este momento. Pois, para melhor ouvir o marido, Dionísia estendera-se na cama e, à medida que transcorria aquele conto romântico, foi se abrindo como uma flor.

186

Só não se pode dizer que a trepada entre Dionísia e o Moreira foi ótima, porque ela não houve. Mas, para um casal que já trepara tantas vezes — e até insipidamente —, o que houve foi algo infinitamente melhor.

O que Francisco Moreira tinha diante dos olhos era nada mais, nada menos que aquela misteriosa e faiscante caverna para onde, segundo Aldásio Coimbra e Oscar Goldstein, todo brasileiro gostaria de retornar. Ora, ninguém mais brasileiro do que Francisco Moreira e, como se tivesse ganhado um concurso da revista *Flagrante*, a caverna que se abria à sua frente levava às profundezas da Amazona, em pessoa.

Quanto a Dionísia, enquanto por sua vez revelava ao marido os pormenores de sua trajetória recente e outros pormenores, dissipando com isso o ligeiro despeito que sentira por Violeta, tinha diante de si, prostrado, um insuspeitadamente novo Moreira, sem as mesquinharias habituais dos homens traídos. E novamente ela pôde sentir a alegria de expor-se ao olhar de um estranho — enfeixando nele todos os estranhos —, o que a elevava um degrau acima na sua ascensão rumo ao altar onde o objeto de adoração seria ela própria.

Francisco Moreira sentiu uma espécie de orgulho histórico de ter sido o marido daquela mulher e, em sinal de veneração e respeito, se chegou a tirar a roupa, foi só para fazer o que Dionísia já estava fazendo: ir manipulando o próprio corpo com aquele conhecimento que só o proprietário possui.

Quem nunca — homem ou mulher — passou por uma experiência assim, não sabe o que está perdendo. É como ver à nossa frente a materialização de uma fantasia, sem que ela possa perturbar, com um contato mais cru, a nossa individualidade — a grande viagem para o nosso cosmos interior —, abrindo-nos um leque de novas constelações imaginativas.

Da não trepada entre Dionísia e Francisco Moreira — em

que nem se cogitou beijo na boca —, pode-se dizer que participaram, numa espécie de suruba espiritual, imagens superpostas como a da empregada negra, a da inocente Violeta, Sílvia Avelar e, é claro, o francês.

Estava então absolutamente certo este último quando, em seu passeio noturno para a morte, naquela mesma noite, projetou num quarto escuro de Niterói a sua amante, já então adormecida, ao lado do Moreira. Estava ainda certíssimo ao pensar que sobreviveria nos sonhos e fantasias de Dionísia. Só estava errado o francês no que toca ao adjetivo *imbecil*, eis que o Moreira não o era mais. Pelo contrário, em sua comunhão mística com a Amazona, ele acabara por transpor o tênue e quase inacessível limite para um outro território, livre do infernal mecanismo *desejo-posse-ciúme*.

Havia Francisco Moreira compreendido as brincadeiras de Deus e tornava-se apto a amá-lo com desprendimento em Suas encarnações femininas, seja através da Sua magnífica representação em Dionísia ou mesmo, mais modestamente, através daquela que, de agora em diante, caberia a ele, o Moreira. A Sua (deles, o Moreira e Deus) frágil Violeta, ah que belo nome de flor para uma mulher.

Mas como nada é perfeito, alguém sairia prejudicado naquela história toda: o gato. Relegado pela dona a um segundo plano e depois de ouvir pela sexta vez, na noite seguinte, uma obra de Stravínski, o gato persa fez aquilo que Francisco Moreira estivera à beira de fazer, certo dia: de uma altura de sete andares, atirou-se para a morte.

# 31. (Um parênteses, um gato)

Dirão alguns leitores que a morte de um gato não justificaria um capítulo, nem mesmo um parênteses dentro de um livro. Ledo engano. Como qualquer entidade dotada de *anima*, um gato é uma estrutura única dentro do Universo e tem sua história pessoal (digamos assim) e intransferível, ainda que o sucedam milhões e até bilhões de gatos. Mas sempre serão *outros gatos*, mesmo carregando todas as características desta família animal que alguns acham encantadora e outros, nojenta.

Deste modo, a morte de Wolfgang (este era o nome do gato de Violeta) é um acontecimento tão dramático quanto a morte de Jean, e talvez mereça tantas digressões metafísicas como as inspiradas no fotógrafo de olhos azuis no episódio 23.

Se muitos leitores não compartilharão desta ideia é porque nós, seres humanos, só costumamos nos identificar (quando nos identificamos) com a dor da espécie, a nossa própria dor. O que permite mesmo a uma doce freirinha passar sem qualquer remorso por um açougue, para comprar carne para seus pequenos órfãos, talvez com o pensamento, logo penitenciado, de ganhar o prêmio Nobel da paz como madre Teresa de Calcutá.

E o que estão expostos ali naqueles ganchos sangrentos? Cadáveres. Pior ainda do que isso, cadáveres de animais tão dóceis que por nós são domesticados, como se gerássemos e criássemos filhos para comê-los. Mas não pensem os leitores que se trata, aqui, de um libelo vegetariano ou algo do gênero. Apenas se assume desde logo que a natureza é uma arena onde feras de todos os tipos se cravam os dentes, abocanhando de preferência a carne tenra e indefesa dos recém-nascidos e esta é a Lei. E se por acaso algum Deus ordenador existe, assim Ele dispôs, e não passa, portanto, de uma boca maior que acaba por engolir a todos, para melhor ou para pior.

No caso do próprio Wolfgang, ele jamais teve cerimônia em tragar em sua bocarra (relativamente falando) bichos menores do que ele, como baratas, ratos, passarinhos e lagartixas, todos também dotados de uma *anima*, embora de uma estrutura menos complexa que a de Wolfgang.

Mas é justamente desta organização complexa, que era Wolfgang, que se retira a dramaticidade (e nunca piedade) que justifica todo um parênteses para a morte do gato de Violeta.

Um animal capaz de medir, ainda que intuitivamente, os prós e os contras do ser ou não ser é, no mínimo, interessante. Acostumado a reinar como um bibelô movente sobre aquele apartamento e sua dona, Wolfgang teria abocanhado de bom grado o Moreira com a graciosidade de um tigre, caso não houvesse medido a força de ambos e optado pela arma dos fracos: a astúcia.

Preferia então instalar-se languidamente sobre a barriga do rival — nos momentos em que este ouvia música no sofá com Violeta — e arranhá-lo com falsas carícias, no que era retribuído. Pois Francisco Moreira sabia tão bem quanto Wolfgang que os olhos de Violeta estavam firmemente instalados na relação que se estabelecia entre ambos, não menos ambiguamente que as estabelecidas entre outros personagens desta história.

Mas se não se achava ainda o Moreira no direito de enxotar

o gato da amante, o mesmo não acontecia com a própria dona do gato. Uma vez assegurada, com a ilusão dos enamorados, que a relação entre o animal e o amante era satisfatória, começou a trancar o felino na área de serviço durante os momentos em que se dedicava ao Moreira. Tentava suborná-lo com pratos de leite, mas Wolfgang era um gato enfastiado e... incorruptível, protestando com miados lancinantes atrás da porta.

Mas se os miados do gato atrapalhavam um pouco a música, isso já não tinha tanta importância, porque, entre outras coisas, também o gosto musical se ampliava naquela casa. Não exatamente por causa do Moreira, mas porque o salto existencial na vida de Violeta acabara por desaguar num salto estético, ainda que moderado.

Quando era reintroduzido na sala e Violeta e o Moreira procuravam manter uma distante compostura, como se nada houvesse acontecido, Wolfgang sabia que isso não era verdade. Como não podia, por sua condição animal, produzir nenhum raciocínio especulativo, foi preciso que uma linguagem externa presentificasse para o gato que uma dissonância assimétrica penetrava em seu universo.

Esta linguagem foi uma composição serial de Stravínski, em disco que Violeta acabara de comprar.

Ora, um gato é um bicho conservador, com quatro patas de veludo bem fincadas no tapete. Habituado a escalas harmônicas que traduziam auditivamente aquele universo onde um gato vivia em função de aninhar-se com exclusividade na paisagem e no colo de sua dona, Wolfgang entendeu que tal universo se desintegrava em estilhaços.

Que este estilhaçamento fosse então literal, abrangendo corpo e espírito, evitando qualquer dissonância interna. Wolfgang era um clássico. E, maciamente, como era do seu estilo, pulou para o parapeito da janela, concedendo uma última olhada com seus críticos olhos verdes para o casal e permitindo que este, por sua vez, examinasse que bela composição da natureza deixava o mundo.

Pena que Wolfgang não pudesse falar ou escrever. Pois talvez houvesse intentado um monólogo testemunhando que, *não sendo*, na verdade ele *seria* mais do que nunca.

Pena, também, que ali naquela casa não se ouvissem boleros, a não ser, mais recentemente, o de Ravel. Pois "Perfídia", com pistom e sax ao fundo, como numa madrugada de Tijuana, talvez fosse o fundo musical exato para o salto de Wolfgang no breu da noite, lânguida e flutuantemente como sempre vivera, até pousar com um som abafado, discreto, quase elegante, na marquise do prédio, num ruído que o pessoal do primeiro andar confundiu com o esborrachar-se de uma fruta.

A morte de Wolfgang interpôs-se, a princípio, como uma cicatriz entre Violeta e Francisco Moreira, o que, aliás, era um dos objetivos do gato. Esta cicatriz era o sentimento de culpa em Violeta. Impossível não associar o seu prazer com a dor de outro coração.

Quanto ao Moreira, embora ostentasse uma cara compungidíssima no enterro do gato num sítio de Petrópolis, já aprendera que esta associação era uma profunda lei da natureza. E se a princípio intimidou-se com aquela mulher estática e lacrimejante em sua cama, logo descobriu que ela não se opunha a que ele desfrutasse de suas prerrogativas quase conjugais, desde que, em obediência ao luto, nenhuma reciprocidade fosse exigida.

E mais uma vez se viu o Moreira nesta história a gozar das delícias de uma mulher inanimada. Como quem possui um manequim, uma puta, uma cega. E, lá no fundo, um pensamento que desta vez ele ousou materializar (possivelmente por causa de Wolfgang): como quem possui um cadáver.

Acabava assim o fantasma do suicida — contra os seus desígnios — por solidificar a relação entre o Moreira e Violeta. Pois todos sabemos que é justamente quando um casal se sente à vontade para materializar suas fantasias que sua relação se solidifica. A postura quase puritana de Violeta até então, fruto de uma educação clássica como a de Wolfgang, nada mais fizera que aferrolhar uma sensualidade latente e explosiva. E um dia ela se viu a ler na capa de um disco de Satie, que também penetrara sub-repticiamente naquela casa, ainda nos tempos de Wolfgang, o seguinte poeminha:

OS QUATRO CANTOS

*Os quatro camundongos.*
*O gato.*
*Os camundongos amolam o gato.*
*O gato se espreguiça. Salta. Coloca-se.*

O fantasma de Wolfgang corporificou-se diante de Violeta, mas, curiosamente, para logo dissipar-se de todo, como uma ferida curada ou a última das sete mortes de um gato.

Violeta empurrou o Moreira para o lado, virou-se na cama e o montou, para grande encantamento do amante, que já andava meio de saco cheio sempre da mesma posição.

Vendo corporificar-se, agora, diante de si mesma, a sua própria imagem, Violeta, em cima do Moreira, recitou para ele outro poeminha, ainda de Satie:

O POLVO

*O polvo está dentro de sua toca.*
*Brinca com o caranguejo.*
*Engole-o e engasga.*

*Apavorado, pisoteia seus próprios pés.*
*Bebe um copo de água salgada.*
*Isso faz-lhe um grande bem e clareia suas ideias.*

Violeta deu uma gargalhada... e gozou!

# 32. A Justiça tarda e falha

Não chegava a ser uma coincidência que Sílvia Avelar e Dionísia saltassem, à mesma hora, à porta da casa do francês. Afinal as duas não pensavam em outra coisa desde a noite passada. A diferença estava em que Sílvia desta vez vinha de táxi, para não chamar a atenção, pois tinha importantes revelações — com possíveis desdobramentos — a fazer ao francês, enquanto Dionísia desembarcava carregada de malas e dirigindo o próprio carro, cedido por Francisco Moreira como espólio de um casamento dissolvido de forma enfim amigável.

Vinha a Amazona instalar-se ali de vez, foi o que percebeu imediatamente Sílvia Avelar. E como a mulher sadia que era, sujeita a rompantes, viu o seu ciúme ultimamente adormecido renascer. Para fazer valer seus direitos — pelo menos iguais aos de Dionísia —, fez questão de não tocar a campainha e usou sua cópia da chave para abrir nervosamente a porta.

O vazio lá dentro desapontou a ambas. E se elas não estivessem tão concentradas em seu ciúme dirigido a uma imaginária mulher que teria levado o francês a passar a noite fora (a cama

195

estava intacta), teriam suspeitado daquela desarrumação ainda maior do que a habitual no estúdio. Porém, cegas pelo amor, elas viram naquela bagunça e na câmara escura violada os indícios de uma verdadeira orgia que teria prosseguido noite adentro em outro lugar.

Que o fotógrafo comesse no estúdio aquelas galinhonas que vinham ali exibir-se nuas, ainda vá lá; afinal, quase fazia parte do seu ofício. Mas que o francês dormisse fora (e não podia ser com os anjos, enganavam-se elas) justamente quando Dionísia vinha ali para uma espécie de lua de mel e a outra, para socorrer o amante depois de um sacrifício que a levara a entregar-se a um chantagista e até ao marido, era ato de alta traição.

É claro que isso, pelo menos em parte, uniu as duas mulheres mais uma vez. E foi como se defendessem contra um inimigo comum esta estabilidade afetiva a três que a filha do banqueiro ajudou Dionísia a desfazer as malas e a dependurar suas roupas no armário de Jean, o que lhes daria a oportunidade de farejar alguma pista. Bobagem, no eclético armário do fotógrafo — e em alguns vestidos espalhados pelo chão — não havia a pista de uma, mas de dezenas de mulheres, o que de certo modo equivalia a mulher nenhuma.

Mas esse negócio de roupas e pecinhas íntimas dentro de um armário é fogo. Numa sociedade tão permissiva, parece que são essas roupas fora do corpo — muito mais do que um corpo fora de roupas — os últimos resquícios de mistério para a fantasia. Além disso, com as duas grandes trepadas da véspera, Sílvia Avelar desencadeara em seu corpo um processo cujo fogo só poderia ser apagado pelo francês. Sentindo este fogo queimá-la debaixo de um vestido cuidadosamente escolhido para a solenidade deste particular encontro com Jean, ela o tirou.

Dionísia também tirou o seu, pois afinal estava *em casa* e precisava afirmar diante da outra o seu direito de ficar à vontade para uma arrumação. E nesta arrumação — sobraçando tantas roupas sem corpo, incluindo as do francês — era natural que os corpos das duas (sem roupas, a não ser por minúsculas calcinhas) se tocassem aqui e ali.

Quando finalmente se estenderam, uma ao lado da outra, nas almofadas, tanto Dionísia quanto Sílvia precisavam dar-se um tempo para arrumar seu próprio universo, físico e espiritual, depois de todos os acontecimentos que se precipitaram desde a véspera no meio de tantas emoções contraditórias. Acariciavam-se para relaxar um pouco, embora o ressentimento entre elas não houvesse se dissipado de todo. Mas havia aquele ressentimento maior por uma terceira pessoa e, fora isso, todos já sabemos que a sexualidade entre os seres humanos, quando manifestada sem amor, simpatia, respeito mútuo etc., pode levar àquelas trepadas ferozes e inesquecíveis, coisa de gatos, de modo que deixamos à fantasia do leitor esta transação, sem precisarmos torná-la vulgarmente explícita. E vamos direto ao ápice desta ou de qualquer trepada: o orgasmo, este momento tão épico da existência humana que deveria sempre haver uma orquestra sinfônica ou um coro de anjos para ilustrá-lo.

Mas talvez esse orgasmo não se houvesse concretizado caso não surgisse um fato novo: o som do motor de um carro, que parou à porta, e depois o rumor de passos. Até aquele instante, por causa da sombra de um ressentimento mútuo, a curva sensual de Sílvia e Dionísia percorrera molemente o seu caminho, com vens e vais, avanços e recuos.

Não passou pela cabeça delas que o francês não tinha carro e gostava de subir a pé a bela ladeira do seu amado bairro da Glória; não passou, também, pelas mesmas cabeças, que os passos indicavam mais de uma pessoa se aproximando da porta.

Elas QUERIAM que fosse o francês. Queriam também que ele visse quão bem ELAS, as mulheres, podiam passar sem ELES, os homens. E foi desse desejo que seus corpos retiraram uma súbita energia para explodirem retumbantemente num orgasmo, certamente real e certamente representado. Mas o que que tem de mais isso último, pois não será sempre o sexo entre os humanos uma representação simbólica?

Não era o francês. Era a Polícia Federal. Depois de alguns meandros burocráticos, como a expedição de mandado judicial etc., três federais chegavam ali de terno e gravata para cumprir uma missão ordenada pelo secretário-geral do Ministério da Justiça, com a chancela do ministro e tudo: prender o francês para, depois de um processo sumário, expulsá-lo do país de uma forma tão legal que nem *Le Monde* ou mesmo *L'Humanité* poderiam botar defeito, pois ainda estava viva na memória de todos a ruidosa expulsão de padres franceses por ingerência em nossos assuntos internos.

Aqueles homens que foram entrando porta adentro haviam sido escolhidos a dedo e preparados para agir com uma certa urbanidade. Não estavam é preparados para aquela cena que nem nos cabarés da praça Mauá, durante seus plantões noturnos, haviam tido a oportunidade de ver: duas lindas mulheres atingindo, retumbantemente, um orgasmo aparentemente verdadeiro.

Querendo impressionar ainda mais o francês, Sílvia e Dionísia se deixaram ficar, por algum tempo, de olhos fechados, nos braços uma da outra. E só se deram conta de que havia algo errado naquilo tudo quando foram apalpadas não por um, mas por três pares de mãos.

O fato é que, apesar de excelentes profissionais, aqueles homens, de origem rude e humilde, ainda não tinham assimilado certas transformações no comportamento sexual do brasileiro, o que lhes permitiria ver em duas mulheres aconchegadas mais do que prostitutas manuseáveis à vontade do freguês.

Semiparalisada, Dionísia só pôde cobrir-se com os braços, enroscando-se em si mesma numa regressão ao recato provinciano de meses atrás.

Sílvia Avelar, no entanto, jamais fora uma provinciana. Levantou-se nua como estava e, como era do seu temperamento, partiu para o contra-ataque, brandindo uma almofada nas mãos:

"Afinal, o que significa isso, porra?"

"Polícia Federal", disse o chefe do grupo, brandindo, por sua vez, triunfantemente, uma carteirinha: "Onde está ele?"

Pressentindo perigo para Jean, Sílvia lançou mão de um argumento que costuma dar certo neste país:

"Vocês sabem com quem estão falando?"

O chefe também farejou perigo, mas uma de suas deficiências, enquanto profissional, era não conseguir reprimir um certo humor policialesco assimilado de livros americanos:

"Mas nós ainda nem começamos a falar."

Já o problema de um dos seus subordinados, o agente Rui, não era o senso de humor, mas a burrice. E ele julgou ver naquela cena com duas mulheres nuas, no local onde ela se dava, uma inquestionável intenção subversiva, corroborando as suspeitas do ministério. O que não o impedia nem um pouco de aproveitar-se da situação.

Aproximando uma das mãos dos seios de Sílvia, ele falou:

"Diz pra nós, diz. Com quem nós estamos falando?"

Ela disse.

"Sílvia Avelar. Filha do banqueiro Oswaldo Avelar, presidente do Banco Continental, amigo do ministro da Justiça, do ministro do Exército e até do presidente da República", desfiou ela como um currículo.

Foi uma brochada fulminante de dois dos policiais. Era como se, de repente, eles sentissem um ferro se aproximando por trás. Já o agente Rui era mais lento. E enquanto ele concluía que um banqueiro, apesar de civil, tinha lá a sua força, ainda estava com um dos seios de Sílvia na mão. E foi preciso que o chefe o puxasse pela manga e adquirisse uma postura mais formal para que o agente Rui baixasse não só o braço, como os olhos e, principalmente, o pau.

"Nós temos um mandado judicial", o chefe disse a Sílvia, tirando do bolso um papel: "As senhoras podem se vestir, nós queremos é o francês."

Sílvia Avelar não arredou o pé dali onde estava, nua:

"E desde quando um mandado dá direito de seviciar mulheres?", ela disse, sem mexer um só músculo de sua cara de pau.

# 33. Canais hierárquicos do poder

Ao ser interrompido em pleno almoço com o jornalista político Alfredo Santana, num dos melhores restaurantes de Brasília, por um interurbano do superintendente da Polícia Federal no Rio de Janeiro, o secretário-geral do Ministério da Justiça pressentiu algum assunto muito importante. E de fato era, mas não o que ele imaginara, a princípio, a prisão de alguns comunistas que pudesse comprometer a oposição no processo sucessório.

"Aguarde um pouco que eu já volto", disse ele ao jornalista, naquele tom de voz de quem guarda importantes segredos de Estado, o que, para homens menores, é um dos encantos do poder.

"Houve um probleminha no negócio do francês", disse do outro lado da linha, timidamente, o federal, esperando a bronca que viria a seguir, como de fato veio.

O sorriso do secretário congelou-se em sua boca. O delicioso peixe, na mesa, não merecia tal interrupção.

"Mas que problema, meu Deus? Será que um homem ocupado não pode mais nem almoçar em paz?"

O superintendente respirou fundo e falou rápida e mecanicamente, querendo livrar-se logo do que tinha a dizer:

"Foi encontrada no apartamento do francês a filha do banqueiro Oswaldo Avelar."

O secretário empalideceu:

"Morta?"

"Não, viva. Vivíssima, até", o federal ficou contente de poder esclarecer: "Ela e uma outra. Os nossos homens as estão trazendo para cá."

O superintendente fizera questão de dizer *nossos* em vez de *meus* homens, mas não colou.

"Sílvia Avelar? Mas *vocês* ficaram loucos?"

Como se pedisse a cumplicidade de uma plateia, o secretário tapou o bocal do telefone e exclamou para todo o restaurante, o que não escapou ao jornalista: "Loucos. Ficaram todos loucos".

E quando voltou a falar com o superintendente, o fez com a paciência forçada de quem se dirige a uma turma escolar de débeis mentais:

"O senhor pode me dizer por ordem de quem?"

"Bem, o francês não estava lá. Quem estava era a filha do banqueiro e aquela outra. Aí…"

O secretário não deixou o outro terminar e sua voz saiu agora com a raiva de quem se dirige não a uma turma de débeis mentais, mas de delinquentes:

"Assim que ela chegar leve-a imediatamente para casa, com todas as desculpas possíveis. De carro oficial. Não, de carro da polícia, não. Leve-a pessoalmente, de táxi."

"O problema é que ela não vai querer ir. Diz que foi torturada, nua."

O secretário-geral amaldiçoou Brasília e a distância que a separava do país real lá embaixo. Até um governo já caíra por causa disso. E foi pensando nessa queda — principalmente na própria queda — que o secretário resolveu conter-se para inteirar-se de toda a situação:

"E a tal outra, quem é?"

O superintendente da Polícia Federal falou com a emoção de quem revela, num processo intrincadíssimo, o nome de uma testemunha bomba:

"Dionísia, a Amazona!"

# 34. O país real lá embaixo

Por algum tempo, ali no estúdio da Glória, Dionísia se encolhera toda, buscando regredir àquele tempo em que não havia grandes complicações, quando ela era apenas a mulherzinha do Francisco Moreira. Só que o Moreira estava agora protegido no regaço da sua Violeta, e Dionísia sacou o seguinte: para ela não havia mais nenhum retorno possível e só podia ir sempre, sempre, em frente. Mas foi principalmente a audácia de Sílvia, na ofensiva, que a fez acordar da sua letargia para não ficar atrás naquilo que ela ainda acreditava que poderia ser a salvação do francês. Levantou-se num rompante e, embora protegendo o sexo com as mãos, foi postar-se lado a lado com Sílvia Avelar.

Os federais estavam acuados, como se a visão daquelas lindíssimas mulheres nuas fosse algo aterrorizante para eles, pobres machos perplexos diante das tramas humanas e da natureza.

"Minhas senhoras, compreendam, trata-se de um equívoco... Vistam-se, por favor."

Ao dizer aquilo o chefe do grupo tentava, respeitosamente, manter seu olhar fixo na janela, como se pairasse, interessadíssimo, sobre a paisagem lá fora... a proverbial beleza do Rio de Janeiro, embora entrecortada por edifícios e favelas.

Porém a realidade ali dentro era bem mais real.

"Exijo a presença dos seus superiores", disse Sílvia Avelar.

"Ou o senhor prefere que eu chame meu pai?"

Ele não teve remédio senão telefonar para o superintendente da Polícia Federal, resignado quanto ao esporro que iria levar, como de fato levou.

"Vocês são burros ou apenas débeis mentais? Mando pegar um francês e me pescam duas mulheres. E ainda mais quem. Ainda mais quem. Vocês sabem o que isso significa para as suas carreiras, não sabem?"

Dizendo isso, o superintendente estava não só ciente do esporro que ele próprio iria levar como do que aquilo significava para a sua carreira. Precisava entender-se com Sílvia antes que fosse tarde demais.

"Põe ela na linha", ordenou.

"Qual das duas?"

"A filha do banqueiro, é claro, seu idiota. Quem mais poderia ser?"

Aquela conversação telefônica foi, no mínimo, curiosa: de um lado da linha, em sua larga mesa, o engravatado superintendente da Polícia Federal, que suava apesar do ar-condicionado; do outro, completamente nua, de costas para os policiais, a filha do banqueiro Oswaldo Avelar. Acompanhando a tudo, com a dignidade estática de uma escultura, Dionísia, a Amazona.

Se o agente Rui — que de novo se permitia, apesar de tudo, examinar atentamente o corpo de Sílvia — fosse capaz de articular com clareza o seu universo interior, ele o teria feito dessa forma deprimida:

"Eis que tenho à minha frente, oferecida, a bunda mais

bonita que já vi em toda a minha vida. E no entanto isso não provoca em meu corpo qualquer reação. Será que estou ficando brocha, meu Deus?"

# 35. Atribulações do poder humano

Já o secretário-geral do Ministério da Justiça sentiu seu corpo mais desperto do que nunca ao ouvir o nome da Amazona. E apesar de alguns entupimentos circulatórios em progresso e do vinho do almoço, seu cérebro pôs-se a funcionar com a limpidez de um computador bem programado. Em sua tela se estamparam as palavras do curador de menores do Rio de Janeiro: "Uma conspiração, uma verdadeira conspiração".

Pensando bem, talvez o curador não fosse uma besta tão grande assim. Por outro lado, era a própria possibilidade de tal conspiração — envolvendo uma ligação de Dionísia com a Organização dos Bancários Anarquistas, via fotógrafo francês — que poderia tirá-lo daquela sinuca, oferecendo uma justificativa para a detenção das duas mulheres. O problema era como encaixar naquele maldito quebra-cabeça o nome — e principalmente o sobrenome — de Sílvia Avelar.

Depois de ouvir, agora atentamente, o relato do superintendente da Polícia Federal — e compreender que estavam todos no mesmo barco —, surgiu no cérebro ativado do secretário o nome do único salva-vidas possível: Oswaldo Avelar. O secretário-geral da Justiça não via em que podia interessar ao banqueiro a divulgação da presença de Sílvia, nua, no apartamento do amante e ainda abraçada a outra mulher, também nua.

"O pai dela já foi avisado?", perguntou.

"Até agora parece que não", disse o superintendente.

"Bom, então deixa que eu mesmo falo com ele."

O secretário estava lívido ao voltar à mesa, onde, puxando um cartão de crédito, disse que assuntos importantes o chamavam ao ministério. O seu tom de voz não revelava, agora, nenhum encanto pelo poder, o que não escapou ao jornalista.

"Alguma coisa que eu possa saber?", perguntou este último.

"Desculpe-me, mas é confidencial", disse o secretário, vestindo o paletó. Embora Alfredo Santana sempre tivesse sido um dos confiáveis, credenciado até no Planalto, seu focinho de rato todo lambuzado de peixe parecia advertir que, como todos os da sua laia, seria um dos primeiros a abandonar o navio ao primeiro sinal de avaria. E, de fato, logo após a saída da autoridade, a redação de um importante matutino carioca foi advertida, através da sucursal de Brasília, de que deveria fuçar a possibilidade de algum acontecimento importante nas áreas da Justiça, Segurança Nacional e coisas afins.

Quanto ao próprio peixe, em si, bastante avariado em cima da mesa, o secretário-geral do Ministério da Justiça teve a nítida impressão de que ele sorria, irônico e vingativo, com todos os seus dentes, das atribulações do poder humano.

O que o secretário-geral não podia calcular era que aquele barco, aparentemente à deriva, tinha um comandante e um imediato: Sílvia e Dionísia. E que elas estavam firmemente decididas a levarem-no ao porto mais aprazível; para elas, evidentemente.

208

Quando as duas chegaram, em companhia dos agentes, ao gabinete do superintendente da Polícia Federal, este sentiu, a princípio, um alívio: pelo menos estavam vestidas. Na verdade, estavam bem-vestidas até demais. Todas de negro, como se fossem a um enterro de luxo ou uma recepção. Em Sílvia não faltavam nem mesmo os óculos escuros. E no rosto das duas, estampando uma felicidade algo cínica, havia também um leve ricto de dor.

"Quero apresentar-lhes, em nome da Polícia Federal, as minhas desculpas", foi o melhor que o desconfiado superintendente encontrou a dizer.

"Desculpas? Duas mulheres são seviciadas e o senhor me vem com desculpas?", falou Sílvia.

E como se obedecessem a um plano cuidadosamente traçado, essas duas mulheres baixaram ligeiramente a parte superior dos vestidos, deixando ver, em seus seios, marcas de queimaduras recentes.

"Os senhores se retirem", disse o superintendente a seus agentes boquiabertos: "Até segunda ordem estão afastados de suas funções".

# 36. A dor... e o prazer!

"Se o senhor está duvidando que eles nos puseram nuas, é só dar um pulo aqui para ver."

Fora uma das coisas que Sílvia Avelar dissera, pelo telefone, ao superintendente da Polícia Federal no Rio de Janeiro. O terceiro agente, um nordestino baixo e troncudo, que carregava ressentidamente pela vida afora o nome de Severino, deu um passo à frente, indignado com a injustiça e a mentira, categorias verbais que só neste instante tardio da vida ele compreendeu em toda a sua amplitude. E dispôs-se a vestir à força as duas mulheres, o que era no mínimo inusitado em sua folha funcional. Felizmente foi contido por seu superior. Mais inteligente, percebera este que vestir à força uma mulher — e ainda mais quem — seria uma tarefa infinitamente mais difícil do que despi-la ou até violentá-la, fora as marcas que isso acarretaria.

Já o superintendente, como era natural por sua posição hierárquica, tinha a obrigação de ser ainda mais inteligente. Comparecer ao local de uma ação desastrosa dos seus subordinados poderia ser uma arapuca desastrosa também para ele. E o pouco que já intuíra de Sílvia — a par do sobrenome dela — lhe dera uma medida do peso da adversária.

"Minha senhora, por favor; a senhora vem aqui e apresenta a sua queixa. Podemos encaminhá-la a exame de corpo de delito... se a senhora quiser."

Julgava o superintendente que a filha de um banqueiro jamais se submeteria a um vexame desses.

Estava enganado.

"Está muito bem. Nós vamos aí, nuas... *se o senhor quiser*."

"Minha senhora, compreenda. Nós temos uma ordem de prisão contra Jean Valjean, um fotógrafo francês que se encontra ilegalmente no país. Ordem do próprio ministro", ele não viu mal nenhum em acrescentar. "Se os nossos homens se excederam, posso garantir que serão punidos."

Este último parágrafo repercutiu fundo em Sílvia, não por causa da ameaça aos policiais. Afinal a beliscada do agente Rui não lhe arrancara nenhum pedaço. Numa certa medida, fora até bom. Para os seus planos, quer dizer.

Mas o fato era que, de um só golpe, lhe foram revelados um sobrenome novo para o francês e o motivo de todo aquele aparato policial (onde com certeza havia o dedo do pai), envolvendo até um ministro.

Ora, Sílvia era uma mulher que estava acostumada a jogar alto na vida e, certa vez, chegara a passar a mão nos ralos cabelos de um presidente da República, numa recepção, deixando o general babando atrás dela. E agora, se era para armar um escândalo, não ficaria mal nele a presença de um ministro de Estado.

Se em todos os personagens desta cena — incluindo os ausentes acima citados — fosse aplicado um teste de QI, Sílvia Avelar certamente não sairia em desvantagem.

"Jean Valjean", ela pensou, quase alto. Já dera uma *dinâmica* nos *Miseráveis*, de Hugo, o suficiente para absorver a ironia contida em tal nome. Ou codinome. Se fosse este o caso, que bela sacanagem. E se o nome fosse verdadeiro, talvez Jean o tivesse escondido de todos, até hoje, por medo da Lei, no que aliás tinha toda a razão.

Então, para o bem do francês e da liberdade que ele tanto amava (implícita no próprio nome... ou codinome), o melhor seria que todos desaparecessem dali antes que ele chegasse.

"Está certo", ela finalmente concedeu ao superintendente da Polícia Federal, depois de toda essa reflexão que, ao seu cérebro, não tomou mais do que um segundo: "Nós vamos nos vestir e daremos um pulo aí no distrito".

A palavra "distrito" não fora escolhida inocentemente, mas de qualquer modo o superintendente da PF respirou aliviado lá na Superintendência na praça Mauá. Um alívio tão grande quanto o dos policiais, no estúdio, ao verem Sílvia e Dionísia escolherem no armário dois vestidos que a eles pareceram sobriamente elegantes e até muito decentes. Começava a delinear-se a possibilidade — favorável, diante das circunstâncias — de escaparem daquela enrascada apenas com alguma advertência ou suspensão.

Mas são curiosos os seres humanos: mal entreveem a saída de uma situação aflitiva, que os faz impregnar-se de propósitos e resoluções, voltam à sua roupagem habitual.

Ouvindo, da sala, a água que agora caía do chuveiro, os policiais (menos o agente Rui, que estava absorto em si mesmo) sentiram uma certa nostalgia da nudez tão deslumbrante que até há pouco eles tinham à disposição. Não que eles ousassem aproximar-se da porta do banheiro. Cada um vigiando o outro, sentaram-se rígidos sobre as almofadas, imersos em suas fantasias.

Começavam eles a descobrir — em sua penosa educação sentimental — que mulheres atrás de portas, do mesmo modo que roupas fora do corpo, abrem um espaço maior à imaginação.

E a cena que cada um abrigava na mente, com uma ou outra variação individual, era a seguinte: Dionísia e Sílvia ensaboando-se mutuamente, nas partes mais íntimas, debaixo do chuveiro. Ah, como gostariam de ajudá-las, não fosse, agora, um sentimento imperioso do dever.

A cena que se passava lá dentro era além da imaginação de pobres policiais.

Pela terceira vez em sua vida — em mais um momento crítico — Dionísia aceitara um cigarro e sentara-se no bidê, que lhe evocava o francês. E foi dali que ela assistiu, fascinada, Sílvia abrir o chuveiro para abafar qualquer ruído e, depois, encostar o próprio cigarro no seio, com um profundo gemido e um esgar, de dor e... de êxtase.

Dionísia intuiu no ato aquele plano diabólico. E não querendo ficar atrás no martírio pelo amante, também ela se queimou, nos dois seios.

Entre lágrimas emocionadas, as duas se abraçaram e, não fosse a pressa, talvez houvessem obedecido ao impulso que agora as possuía por inteiro, para chegarem a um orgasmo muito mais satisfatório, física e emocionalmente, do que o anterior.

Mas havia a pressa e se tomaram elas juntas uma rápida chuveirada foi apenas para que, na delegacia e no que de lá adviesse, não causassem má impressão.

"Ora, essas queimaduras não são tão graves assim."

Quem disse frase tão decepcionante foi o banqueiro Oswaldo Avelar. Avisado pelo secretário-geral do Ministério da Justiça, acorrera ele prontamente à Polícia Federal. "O melhor é a gente esquecer esse episódio, para as coisas não ficarem piores do que já estão."

"Garanto que os responsáveis serão punidos e tudo correrá no maior sigilo", reforçou o superintendente, encantado de encontrar no banqueiro um aliado imprevisto.

"Muito bem", disse Sílvia, encarando gelidamente o pai: "E Jean?".

O banqueiro empalideceu. Talvez fosse tarde para que Jean pudesse ser resgatado para qualquer barganha. Quanto ao superintendente, no meio de tantas aflições, esquecera-se da causa delas.

"Ah, o francês...", ele coçou a cabeça. "Bem, contra ele nós temos uma ordem de detenção. A senhora compreende, é a Lei. O próprio ministro..."

"Bem, lei por lei, o ministro deverá se interessar por isso", disse Sílvia, baixando mais uma vez a parte superior do vestido. Parecia sentir prazer nisso.

O superintendente coçou novamente a cabeça. Embora aqueles seios fossem lindíssimos, era embaraçoso vê-los na presença do pai da moça. Este avançara na direção de Sílvia, tentando compô-la. Foi afastado com um tapa nas mãos.

"O senhor não ponha as mãos em mim."

Temendo que um escândalo ali em plena delegacia pusesse a perder tudo o que já fora feito pela paz, o superintendente resolveu pedir, mais uma vez, a intermediação do secretário-geral do Ministério da Justiça.


O ministro. Este era também o problema do secretário-geral. Afinal, sua excelência fora inteirada por alto daquele assunto, confiando em seu secretário ao assinar um papel que este lhe pusera na frente no meio de um monte de outros. E agora com toda a certeza ficaria putíssimo ao se ver envolvido numa sujeira dessas, entre tantos, graves e prioritários problemas nacionais.

Foi pensando em evitar esse aborrecimento ao ministro que o secretário-geral resolveu agir por iniciativa própria: "Olha, vamos esquecer, por ora, essa expulsão do francês. Há coisas mais importantes neste país."

O tom de voz do secretário, ao telefone, era novamente aquele de quem guarda importantes segredos de Estado, um dos encantos do poder. E ele refletiu gravemente que, no dia seguinte ou outro qualquer, informaria sua excelência, se esta estivesse de bom humor.

Não foi preciso. Sua excelência, no dia seguinte, foi informada pelos jornais.

# 37. Mar de lama

Mesmo os jornais mais conservadores do Brasil não hesitaram em estampar, em primeira página, no dia seguinte, fotos de Dionísia exibindo os seios queimados. Flagrante que também iria compor a capa de revistas semanais, que não tiveram, desta vez, a menor preocupação com a originalidade. "Mar de lama" era o título de capa, tanto de *Veja* como de *IstoÉ*. Quanto aos jornais, impossibilitados ainda, a princípio, de absorver os fatos em todos os seus desdobramentos, concentraram seu foco em ângulos diversos, mas todos negativos para o governo. JORNALISTAS ESPANCADOS POR POLICIAIS FEDERAIS — FILHA DE BANQUEIRO SEQUESTRADA PELO PRÓPRIO PAI NA PORTA DO DPF — TORTURADA A AMAZONA — MODELO CULPA ATÉ O PRESIDENTE DA REPÚBLICA POR TORTURAS — eis, entre outros, alguns títulos de primeira página de jornais brasileiros naquela manhã, variando segundo o estilo e o público leitor de cada um. E finalmente uma outra manchete, de jornal popular, que não parecia, a princípio, ter a conexão que de fato tinha com tudo isso: O PRESUNTO TINHA OLHOS AZUIS.

Mas para que tudo isso acontecesse, foi necessário, antes, acontecer o seguinte:

Ao deixarem a Superintendência da Polícia Federal no Rio de Janeiro, acompanhadas até à porta pelo próprio superintendente, depois de um acordo firmado com este (silêncio em troca da liberdade do francês), Sílvia e Dionísia, juntas com o banqueiro, foram surpreendidas por um fotógrafo e um repórter do mesmo jornal que Alfredo Santana.

Surpreendidos também foram estes por uma saraivada de porradas desferidas por dois brutamontes.

O caso é que os agentes Rui e Severino, dispensados das suas funções até segunda ordem, haviam permanecido nas imediações, na esperança de que esta segunda ordem viesse logo. E foi dali, de um botequim, onde já tinham tomado três cachaças cada um (afinal, não estavam mais de serviço), que eles divisaram a oportunidade de uma reparação que apressasse a segunda ordem.

Na cabeça deles, enevoada por um álcool de má qualidade, passou, embora não tão articuladamente, o seguinte raciocínio: quebrando a cara e a máquina desses intrometidos, estaremos defendendo a reputação não só dessas mulheres, manchada por um lamentável equívoco, como também as do ilustre banqueiro e da nossa própria corporação.

Do pensamento à ação foi literalmente um pulo. E voaram eles sobre os jornalistas, a golpes de caratê.

O que os policiais não previram foi o seguinte: habituada aos perigos e à violência de anos de arbítrio, a imprensa deste país havia desenvolvido algumas táticas defensivas. E antevendo os riscos de uma reportagem junto à Polícia Federal, o editor do jornal de Alfredo Santana mandara uma outra dupla repórter-fotógrafo postar-se numa das janelas de um edifício das proximidades. Dali, com uma teleobjetiva, eles puderam documentar privilegiadamente o espancamento dos colegas, enquanto Sílvia Avelar era arrastada, por seguranças bancários, para o Mercedes de seu pai, que arrancou em disparada. Melhor ainda do que isso, eles puderam registrar a ressurreição da Amazona.

O fato é que Dionísia, até então, embora uma peça importante, fora apenas uma peça nesse jogo que só em parte ela entendia, deixando-se conduzir pelo fotógrafo e, nos últimos acontecimentos, por Sílvia Avelar. E neste momento, numa das praças mais movimentadas do Rio de Janeiro, sentiu-se só e abandonada como nunca.

Mas foi também neste momento extremo de solidão que seus olhos se abriram e ela entendeu que o jogo era um tremendo vale-tudo no imenso campo de degradação em que se transformara o país. E decidiu passar, com todas as suas forças, de peça do jogo a jogadora.

O próximo lance dessa jogadora foi o seguinte: rasgando a parte superior do vestido, Dionísia exibiu para todo o povo, em praça pública, as marcas do seu sofrimento e de sua paixão.

Desencarnava-se ela, definitivamente, de Dionísia, para encarnar-se na Amazona.

O que a Amazona não podia supor era que em tal jogo possuía aliados desconhecidos, pois ali, nas imediações, além dos agentes da PF, haviam se postado os agentes de uma outra corporação: a dos Bancários Anarquistas, devidamente alertada por d. Rita, que estivera, é claro, na escuta da conversação interurbana entre o secretário-geral do Ministério da Justiça e o banqueiro Oswaldo Avelar.

Aproveitando o tumulto, os agentes da OBA, antes que os policiais voltassem a si de sua estupefação, tomaram Dionísia pelos braços e a conduziram para um local seguro, onde uma mulher com os seios de fora não causaria estranheza: um cabaré das proximidades.

\* \* \*

Foi ali, naquele cabaré, no meio de um cenário exuberante, que uma coletiva de imprensa, convocada às pressas pela OBA, teve lugar.

Ao se abrirem as cortinas de um pequeno palco, os jornalistas tiveram diante dos olhos uma paisagem quase indescritível. Sob um fundo azul, entrecortado pelas nesgas avermelhadas de um crepúsculo ou nascer do sol, estavam pintadas nada menos que a fauna e a flora deste país. Tinha de tudo: palmeiras, vitórias-régias, símios, ofídios, felinos etc., numa profusão de bananeiras, jiboias e araras, como se aquele cenário houvesse saído da mente prolixa de Aldásio Coimbra.

Mas quem surgiu, primeiramente, nessa paisagem tropical, foi a figura de um mestre de cerimônias, com seu terno impecável.

"A mulher e a natureza são entidades inseparáveis", disse ele. "Quando se violenta uma delas, é sinal de que toda uma civilização violou a fronteira sagrada que conduz ao declínio. Se o ventre da mulher pode ser comparado à mãe Terra, é nos seus seios que se manifestam as flores e os frutos. Os seios da mulher são o orgulho e a pujança de uma raça. Quando se quer castrá-la, é nesse ponto frágil, mas semente de toda a vida, que se procura primeiramente atingi-la."

Quem pronunciava o candente discurso, emocionando até as lágrimas as garotas do estabelecimento, era o sociólogo Carlos Alberto Bandeira, frequentador assíduo do lugar, junto com sua mulher, Doris, em busca de amores menos convencionais.

Encontrava afinal o sociólogo uma aplicação prática para o seu mestrado em Berkeley.

Na verdade, Bandeira achava que a natureza era uma luta de foice no escuro, em que um gavião devorava sem a menor cerimônia um pintassilgo. Na verdade, Bandeira achava que as mulheres eram cúmplices da brutalidade reinante, conforme atestava o disco de Lindomar Castilho que as garotas do estabelecimento ouviam quando eles chegaram ali.

Na verdade, Bandeira achava que a sina dos seres humanos — homens ou mulheres — era foderem uns aos outros até o aniquilamento total. Mais ainda do que isso, o sociólogo achava que não se perderia grande coisa com tal aniquilamento, pois eram todos uns filhos da puta, inclusive ele próprio. Mas era preciso manter a cabeça fora do lodo: enquanto isso e, na verdade, Carlos Alberto via naquela cena uma boa oportunidade de redimir-se de sua traição à OBA, engrandecendo-se aos olhos de Doris, de quem tinha muito medo e também, secretamente, aos olhos da ausente Sílvia Avelar, que tão vivamente o impressionara.

Na verdade, Carlos Alberto Bandeira tinha um sentimento infantil de inferioridade em relação às mulheres, como se fosse ele o pintassilgo. E no fundo mais fundo do seu ser, na verdade desesperado, também ele não havia escapado ao fascínio da Amazona, alimentando a esperança insensata de que, no regaço de uma grandiosa e mítica mulher, se sentiria tão protegido quanto uma ostra na concha.

Na verdade, Carlos Alberto Bandeira ia acreditando nas próprias palavras à medida que as pronunciava, como um político demagogo a quem o povo oferece na bandeja, de repente, em praça pública, a oportunidade de um destino maior. Na verdade, muitos líderes se constroem assim, ao sabor de acontecimentos quase fortuitos da História que, transformando-os, os faz sentir-se em condições de transformá-la. O momento retumbante em que se formam um Lênin, um Gandhi, um Arafat, um Fidel (foi o que o próprio CAB pensou). O momento em que se perde o medo.

"O que os senhores terão a oportunidade de testemunhar para a História é a vergonhosa brutalidade que se abateu sobre uma frágil e brava mulher e, consequentemente, sobre a nossa terra, essa mulher maior de todos nós", foi como ele concluiu sua breve apresentação, antes que se abatesse sobre ele próprio a impaciência dos repórteres, acostumados a textos menos retóricos e ansiosos pela atração principal.

Na verdade, aquele cenário tropical-edênico se destinava a shows eróticos para marinheiros e turistas incautos na madrugada gemente e lúbrica da cidade de São Sebastião do Rio de Janeiro. Mas na verdade, também, o acaso propiciava um cenário apropriado para a ressurreição em grande estilo da Amazona. E foi aí, nesse palco, sugerindo a religação de um Brasil ancestral e não corrompido com um Brasil mítico, do futuro, que Dionísia, de braço dado com Doris, entrou em cena com a altivez de uma Amazona.

# 38. Coletiva à imprensa

— Sim, foram eles, os agentes da Polícia Federal, que me fizeram isso. Mas talvez se deva procurar o culpado mais acima e não no braço que executa.

— O que a senhora quer dizer com isso?

— Exatamente o que minhas palavras dizem.

— Então a culpa seria do próprio governo?

— Como você sugere...

— O presidente da República?

— Não é ele o chefe do governo?

— A senhora acredita que com o próximo governo, civil, essas coisas não se repetirão?

— É possível. Mas também é possível que o próximo governo seja apenas um braço mais brando do mesmo poder.

— E uma participação mais efetiva das mulheres, nesse poder, poderia alterar tal quadro?

— Por que não experimentar?

— O que a senhora fazia no apartamento do francês?

— Eu sou sua mulher.

— A senhora não é casada com outro?

— Eu sou mulher do francês. Ou sua *amante*, por que não dizer? É preciso recuperar o valor desta palavra.

— E Sílvia Avelar?

— Ela também.

— Devemos tomar isso no sentido de uma relação afetiva abrangente... entre os três?

— Sim, no sentido mais amplo que vocês possam imaginar.

— Não seria isso um reforço do machismo?

— A liberdade feminina pode incluir a partilha consciente de um homem por duas mulheres. Ou mais.

— E a hipótese contrária?

— Dois ou mais homens partilhando a mesma mulher?

— Sim...

— O que você acha?

— Eu estou aqui para perguntar.

— Não posso responder pelos homens, mas creio que a liberdade do ser humano é fazer o que o seu coração mandar.

— A senhora é uma figura identificada com a brasilidade. A Amazona. Por que justamente um francês?

— Jean ama o Brasil.

— E suas mulheres...

— Sim, e suas mulheres.

— Não se sente um objeto, fotografada por ele?

— Eu era um objeto, antes. Agora percebo claramente que Jean possibilitou que eu me transformasse em sujeito. Percebo-me falando de coisas que nem supunha pensar. Como se uma voz desconhecida falasse por mim.

— A do francês?

— A nossa. E de Sílvia, também. E de vários outros amigos que eu não sabia ter.

— A senhora se dá conta de que sujeito é uma palavra masculina? E que a senhora mesma usou *amigos* quando generalizou?

— *Terra* é feminina. *Mar*, em francês, também. A própria palavra *palavra*, em português, é feminina, enquanto *mot*, do francês, vai para o masculino. Mas talvez uma transformação radical da sociedade deva passar pela língua. Usar palavras de gênero neutro para substâncias e relações comuns, ao homem e à mulher.

— Neste ponto a língua inglesa é mais flexível. *Friend* serve tanto para o amigo homem como para a amiga mulher, aliás no sentido mais amplo possível (*risos*). Percebemos que a mulher que a acompanha não é brasileira.

— Ela é americana.

— Não haveria aí um dedo de submissão? Um francês e agora uma americana?

— O movimento da mulher, como o da paz e o ecológico, é internacionalista. (*Doris.*)

— Algo ligado ao internacionalismo trotskista?

— Os marxistas não chegaram a aprofundar a questão feminina. Num certo sentido, são tradicionais. (*Doris.*)

— Seviciar a mulher em determinadas partes do corpo… nos seios, por exemplo… seria uma tentativa de castração da mulher?

— Sim, com toda a certeza. E quem sabe, mais profundamente, o homem que faz isso está tentando castrar a mulher que traz dentro de si próprio… ou própria? (*Doris — risos.*)

— Isso valeria também para o governo ou o poder, palavras tradicionalmente associadas ao masculino?

— Esta é uma ideia de fato interessante. Mas quem está sendo entrevistada é Dionísia. (*Doris.*)

— Sílvia Avelar é filha de um banqueiro proeminente. Como encaixá-la nesta história?

— Sílvia é antes de tudo — e cada vez mais — mulher. Ela também foi queimada.

— Nos dois seios?

— Apenas em um.

— Por que essa diferença de tratamento?

— A diferença fala por si. Eles descobriram, no meio do caminho, o sobrenome dela.

— Eles pararam por aí? Nos seios, quero dizer.

— Esta pergunta me parece satisfazer uma curiosidade mórbida. Mas devo responder que sim. Eles pararam por aí.

— A senhora poderia exibir as provas... As marcas, quero dizer?

— Acho mesmo que é meu dever.

— A senhora se incomodaria se fizéssemos acender os *spotlights* do... estabelecimento? Para que sejam vistas com toda a clareza essas marcas?

— Não, não me incomodaria. Que as luzes penetrem até o mais fundo na obscuridade do nosso ser.


Enquanto Dionísia, afastando as bordas rasgadas do vestido, era fotografada e filmada de todos os ângulos, o sistema de som do cabaré espalhou pelo recinto os acordes de uma sinfonia brasileira, de Antônio Carlos Jobim — verdadeiros ícones sonoros de nossa terra —, habilmente escolhida, entre os discos, por Frederico Otávio.

O secretário-geral da OBA, ao fundo, funcionava como um diretor de cinema que se limitava a dar uma pincelada de acabamento num filme que fluía maravilhosamente por si.

Lá fora, também caía um crepúsculo irreal, avermelhado e azul, como se o próprio Rio de Janeiro fosse iluminado por *spotlights* e visto através das lentes criativas de Frederico Otávio.

Aprumando a vista até ao longe, um observador podia mergulhar junto com uma gaivota no azul infinito dos nossos mares. A mesma paisagem em que portugueses atônitos haviam mergulhado seus olhos, quando aqui aportaram e toda esta história começou.

Só que agora, ao nela pousarem seus olhos, os homens da imprensa, deixando apressadamente o cabaré na praça Mauá, sentiram pairar sobre essa paisagem uma aura, como um pressentimento de que nesta história muitas coisas iriam mudar.

# 39. O presunto tinha olhos azuis

Maria Luísa era apenas uma estudante de comunicação que iniciava naquele dia seu estágio num jornal popular. E seus novos colegas pensaram que seria uma brincadeira divertida enviar de cara a garota, que era bem bonitinha, para cobrir um presunto na Baixada.

"Quero ver se amanhã ela volta aqui", disse o editor, um tipo calvo e gorduroso, que havia galgado aquele posto devido às suas manchetes lapidares e o seu faro para carniça. Mas José Eustáquio (esse era o seu nome) achava que os jornalistas diplomados estavam afrescalhando a imprensa. Desconfiava especialmente das mulheres que, no seu entender, deviam estar em casa cozinhando e dando para os maridos. No fundo, o problema dele era que não comia ninguém, pelo menos de graça, a não ser a própria mulher.

"Jornalismo é coisa de macho e o capital da mulher é a sua xoxota", eis algumas das pérolas do pensamento de José Eustáquio, externadas em mesas de botequim para amigos tão barrigudos quanto ele.

Estava enganado. Como muitas garotas da sua geração, uma das características de Maria Luísa era uma tremenda garra. E se o seu coração batia acelerado, ao aproximar-se daquele local ermo na Baixada, facilmente localizável pela revoada de urubus, era porque ela estava ansiosa por mergulhar logo na lama da profissão. E nesta lama, literalmente, ela mergulhou: havia chovido durante a noite e, no meio do mato, o cadáver esturricado formava com a terra uma espécie de massa indistinta.

"Minha filha, não vai ser fácil reconhecer isso aí. Só dá pra perceber que ele é preto. Quer dizer, era."

O engraçadinho que disse isso era um investigador da equipe do delegado Serpa, que curiosamente estava investigando um crime que ele ajudara a cometer. Mas o seu tom fora até paternal: tinha uma filha daquela idade, quase noiva de um suboficial da Marinha, e o policial achava, como o José Eustáquio, que ali não era lugar para uma senhorita.

Estava enganado, ele também. Um dos conhecimentos teóricos que Maria Luisa assimilara, advindo da prática de profissionais competentes, era que a função do jornalista era buscar a verdade. E em função desta verdade nunca engolir de cara uma versão oficial. Máxima que fez a fama e a fortuna de Bob Woodward e Carl Bernstein, do *Washington Post*.

Foi pensando nisso que ela fez o que ninguém de outro jornal se lembrou de fazer: embrenhou-se mais no mato rasteiro, para ver o defunto de outro ângulo. E a única coisa de reconhecível que ela pôde vislumbrar naquela carcaça foi um olho que olhava do nada para lugar nenhum, como uma bola de gude.

O tom do investigador deixou de ser paternal, embora ainda levemente brincalhão:

"Sai já daí senão a senhorita vai se sujar."

Ela saiu. Mas antes de sair já tinha visto aquilo que, no dia seguinte, toda a cidade ficou sabendo através de uma manchete que, diga-se a bem da justiça, se deveu ao estilo lapidar do José Eustáquio: O PRESUNTO TINHA OLHOS AZUIS.

Ficou ele tão feliz com a sua frase que, além de selecioná-la para manchete da primeira página, relegando a segundo plano a nudez da Amazona, ainda teve a condescendência de filosofar para a estagiária: "Já vi de tudo por aqui: mãe que esfaqueou o filho no próprio ventre; filho de industrial que sequestrou a si mesmo e pediu à família o resgate; mendigo que pediu para ser preso sem ter cometido crime nenhum. Mas preto de olhos azuis, essa não; essa é demais."

Aquela manchete repercutiu fundo principalmente em um lugar: a sede da Organização dos Bancários Anarquistas, em Santa Teresa.

Depois de uma reunião com a presença de Dionísia, na noite anterior, que só não chegou a ser festiva porque se especulou muito sobre o paradeiro de Sílvia e do francês, acordaram todos cedinho para ler os jornais, como naqueles filmes americanos em que os artistas aguardam as primeiras críticas de uma peça teatral.

A repercussão do espetáculo não podia ser melhor. A par de um histórico dos acontecimentos e da entrevista da Amazona, os jornais se referiam a uma misteriosa organização que se utilizava de métodos não convencionais para combater a prepotência e a injustiça.

Era demais. Para eles que estavam acostumados a serem referidos — até com certa razão — como um bando de desordeiros, era demais!

Na verdade, falara mais alto, mais uma vez, a proverbial solidariedade dos profissionais de imprensa e, neste ponto, o espancamento de repórteres fora um erro fatal. Além disso, os próprios patrões viam naquele affaire uma excelente oportunidade de abandonar de vez um barco que já começara a fazer água havia muito tempo, para certamente ir ao fundo: o regime militar. Ainda que, para isso, eles, os patrões, pusessem em risco a reputação de um anunciante do porte de Oswaldo Avelar. E o jornal de Alfredo Santana saiu com um editorial que reivindicava nada menos que a recuperação dos valores éticos da nação, com cacófato e tudo. Era demais.

Mas como não podia deixar de ser, o ponto alto de tudo eram as fotos de Dionísia. Estava tão linda e altiva que os membros da OBA se sentiram orgulhosos de saberem-na dormindo num dos quartos ali da sede de Santa Teresa, talvez até nua.

Brandindo triunfantemente os jornais, irromperam todos no quarto onde dormia placidamente a Amazona. Não se enganaram, ela estava nua. Abriu os olhos e sorriu para eles, como um anjo.

Menos ainda, porém, engana-se o coração de uma amante. Os olhos de Dionísia não se fixaram narcisisticamente em suas fotos — na verdade ela começava a entediar-se com tanto espalhafato em torno do seu corpo — e sim, hipnotizados, na obra-prima de José Eustáquio: O PRESUNTO TINHA OLHOS AZUIS.

"É ele. Só pode ser ele", ela ergueu-se, aos prantos.

"Ele quem, meu Deus?", perguntaram todos ao mesmo tempo, embora já adivinhassem a resposta.

"Jean. Os porcos covardes o mataram", disse Dionísia, entre lágrimas, mas já enfiando uma roupa de Lucinha com a disposição de uma guerreira.

# 40. Filha de banqueiro sequestrada pelo próprio pai

Oswaldo Avelar trancou por dentro a porta do quarto e guardou a chave no bolso. A casa do banqueiro estava cercada por seguranças, impedindo que qualquer pessoa entrasse ou saísse. "Acho que a senhora me deve algumas explicações." "Pelo contrário, o senhor é que me deve todas as explicações. Me vê na polícia daquele jeito e ainda me traz para outra prisão." Oswaldo Avelar abriu solenemente uma pasta e retirou lá de dentro a foto de Sílvia e Dionísia que Antônio Augusto encontrara na mesinha de cabeceira. Quase a esfregou na cara da filha, como a prova de um crime. Quanto às fotos e negativos que lhe haviam sido entregues de manhã por Fernandinho Bombril, com a colaboração do delegado Serpa, o banqueiro não era otário a ponto de mencionar um assunto que teoricamente ele desconhecia. Ainda mais que, entre elas, havia uma do francês, de mãos cruzadas sobre o peito, embora com uma expressão sorridente.

Sílvia não pareceu impressionada com a sua própria foto. Olhou candidamente para ela e disse:

"Ora, Jean é um excelente fotógrafo. Não vejo nada de mais."

A indignação do banqueiro chegava a ser sincera:

"O quê? Minha filha se comporta como uma prostituta e só tem isso para me dizer? Que Jean é um excelente fotógrafo?" "Um artista, papai. O senhor não entende nada disso." De fato ele não entendia. Mas aquela argumentação, que lhe pareceu tipicamente feminina, exasperou Avelar. Sentia-se apunhalado pelas costas e pensou em ter um infarto ou esbofetear a filha. Porém aquela era uma das conferências mais sérias de sua carreira e o banqueiro preferiu contra-atacar com argumentos.

"Quando a mulher do Moreira posou nua sozinha, você disse que era uma pouca-vergonha que exigia imediatas providências. Sobretudo em se tratando de uma pessoa indiretamente ligada ao banco. Quanto a você, é a própria filha do presidente."

Avelar havia tocado no ponto vulnerável da filha: o telefonema dedando o francês. Ainda tinha esperanças de que ela assumisse sua cumplicidade.

"Não se pode levar a sério uma mulher com ciúmes", ela choramingou. Aparentemente o banqueiro atingira seu alvo e sentiu-se mais confiante para levar em frente seus planos. Tirou do bolso uma passagem Rio-Nova York e disse à filha: "Por que você não vai arejar a cabeça por uns tempos? Dizem que por lá, atualmente, tem umas ótimas peças em cartaz".

Sílvia pegou a passagem, olhou espantadíssima para ela e depois a rasgou, com uma gargalhada histérica. Só faltou dizer ao pai que a peça que ali se desenrolava era melhor que qualquer uma em Nova York.

Embora putíssimo, o banqueiro teve de reconhecer que a filha herdara toda a força do seu temperamento, só que dirigida para o mal. Era preciso jogar ainda mais duro com ela.

"E um homem ciumento, é para se levar a sério?"

Oswaldo Avelar disse isso e abriu a porta, ordenando a um segurança que fizesse entrar o genro.

Antônio Augusto entrou. Vinha pálido e teatral, trazendo no bolso o mesmo revólver que Sílvia levara ao estúdio de Jean. Fora o próprio banqueiro quem sugerira isso, como alternativa à viagem a Nova York. "Não precisa nem pôr balas", ele acrescentara, "é só para intimidar."

Pertencia o banqueiro a uma geração em que os maridos traídos ficavam putos de verdade. E por isso não desprezava a hipótese de que o Antônio Augusto viesse com o revólver carregado. Tanto é que, como um bom estrategista, tinha também uma alternativa para o caso de esta hipótese se concretizar até suas últimas consequências: tiros.

Poria ele então a mão no ombro do genro, desarmando-o docemente, após dizer que aquilo "era legítima defesa da honra e que qualquer júri decente o absolveria". De qualquer modo seria preciso chamar a polícia. E depois ele se abraçaria em prantos ao corpo de Sílvia, gritando para que toda a casa ouvisse: "Minha filhinha, mataram minha filhinha".

Achava o banqueiro que até se comoveria de verdade, mesmo tendo Sílvia se afastado do bom caminho, tornando-se uma inimiga da família, no sentido que dão a esta instituição algumas organizações de negócios de origem italiana.

Mas na verdade — tranquilizava-se o banqueiro — tudo isso não passava de fantasia. O problema é que o cérebro humano às vezes pensa o que o próprio dono não quer. E afinal a decisão ficava por conta do Antônio Augusto.

Se nada desse certo (e Avelar não sabia bem o que seria *dar certo*, nas circunstâncias), ele ainda tinha um trunfo guardado na manga, para ser usado só em último caso.

Quanto ao Antônio Augusto, fora pensando em inverter de vez as posições em seu casamento, depois da excelente trepada da véspera — e ainda ganhar mais pontos com o sogro —, que ele concordara em pegar o revólver na mesinha de cabeceira, deixando ao acaso a decisão de haver balas nele ou não. Como outros personagens desta história, estava entre matar alguém ou cair em seus braços. Ou melhor, a seus pés.

"Pense ao menos nos nossos filhos", ele disse, apontando envergonhadamente o revólver para Sílvia, como se cumprisse numa novela barata um script pacientemente estudado. "Quanto a mim, estou disposto a esquecer tudo, desde que você também esqueça o francês", acrescentou, ainda dentro do script de autoria do sogro.

Os olhos de Sílvia passeavam demoradamente do revólver para o rosto do marido — e vice-versa —, como se ela medisse todas as possibilidades de ele atirar ou não.

"Filhos?!", perguntou por fim, espantadíssima

"Os filhos que a gente poderá um dia ter", falou rápido o Antônio Augusto, sentindo que alguma coisa naquele enredo do sogro não encaixava com o resto.

"Mas que bobagem", Sílvia disse, ainda com uma certa cautela: "Mulher nua tem em qualquer banca de jornal".

"Mas não a mulher ou a mãe da gente", disse Antônio Augusto. Desta vez quem choramingava era ele e, sem que percebesse, baixara o revólver numa brochada fulminante, o que não escapou ao banqueiro nem à Sílvia. Esta última se desatou:

"E quem disse que eu vou ter filhos com você?"

"Bem, alguém tem que zelar pelo nome da família", falou gravemente o banqueiro, não sabendo se aliviado ou apenas conformado. Com esta frase, ele não só acusava a filha e a fraqueza do genro, como se justificava intimamente do que porventura houvessem feito ao francês. E sentiu-se até bem, dentro dos princípios que sempre haviam norteado sua vida.

Como se obedecesse ao próprio script, pegou um frasco de álcool que já estava por ali, embebeu a fotografia e queimou-a na pia do banheiro, como já fizera com as fotos que lhe foram trazidas por Fernandinho Bombril.

Junto à porta do banheiro, Sílvia olhava para aquela cena entre penalizada e divertida. Penalizada, porque via esvair-se num fogo azul aquele instantâneo tão belo e fugaz da existência. Divertida, porque o incêndio dramático não ia adiantar porra nenhuma, o que, aliás, ela comunicou ao pai:

"Existem outras cópias em outras mãos."

Oswaldo Avelar não era ingênuo a ponto de desprezar esta hipótese. E já que Sílvia não fora convencida por seus argumentos nem pelos do Antônio Augusto, o banqueiro resolveu encaminhar as coisas para um terreno onde ele pudesse exercer a verdadeira aptidão que carregara vida afora: negociar. Achava ele que o dinheiro era o único móvel das ações humanas, no que em geral tinha razão.

"Bem, e o que eu faço para entrar em contato com eles?", disse, resignado de ver em Sílvia apenas uma interlocutora de negócios. Uma interlocutora sempre respeitável, ele teve a oportunidade de confirmar.

"É preciso aguardar o telefonema deles. Mas para isso o senhor vai ter que me deixar ir para casa."

Ele deixou, mas não sem antes advertir despistadamente Antônio Augusto de que não a perdesse de vista. Talvez para isso, pelo menos, o genro prestasse.

# 41. O Instituto Médico é legal?

No tempo desta história a corrupção no país atingira até os mortos. Não que eles tivessem culpa disso, é claro, embora a turma que passava pelas geladeiras do necrotério incluísse gente da pesada. É que a barra aqui fora também estava tão pesada que qualquer recurso para sobreviver era válido, nem que fosse, como o do jornalista José Eustáquio, à custa de carniça.

Mas a turma de papa-defuntos que frequentava o saguão do IML — com sua cara compungida e os ternos impecavelmente puídos de sempre — não se alvoroçou quando viu descer do rabecão aquele presunto em particular. Foram informados pelo motorista do veículo de que "era apenas mais um, da Baixada", que daria no máximo um enterro de terceiríssima categoria, isso se aparecesse algum parente — disposto a sê-lo — de uma vítima dos Esquadrões.

E se a coisa começou a ficar um pouco mais interessante quando surgiu a estagiária Maria Luísa, foi somente porque as pernas dela eram tão bonitas que provocaram o seguinte comentário num dos papa-defuntos, talvez por deformação profissional:

236

"Gente, uma perna dessas eu levava pra casa e guardava em formol."

O fato é que o José Eustáquio, satisfeito com a manchete de hoje, deixara a menina seguir em frente no caso, mas se esquecera de avisá-la de que uma sainha daquelas não era o traje mais adequado pra uma repórter policial, no que talvez estivesse enganado. Porque foi precisamente por causa delas (Maria Luísa e suas pernas) que o funcionário da portaria se mostrou tão solícito.

"Não, senhorita. O corpo ainda não pôde ser identificado, mas qualquer novidade a gente te avisa. Quer deixar o número do telefone?"

"Não, não é preciso. Eu fico ali no bar em frente, tomando uma cerveja."

O funcionário achou uma temeridade tão grande que uma garota daquelas bebesse sozinha num botequim da Lapa, que até pensou em fazer-lhe companhia na hora do almoço. Só que não houve tempo, porque em matéria de mulher bonita, nesse dia, nem ele nem os papa-defuntos haviam visto nada, eis que, de repente, adentraram o Instituto da Mem de Sá nada menos que a Amazona e seu séquito, os membros da Organização dos Bancários Anarquistas. Só que estes últimos cometeram um erro estratégico. Em vez de mandar a Amazona, em pessoa, falar com o funcionário — talvez porque ela estivesse nervosa demais —, designaram para tal missão o sociólogo Carlos Alberto Bandeira, que não tinha nada parecido com belas pernas. Ele foi até o balcão e — lembrando-se do que lera no jornal — perguntou se dera entrada, nas últimas horas, algum corpo todo chamuscado.

Ora, uma das funções do funcionário era justamente criar problemas para que ele próprio pudesse resolvê-los.

"Entrar, entrou", disse, "mas está tão irreconhecível que é melhor nem ver."

"Mas é esse mesmo que nós precisamos ver."

O funcionário coçou a cabeça:

"Bem, o senhor sabe, existem algumas formalidades legais. Preciso consultar a chefia", disse ele e saiu por uma porta. Na verdade, foi ao banheiro, disposto a demorar-se tempo suficiente para que se aproximasse do sociólogo um dos papa-defuntos, o que estivesse em primeiro na fila, numa espécie de rodízio que se fazia por ali.

"Algum parente querido?"

"Não, um amigo, talvez. Mas antes a gente precisa ter certeza."

"Olha, meu senhor, o problema aqui, como aliás em todo lugar, é a burocracia. Vamos ver o que eu posso fazer", ele disse, e saiu pela mesma porta que o funcionário, não sem antes deixar com Bandeira o seu cartão, com preços de enterros de primeira e segunda. A hipótese de um de terceira estava definitivamente afastada.

Carlos Alberto, que podia ser tudo menos ingênuo (a não ser, às vezes, quando se tratava de mulher), entendeu logo o que fazia funcionar as engrenagens do Instituto: grana. Retornou ao seu grupo, em que verificou o que já sabia: uma das carências da Organização era justamente isto, grana. Quanto à que recebera de Sílvia, já comprara algumas coisinhas e, fora isso, ela não era mencionável.

Mas grana, precisamente, era uma das coisas que nunca faltaram a Sílvia Avelar, a terceira mulher lindíssima a atravessar neste dia as portas do Instituto, levando os papa-defuntos a se perguntarem se não haveria morrido algum cantor famoso. Tanta grana que até parecia escorrer como uma cascata pelo corpo de Sílvia, que, apesar de tão traumatizada quanto Dionísia, não se descuidara de um hábito adquirido no berço: vestir-se bem para as grandes ocasiões.

Neste momento voltavam de sua conferência no banheiro o funcionário do IML e o papa-defunto. Diante de tão rica beleza, resolveram desprezar o pacto selado lá dentro e não serem tão explícitos. Afinal ela podia ser, como de fato era, a mulher ou filha de algum figurão. E eles sabiam, com sua vasta experiência, que às vezes um gesto de solidariedade humana podia calar muito mais fundo em certas pessoas que a simples disponibilidade para o suborno.

"Bem, já que estão todos tão aflitos, nós vamos abrir uma exceção. Podem subir uns dois."

Este privilégio foi reivindicado por Sílvia e Dionísia, sem que nenhum dos outros as contestasse. Subiram de mãos dadas, apertadamente e com lágrimas nos olhos, comovendo até o pessoal da casa.

Na verdade, fora o próprio Antônio Augusto — depois de manter-se vigilante a noite inteira — quem levara para Sílvia ler na cama todos os jornais da manhã.

Por que fizera isso? Na verdade, pela esperança insensata de que a visão de Dionísia seminua atiçasse a centelha que os fizera trepar tão bem na antevéspera.

Também o coração amante de Sílvia — que sentira, a princípio, apenas a mesquinhez da inveja diante da exibição solo da Amazona no cabaré da praça Mauá — não se enganou ao deparar com a manchete do José Eustáquio: O PRESUNTO TINHA OLHOS AZUIS.

Ao ver a mulher dar um pulo da cama e dirigir-se ao banheiro, trancando a porta quando ele tentou segui-la, Antônio Augusto ficou decepcionadíssimo. Mas ao deparar ele próprio com a frase cortante do José Eustáquio, Antônio Augusto se perguntou se desta vez o sogro não fora longe demais. E se não seria melhor lavar as mãos de tanta sujeira.

Como já foi dito, o cérebro humano pensa às vezes o que o dono não quer. E o do Antônio Augusto pensou também o seguinte: "Com o fotógrafo morto e o meu sogro preso, talvez as coisas melhorem para mim".

O cérebro do Antônio Augusto chegou a oferecer-lhe a presidência do banco, como testa de ferro da mulher, que neste momento saía esplendorosamente nua do banho para pegar um vestido lindíssimo no armário.

"Estou com você para o que der e vier", ele disse, com toda a sinceridade e no sentido mais amplo possível.

A resposta que recebeu foi decepcionante:

"Eu quero apenas que você vá tomar no olho do cu."

As entradas espetaculares da Amazona e de Sílvia no Instituto Médico-Legal também não passaram despercebidas à estagiária Maria Luísa, do outro lado da rua. Levando a sério o lema de "informar-se para informar", ela lera todos os jornais da manhã, reconhecendo com facilidade as duas personagens. E se a menina ainda terminava calmamente a sua cerveja era porque já telefonara, ali mesmo do botequim, ao José Eustáquio, pedindo reforços, principalmente um fotógrafo. Pois, embora novata no ramo, ela não desprezava as táticas defensivas da imprensa desenvolvidas nos anos mais negros da repressão. E, a esta altura, a garota já vira — e por ele fora vista —, dentro de uma radiopatrulha, o mesmo tira que a ameaçara quase sutilmente na Baixada.

Também ele, de um orelhão, dera um telefonema ao superior:

"Quer que eu dê um chega pra lá na garota?"

"Não se precipite; não se precipite", disse-lhe o delegado Serpa. "Nós não temos nada com esse assunto. Absolutamente

240

nada, entendeu? Fique no carro e faça apenas uma ronda de observação."

Foi no meio dessa ronda vagarosa, em que tomou até dinheiro de um bicheiro, para não levantar suspeitas, que ele sentiu o frisson provocado no saguão do Instituto pelas entradas da Amazona e de Sílvia, facilmente reconhecíveis pelas fotos que ele examinara com tanto interesse antes de entregá-las ao Serpa. O policial era *puta velha* nesses assuntos e nem achou necessário dar outro telefonema para saber a resposta do delegado: "Olha, bicho, caia já fora daí. O que se passa na Lapa não é da nossa jurisdição."

Isso se não ouvisse algo pior: "Se vocês, ou outros quaisquer, apagam um cara, o que que eu, Serpa, tenho a ver com isso?".

Foi ouvindo interiormente tais respostas que o velho policial tomou a direção da avenida Brasil, rumo à sua (dele e do Serpa) tão atribulada jurisdição.

# 42. Um pouco mais de metafísica barata

O médico-legista de plantão no necrotério sabia melhor do que ninguém que o olho humano era um mecanismo muito sofisticado, com suas lentes, câmeras, músculos, nervo óptico etc., envolvidos por uma membrana, a córnea, no centro da qual se encravava esta peça tão delicada e poética como a pupila, deixando entrar a luz do mundo.

O médico-legista de plantão sabia, também, que nada existia, na natureza, a não ser em *relação com*, e que um olho — ou mesmo o cérebro — e seus mecanismos eram inseparáveis da própria luz, o ar, a água, o todo, enfim, esta entidade maior e indefinível que não se esgotava com a soma das partes e à qual, à falta de outra palavra, se poderia dar o nome de Deus.

E se alguma parte deste todo se podia considerar em separado, era apenas quando se tratava de dissecá-la para fins utilitários, como ele, o legista, acabara de fazer com aquele olho, como a única peça não imprestável da massa humana que acabara de chegar-lhe às mãos.

O médico-legista do IML soube então, desde logo, que este

olho em particular — embora de sofisticadíssimo feitio — não fora fabricado por, digamos assim, Deus.

O coração do dr. Mabuse (este era o seu apelido, fruto do humor algo macabro dos estudantes de medicina) bateu emocionado. Ao contrário de muitos dos seus companheiros de serviço, não era um mercenário e amava o seu ofício. E apesar do seu apelido e da aparência sinistra (óculos de grossíssimas lentes, barba desgrenhada, jaleco de açougueiro e uma ligeira corcunda de tanto debruçar-se sobre cadáveres), o dr. Mabuse abrigava uma alma gentil e de grande afinidade com as mulheres. Pois de tanto vê-las com as partes dissociadas do todo, ali na repartição, sabia apreciá-las ainda mais quando as observava com todas as partes interligadas. Sobretudo quando tais partes eram tão belas e consistentes quanto as das duas mulheres que acabavam de entrar, angustiadas, na sala de necropsia.

"Minhas amigas", disse ele, colocando paternalmente uma das mãos no ombro de Sílvia e a outra no de Dionísia: "Não há documentos, sinais particulares, marcas, nada que possa identificar este homem. Mesmo as impressões digitais foram destruídas. Se as senhoras, como tudo indica, amam este homem — ou o amaram, se for ele, infelizmente, quem pensam ser —, eu não as aconselharia a vê-lo. Guardem dele a sua imagem em vida, não estraguem essa bela ilusão que é o amor."

O dr. Mabuse retirou as mãos dos ombros das mulheres e fez uma das pausas dramáticas que tornavam imperdíveis suas aulas na Faculdade de Medicina, principalmente entre o público feminino.

"Mas tenho algo aqui que talvez lhes interesse", disse ele, enfiando a mão no bolso do jaleco."

O público feminino se reforçara ali na sala de necropsia com a entrada sub-reptícia da estagiária Maria Luísa, acompanhada de um fotógrafo, a tempo ainda de ver o dr. Mabuse retirar do bolso do jaleco aquela pequena esfera luminosa que propiciou ao editor José Eustáquio mais uma de suas manchetes lapidares: O OLHO AZUL DO PRESUNTO ERA DE VIDRO. Animado com aquele acréscimo significativo de audiência, o dr. Mabuse prosseguiu, mostrando o órgão artificial contra a luz:

"Na verdade, tal obra-prima só pode ser da autoria de Duverger & Mauriac, 17 Boulevard Raspail, Paris, cuja assinatura uma observação microscópica certamente irá corroborar. Verdadeiros mestres, para não dizer artistas, da prótese oftalmológica."

Os gritos e desmaios de Sílvia e Dionísia foram, para a opinião pública nacional e para o próprio dr. Mabuse (que se apressou a reanimá-las, embora isso fugisse da sua especialidade), sinais indiscutíveis de uma identificação do cadáver como pertencente, caso se possa dizer assim, a Jean Valjean, o fotógrafo de olhos azuis.

# 43. Presidentes da República (i)

O presidente da República Francesa era um socialista moderado, o que significava equilibrar-se permanentemente numa corda bamba, pendendo, de um lado, para reformas sociais e econômicas que contentassem a esquerda e, do outro, para compromissos com o bloco ocidental a que pertencia a França, incluindo fazer parte da OTAN. Era às vezes obrigado o ilustre estadista, numa mesma semana, a decretar a estatização de bancos ou algo semelhante, e a discutir a instalação em território francês de mísseis nucleares norte-americanos que seriam apontados para o território da União Soviética, o que fatalmente acarretaria a contrapartida de ter a mira de mísseis russos ajustada para a sua própria cabeça e as dos demais franceses. Se não fosse desrespeitoso para com um chefe de Estado, poderíamos dizer que o presidente da República Francesa se via na incômoda posição de um sanduíche, correndo o risco constante de ser mordido e ainda desagradar ao paladar de todos.

Em relação à América Latina, sua posição não era menos

ambígua, embora, estrategicamente, de importância menor. Como um socialista, o presidente francês não podia deixar de ser simpático, ao menos em fachada, a regimes revolucionários que haviam varrido do mapa terríveis e duradouras tiranias. O problema é que tais tiranias costumavam ser sustentadas pelos seus (da França) aliados norte-americanos e, em geral, eram substituídas por governos marxistas que se viam forçados a abrigar-se sob as asas da União Soviética, a mesma que apontava mísseis para a turma da OTAN. Como dirigente máximo de seu país, o presidente incluía também entre as suas obrigações a de cuidar dos interesses do capital francês e, por tabela, os do Mercado Comum Europeu, o que muitas vezes não se coadunava com a mania do pessoal lá de baixo, no Terceiro Mundo, de não se contentar com a mera produção e exportação de produtos tropicais exóticos.

O atual presidente da República Francesa, como seus antecessores, procurava atenuar conflitos e contradições concedendo aos povos do hemisfério mais pobre da América — e a outros povos — aquilo que a França acreditava, além dos Mirages, ter de melhor a oferecer ao mundo: a sua cultura. O que fazia pulularem em Paris — cidade já por tradição hospitaleira para exilados de todo tipo — estudantes oriundos dos mais diversos barris de pólvora do planeta e que, entre cursos diversos, goles de vinho e outros prazeres, tinham o vício de conspirar contra governos que, teoricamente, a França estava ajudando. O próprio autor desta história foi beneficiário de tal hospitalidade, como estudante de ciência política, o que explica a pequena dissertação acima. Um tanto simplista, é verdade, uma vez que este autor preferiu fazer seus estudos menos organizadamente do que pretendiam seus orientadores, e o melhor que aprendeu daquela ciência foi nas ruas, durante a revolução ficcional de maio de 1968. O que combina muito bem com o presidente da República Francesa deste capítulo, tão fictício quanto os membros do seu gabinete, reunidos neste momento no Palais de l'Élysée para debater um tema de relevância, se não para o país, pelo menos para seu governo.

Apesar de todos os percalços, era agradável ser presidente, e o da França queria continuar a sê-lo, reelegendo-se nas próximas eleições. Nesse sentido, o affaire Amazona, com seus desdobramentos internos e externos, contidos no dossiê enviado pelo embaixador no Brasil, foi um presente que lhe caiu dos céus, embora o presidente e seus auxiliares devessem ostentar em público, diante do caso escabroso, uma cara compungidíssima, o que não seria problema para políticos tão experimentados quanto atores da Comédie-Française. Afinal, fora morto em território brasileiro, em circunstâncias suspeitíssimas, um cidadão francês. Ao que tudo indicava, com a conivência daquelas mesmas autoridades que havia pouco tempo tinham prendido e expulsado padres franceses pelo simples fato de estarem lutando pela justiça social, só que em país alheio. Exatamente por esta última razão — além dos interesses comuns entre Estados independentes —, o governo francês ficara na época de boca fechada.

Os ventos porém haviam mudado e o regime militar no Brasil vivia seus últimos estertores, em transição para uma social-democracia próxima das europeias.

Sentia-se então o presidente da República Francesa em condições de interferir nesta história, tornando-se parte da mesma e fornecendo uma ampla satisfação à opinião pública do seu país, sempre ávida desses espetáculos. E, o que era melhor, sem ferir a opinião pública e a soberania brasileiras, já representadas, de certa forma, pelo próximo governo recém-eleito, de oposição moderada.

Melhor ainda que tudo isso é que havia provas.

"Não há dúvidas, senhor presidente", disse o ministro da

Justiça, "de que o olho de vidro periciado por um honesto e competente legista brasileiro é da lavra de Duverger & Mauriac, estabelecidos, de pai para filho, desde a época em que para que a bandeira tricolor tremulasse nos sete mares eram necessários homens audaciosos, que não raro pagavam com severas mutilações a sua bravura. Em linguagem mais rasteira, eu diria que os olhos de vidro Duverger & Mauriac eram cobiçados entre os corsários até como sinal de distinção.

"No presente caso, como era do nosso dever, tomamos a liberdade de aprofundar as investigações. Considerando que a ética médica, diante da gravidade das circunstâncias, não se abrigava no sigilo, mas na revelação plena dos fatos, aqueles ilustres cavalheiros, consultando suas fichas, confirmaram que o olho ora em questão, descrito e numerado na perícia, fora fabricado sob medida e transplantado em abril de 1966 para um adolescente francês de nome Jean Valjean, filho de um herói da resistência em Dien Bien Phu, não responsável, diga-se de passagem, pelo desacerto da nossa política externa na ocasião e, muito menos, pelo erro estratégico que nos levou a cair naquela arapuca."

O ministro da Guerra ficou de orelha em pé e enrubesceu. Cogitou de fazer uma pequena explanação a seus colegas sobre como deveria ter agido o comandante francês naquela oportunidade. Mas, afinal, estava ali apenas para verificar se no meio daquela confusão institucional num país distante dava para vender alguns Mirages, o que não parecia ser o caso. E, a esta altura, o ministro da Justiça já baixara a voz, teatralmente, como se temesse observadores ocultos e o que fosse dizer atingisse suma gravidade:

"Segundo François Duverger, um olho de vidro é um acessório tão pessoal e intransferível quanto uma dentadura, o que confirma todas as suspeitas, tornando-as provas. E o nosso Jean Valjean, que iniciava àquela altura uma carreira promissora como artista plástico, precisou de um, em razão, também, de ferimento em combate. Não nas colônias, mas aqui mesmo, em plena Montmartre, em defesa de sua mãe, uma prostituta independente e cultivada (como o próprio nome que deu ao filho indica), ameaçada por um *protetor* de mulheres da área, que cegou um dos olhos do nosso Jean com uma estocada. Arriscou-se a dizer Duverger, com evidente carinho, que foi o mecanismo complexo do olho implantado que despertou no jovem Jean o seu interesse pela óptica e consequentemente pela fotografia. Havia porém um tom nostálgico na voz do cientista que me levou a suspeitar se não existiria algo mais no seu interesse pelo caso do jovem. Por sua mãe, talvez..."

O ministro das Relações Exteriores resolveu intervir, não só porque o seu colega da Justiça estava roubando o espetáculo, mas porque ele próprio acreditava, sinceramente, no que tinha a dizer:

"Presumo que os senhores concordarão que estes últimos detalhes, envolvendo a prostituição e outros temas desagradáveis, não devam chegar aos ouvidos da imprensa ou das autoridades do país amigo, onde, receio, o nosso Jean encontra-se em vias de tornar-se um herói póstumo."

O titular da pasta da Cultura — de primeira importância, como já vimos, nos negócios exteriores da França e que não estava ali, sem trocadilho, para vender Mirages — tinha algo a acrescentar em reforço à posição do seu colega:

"Por uma coincidência que eu diria feliz, não fosse a tragicidade das circunstâncias, os nomes de François Duverger e André Mauriac, segundo rumores bastante fidedignos provenientes de Estocolmo, estão sendo cogitados pelo Comitê Nobel para a láurea no ramo da medicina. E qualquer associação de seus nomes, ainda que indiretamente, a casos obscuros, não lhes será de muita valia."

O ambiente ficou algo tenso, como se membros de um mesmo ministério pudessem ter pequenas disputas e ressentimentos, que se traduziam em alfinetadas. O ministro da Ciência e Tecnologia achou que era do seu dever quebrar esta tensão, chamando a si as atenções, num assunto diretamente relacionado com sua pasta. Tirou do bolso um pequeno dossiê: "Membros de duas famílias, inicialmente de artesãos, ligadas por laços de ofício e, não raramente, até de matrimônio, os Duverger e os Mauriac, como bem disse o meu colega da Justiça, têm transmitido de geração em geração os seus conhecimentos no campo da prótese oftalmológica.

"No decorrer dos últimos cinco séculos, nada mais natural que esta ilustre corporação tenha se aperfeiçoado consideravelmente em seu ofício, a ponto de os olhos por ela fabricados, hoje em dia, se movimentarem e piscarem com a flexibilidade dos olhos naturais; lubrificados por uma ligação cirúrgica com o canal lacrimal do outro olho, desde que o paciente não haja perdido os dois. De modo que, mesmo para um observador muito próximo, como, digamos assim, uma mulher intimamente relacionada com seu portador (*o ministro piscou ambiguamente*), um olho Duverger & Mauriac em nada se diferencia de um olho comum. Circula até como gracejo entre os especialistas que aos olhos Duverger & Mauriac só falta enxergar. Um gracejo, no entanto, eu arriscaria, que não está assim tão distante da realidade. Pois apesar da modéstia desses senhores — cujos projetos são incentivados financeira e tecnicamente por nosso ministério —, suas previsões são de que lá pelo ano 2030 isso venha a acontecer.

"E se eu puder roubar apenas mais um pouquinho do tempo precioso dos senhores, gostaria de acrescentar que a essas previsões se somam o sonho e a imaginação, que não raro, na História humana, não são mais do que uma antecipação dos fatos. E nos mais conceituados círculos oftalmológicos da Europa e até da América comenta-se — em voz baixa, com receio de um ligeiro ridículo — que os irmãos (pois é como se o fossem) Duverger & Mauriac já deram os primeiros passos no sentido de legar a seus sucessores esboços ainda embrionários de um olho de vidro com projeções ópticas, sensoriais e psicológicas para o interior do seu usuário, o seu cérebro, enfim, numa verdadeira brecha para o inconsciente, que deverá abrir-se lá pela segunda metade do século XXI.

"Com efeito, no último Congresso Oftalmológico Internacional, realizado em Budapeste, três sessões foram dedicadas ao tema, com o beneplácito silencioso e sorridente, que alguns interpretaram como irônico, dos irmãos, pois é como se o fossem, Duverger e Mauriac.

"Infelizmente veio também à tona, nos debates, o nome do nazista Hans Heibert que, na década de 1940, para sobrepujar Freud, projetou um olho de vidro que, supostamente, deveria fotografar os sonhos. Suas experiências, malsucedidas, foram realizadas em judeus. O Congresso de Budapeste, a partir daí, transformou-se num pandemônio de discussões étnicas, políticas e religiosas, e pouco se pôde retirar de útil dele."

O ministro da Ciência e Tecnologia encerrou secamente a sua fala, com uma curvatura de cabeça, como se esperasse aplausos, que não vieram. Pois neste exato instante, por mais uma feliz coincidência, fizeram-se ouvir os primeiros acordes da *Marselhesa*, executada por uma banda marcial no pátio do palácio, em razão de uma cerimônia qualquer. Todos se ergueram, perfilando-se.

Terminado o hino, o presidente da República Francesa olhou seu relógio. Tinha outro compromisso, mas já estava de posse dos informes necessários para tomar uma decisão.

"Prepare-me uma nota de protesto para ser entregue ao embaixador brasileiro", disse ele, ao ministro das Relações Exteriores. "Uma nota com a energia necessária para indicar nossa consternação, mas cujo tom não fira os sentimentos do povo brasileiro, nem sua repercussão possa prolongar-se até o seu próximo governo. Assim que estiver pronta, me traga para uma redação final."

Ao caminhar para a porta, notava-se que o presidente da República Francesa estava bem-disposto. Antes de sair, voltou-se com um sorriso para todo o ministério:

"Quanto a certos temas menos nobres tratados aqui, quase desnecessário dizer que não devem vazar para a imprensa, o que não se aplica, de forma alguma, aos méritos do olho de vidro e de seus fabricantes."

# 44. Presidentes da República (II)

A reunião do ministério brasileiro foi menos cordial. Viviam um melancólico final de governo e não havia mais qualquer possibilidade de manobras constitucionais que assegurassem a sua permanência no poder. Divididos, não haviam estes senhores nem mesmo conseguido encaminhar a sucessão. Dos ratos todos, muitos tinham abandonado o navio e, quanto aos ratos remanescentes, olhavam uns para os outros com a desconfiança de quem lutara pelo melhor pedaço do mesmo queijo.

Quanto ao general presidente da República, cujo maior mérito, reconhecido até pela oposição, fora propiciar autofagicamente — no decorrer do seu longo governo — o esvaziamento progressivo da dinastia militar que o pusera na presidência, exercia agora esta presidência com o tédio de quem assiste a um mau espetáculo de futebol. Em sua última entrevista na televisão, depois de se confessar magoado com tudo e com todos, pedira aos brasileiros que o esquecessem.

Um novo escândalo, entre tantos, ao apagar das luzes do seu governo, contrariava frontalmente seu último pedido. Era então natural que seus auxiliares mais próximos, ali reunidos, tremessem nas bases com a familiaridade que possuíam com a decantada irritabilidade do presidente, que poderia corporificar--se até num infarto. Na verdade, em razão de canais hierárquicos que funcionam de baixo para cima, o presidente fora o último a saber daquele affaire. Fora informado por seu Serviço de Informações que, por sua vez, fora informado pelos jornais. E o silêncio amuado do presidente, na reunião ministerial, enquanto tamborilava com os dedos na mesa, parecia indicar que ele não gostara nem um pouco do que lhe fora informado.

O primeiro a falar foi o ministro das Relações Exteriores. Com uma voz grave, neutra e pausada — a fim de que qualquer ironia contida naquele texto não passasse como sendo dele —, o chanceler leu a nota de protesto emitida pelo Quai d'Orsay que, depois de enumerar provas, concluía por "confiar em que as autoridades brasileiras se esforçariam para apurar até as últimas consequências os fatos que culminaram com a morte de um cidadão francês".

A atenção de todos se voltou, naturalmente, para o ministro da Justiça.

Disse ele, em primeiro lugar, que, no que dependesse da sua pasta, "os fatos seriam apurados, doessem a quem doessem".

Uma vez o ministro dissera algo semelhante, diante de milhões de telespectadores, quando organizações de extrema direita dirigiram algumas bombas a entidades ligadas à oposição. Logo a seguir o ministro tivera de botar o galho dentro, pois o pavio ia dar no Exército.

O problema agora era um pouco pior: tinha o ministro a incômoda sensação de que a apuração dos fatos iria doer mais era nele próprio. Curiosamente — ou não, já que se tratava do Brasil — o ministro da Justiça não confiava nem um pouco nas corporações sob seu comando e, já que agentes da Polícia Federal haviam torturado as amantes do francês, não era ilógico deduzir que também fossem os responsáveis pela morte dele.

Ainda curiosamente — ou não, já que se tratava do Brasil —, tal desconfiança era compartilhada por seu secretário-geral e pelo próprio superintendente da PF, como, aliás, por todas as autoridades — ou não autoridades — do país.

Quase se poderia dizer que estas autoridades desconfiavam de si mesmas.

Mais curioso, ainda, é que no presente caso todos estivessem enganados, já que desconheciam as tramas paralelas de Oswaldo Avelar e de autoridades não totalmente constituídas como Fernandinho Bombril e o delegado Serpa.

Apelou então, neste momento, o ministro da Justiça para o argumento de que se costumam valer as autoridades de qualquer país quando ameaçadas por um inimigo interno: transferir esta ameaça para o exterior, buscando unificar as correntes internas:

"Apesar de não justificarmos a atuação de policiais despreparados, não podemos aceitar o tom insolente da nota francesa que caracteriza uma ingerência estrangeira em nossos assuntos internos, ferindo a soberania nacional. E, o que é pior, em conluio com forças encravadas em nosso próprio país. Além disso, a nota francesa contém um prejulgamento do caso."

Visava o ministro da Justiça sensibilizar os vários militares ali presentes, ocupando pastas diversas, muito suscetíveis quando se tratava da soberania e segurança nacionais, que eles costumavam confundir com a segurança deles próprios, enquanto qualquer brasileiro, hoje em dia, não tinha segurança nem para ir à esquina comprar um maço de cigarros. Por essa razão mesma, esses brasileiros comuns não haviam ficado nem um pouco ofendidos com a nota francesa. Pelo contrário, estavam inteiramente de acordo com ela, opinião compartilhada, nesses tempos, por quase toda a imprensa.

No fundo, o ministro da Justiça, nostálgico de um passado mais risonho — para ele, evidentemente —, ainda tinha esperança de sensibilizar os militares para um golpe de Estado que devolvesse as coisas ao seu devido lugar, sem mulheres despudoradas e franceses intrometidos.

Curiosamente — ou não, já que se tratava do Brasil —, um golpe de Estado era justamente o que estava em marcha, só que com o absoluto desconhecimento daqueles senhores que, formalmente, ainda comandavam o país.

Ali, naquela reunião, o máximo que o ministro da Justiça obteve de seus colegas fardados e não fardados foi a concordância em que se enviasse uma nota enérgica como resposta ao governo francês. Afinal, estavam em fim de governo e que se fodessem as boas relações internacionais. A ser redigida pelo Itamaraty, a nota deveria assegurar que "as investigações sobre a morte do cidadão francês, que exercera atividades clandestinas no Brasil, prosseguiriam seu curso normal, na polícia e na Justiça, como em qualquer nação civilizada. Mas que o governo brasileiro não toleraria pressões".

Quieto em seu canto, como se nada tivesse a ver com esta história — como se não passasse de ficção —, o presidente permaneceu até o fim em seu mutismo ensimesmado, que todos tomaram como sinal de aprovação da nota. Ao erguer-se, porém, o presidente da República dos Estados Unidos do Brasil, podia-se notar que, ao contrário do seu colega francês, ele não estava nada bem-disposto.

# 45. O golpe do general Gouvêa

O trunfo escondido na manga de Oswaldo Avelar era o general Moacyr Gouvêa.

"Estou fodido, Gouvêa", disse o banqueiro, logo ao ser introduzido pela empregada no apartamento do militar, em Copacabana.

O general estava de pijama e, munido de binóculos, espreitava da janela os prédios vizinhos. Era síndico do seu prédio e, como nos tempos da ativa (o que já custara caro a algumas instituições democráticas), gostava de estender seu campo de ação para além dos limites de suas atribuições. De vez em quando, por acidente, os binóculos focalizavam uma ou outra garota nua.

"Espera aí", ele disse ao banqueiro, "estou tentando pegar em flagrante alguns maconheiros."

O tempo transcorria tão lentamente para o general, depois da sua reforma, que ele até pudera esboçar, nos últimos meses, vários planos hipotéticos de golpes militares, que aguardavam pacientemente em sua gaveta a ocasião propícia.

Avelar não podia ter a mesma paciência:

"Esquece, general, esquece. Perto do que eu tenho para lhe contar, esses marginaizinhos não passam de uns amadores de merda."

A linguagem do banqueiro piorava a olhos vistos, igual à sua situação. O general virou-se, interessado. Esquecendo-se de baixar os binóculos, pôde captar em close as olheiras de Avelar, sua barba por fazer e até os poros do seu rosto macilento. De fato ele estava fodido. Depois dos últimos acontecimentos, andara até se escondendo em hotéis, sob nome falso, como um criminoso vulgar, o que, diga-se a bem da verdade, ele não era.

O general baixou os binóculos:

"O que houve com você, meu caro? Parece abatido."

"O senhor não tem lido os jornais?"

"É claro que tenho. Esses frouxos estão repassando o poder de graça aos comunistas. Mas se eles pensam que não existem mais homens machos neste país, estão enganados."

O militar não mencionara o caso Amazona envolvendo Sílvia por pura cortesia. Fortes laços uniam os dois homens. Além de partilharem algumas crenças ideológicas, Avelar já cedera dinheiro várias vezes ao general, sem pedir recibo. Sabia que as verbas seriam aplicadas no bem comum. Tanto isso era verdade que o general estivera direta e secretamente envolvido com aquelas bombas que haviam obrigado o ministro da Justiça a botar o galho dentro. Exatamente do que Avelar estava precisando neste momento. Em breves palavras, explicou ao outro como sua filha fora seduzida por um francês viciado em tóxicos (talvez até traficante) e pela amante dele, ambos ligados a uma organização clandestina de bancários, com ramificações prováveis em Havana e até Moscou.

"Acho que posso ser franco com o senhor, general. Tivemos que dar uma prensa no homem e parece que o pessoal se excedeu."

258

"Fizeram muito bem. Fizeram muito bem. Para defender a família e a pátria vale tudo."

"É, mas agora estão querendo transformar o francês em herói. Até o governo deles se meteu nessa história. E se é ele o herói, quem são os vilões? Nós, meu querido, nós. Eu, o banco, a Polícia Federal, o governo e, se o senhor me permite, até o Exército."

Avelar não achou necessário incluir naquela lista Fernandinho Bombril e a Polícia Civil.

O general Gouvêa, limitando-se a sorrir da aflição do amigo, caminhou até a escrivaninha e retirou da gaveta uma pasta em cuja etiqueta estava escrito, com cuidadosa caligrafia, *Plano C.*

Com alguns imprevistos, como é previsível nessas operações, o *Plano C* foi posto em execução. Consistia, basicamente, como na maior parte dos golpes de Estado, em detonar a ação de alguns núcleos confiáveis de vanguarda, que por sua audácia acabariam por obter a adesão dos núcleos simpatizantes mais tímidos.

A data escolhida foi a do enterro do francês, por sua conotação de ato político em desafio aberto à ordem constituída, com a participação até de uma potência estrangeira, que se faria representar por seu embaixador.

Pretendiam os franceses, a princípio, levar os despojos de Jean para serem enterrados com toda a pompa em Paris. Esbarraram porém na pretensão de alguns grupos políticos brasileiros, entre eles a OBA, que viam no fotógrafo de olhos azuis um símbolo da resistência nacional à opressão.

Argumentos foram levantados por ambas as partes, mas juridicamente a situação era confusa. Fazia o olho de vidro parte do corpo ou não? Não havia qualquer jurisprudência a respeito, e o olho de vidro era justamente a peça em que franceses e brasileiros estavam mais interessados; os primeiros, para exibi-lo como marco da tecnologia gaulesa. Chegou a imprensa parisiense a desencavar, em Pigalle, uma *dama* aposentada que, não desmentindo ser a mãe de Jean Valjean, falou que, já que não poderia rever o filho inteiro, gostaria muito de rever o seu olho, o que causou grande impacto na opinião pública. Depois, sorridente, ela teria comentado (sinal indiscutível — para os franceses — da sua autenticidade): "Tinha mulher no meio, não tinha?".

Por outro lado (o lado brasileiro), o olho de vidro era uma peça importantíssima dos autos do processo contra os assassinos do francês. Para complicar ainda mais a questão, duas mulheres, considerando-se sentimentalmente as herdeiras do olho, queriam guardá-lo para sempre, em forma de colar, junto ao coração. Tudo indicava que o caso iria parar no Supremo ou mesmo numa Corte Internacional. Antes disso era preciso enterrar aquela carcaça, e um acordo de cavalheiros foi firmado entre as partes, representadas de um lado pelo embaixador, instruído pelo Quai d'Orsay, e do outro, por Sílvia e Dionísia, assessoradas pela OBA: que os despojos de Jean Valjean se misturassem ao solo querido de seu país de adoção; mais tarde, o país que perdesse judicialmente o olho teria direito às cinzas do francês. Enquanto isso, o olho do fotógrafo de olhos azuis ficaria exposto à visitação pública no velório, em que era impensável abrir-se o caixão, para depois ser devolvido à Justiça. Mais tarde, tantas vezes quantas fosse solicitado, poderia ser cedido pelo próximo e democrático governo brasileiro ao país amigo, para lá satisfazer a curiosidade e o orgulho franceses, principalmente se Duverger e Mauriac ganhassem o prêmio Nobel.

Ao general Gouvêa e seu grupo não agradava nenhuma dessas soluções. Que se fodessem brasileiros, franceses, o Supremo e até a Corte Internacional de Haia, se fosse o caso. O que eles preferiam era uma solução argentina: subversivos deviam ser enterrados em vala comum, sem qualquer identificação para a posteridade. Quanto ao olho de vidro, que o enfiassem onde melhor lhes aprouvesse. Da guarnição de fronteira com a Bolívia, um tal coronel Santiago — que para lá fora transferido depois da abertura política justamente para descarregar sua ira apenas contra traficantes e contrabandistas — pôs em marcha na calada da noite os seus homens, que deveriam chegar até Campo Grande, esperando que a esta altura os rebeldes já controlassem outros pontos estratégicos do país. O plano falhou pelo seguinte: como os seus subordinados de retaguarda não eram tão afoitos quanto o coronel e sabiam que em breve estariam servindo a novo governo, a expedição encalhou no meio do caminho por falta de gasolina e outros suprimentos. Nunca se passou tanta cocaína pela fronteira boliviana.

Quanto aos comandos antiguerrilha, em treinamento na selva amazônica, a única dificuldade que o general Gouvêa teve para convencê-los foi de comunicação. Mas uma vez mantidos os contatos pelo rádio, tudo bem: afinal aqueles homens de elite haviam sido duramente preparados para lutar contra guerrilheiros comunistas. À simples menção destas duas palavras mágicas, aderiram de pronto ao golpe. O problema surgiu foi depois: não encontraram um só comunista na área, e foi com um certo constrangimento que caíram em si que, na presente situação, os guerrilheiros eram eles próprios. Felizmente, para o bem de suas carreiras, nenhuma diferença em seu comportamento foi notada, nem pelo Exército nem pelo resto do país. E continuam eles lá, chafurdando na lama, comendo carne de cobra, pescando sem anzol e preparando armadilhas. De vez em quando dão de cara com algum índio espantadíssimo.

Nas demais regiões militares do Brasil — diga-se a bem da

verdade que, excetuando um ou outro caso de apoio verbal ou escrito, geralmente de oficiais da reserva —, todos se mantiveram fiéis à hierarquia e à disciplina, representadas, pelo menos por enquanto, pelos atuais ministro da Guerra e presidente da República. Conclamados em plena madrugada por telefonemas do general Gouvêa, os responsáveis pelos quartéis entraram imediatamente em prontidão, só que ainda não sabiam a que lado esta prontidão iria servir. Eram os chamados "tímidos" pelo general Gouvêa.

No que toca à Marinha, ela não chegou a ser convocada pelo general, não só porque este conhecia bem o ressentimento da Armada em relação à supremacia do Exército durante toda a ditadura, mas também porque não se podia fazer grande coisa por mar, naquele caso, a menos que o enterro fosse no Cemitério do Caju, bem próximo ao porto, de onde talvez fuzileiros navais pudessem roubar o cadáver para afundá-lo longe da costa, com olho de vidro e tudo.

O ponto alto do golpe foi então a Força Aérea, não pelo número de aeronaves envolvidas, mas pela qualidade e mobilidade da sua atuação.

É sabido que a aviação, por sua própria natureza, é uma atividade que atrai malucos de todo tipo. A Força Aérea é uma tentativa de discipliná-los, em geral bem-sucedida. Não era este o caso do major Ivo, único oficial aviador, estacionado na Base Aérea de Anápolis, a aderir ao golpe. Mas o importante era que o major Ivo tinha nas mãos nada menos que um Mirage, que decolou no fim daquela madrugada em que se velavam os despojos do francês e o seu olho de vidro.

Algo porém se diga a favor do major: ele não jogou nenhuma bomba, o que poderia ter causado milhares de vítimas. Limitou-se a quebrar por inúmeras vezes a barreira do som sobre a cidade do Rio de Janeiro e a tirar rasantes em cima do Cemitério

São João Batista, o que, pelos seus efeitos, deixou secretamente orgulhoso o ministério francês, embora este apoiasse, no caso, as forças da legalidade.

Quem já testemunhou a quebra da barreira do som por um caça, rente a uma cidade, sabe que o seu efeito moral é equivalente ao de um bombardeio. Eram cinco e quarenta e cinco da manhã e foi assim que despertou, nesse dia de verão, a cidade do Rio de Janeiro: com explosões, tremores de prédios e a quebra de milhares de vidraças nos edifícios da zona sul, cuja população reagiu das janelas com uma tremenda vaia, talvez por civismo, talvez por ter sido retirada tão cedo da cama.

Duas hipóteses foram levantadas: ou a França se decidira a intervir energicamente, como a Inglaterra nas Malvinas, ou se tratava de um golpe de Estado. Caso confirmada esta última hipótese, ela desembocava em duas outras: o golpe seria da responsabilidade do próprio governo, visando perpetuar-se, ou contra ele. Neste último caso, se abririam mais duas possibilidades: o movimento viria de direitistas insatisfeitos com os rumos da sucessão presidencial ou de esquerdistas, visando ultrapassá-los.

Para as autoridades governamentais, também tiradas às pressas da cama em Brasília, a conclusão não era das mais difíceis: se elas mesmas não estavam desencadeando um golpe, alguém mais o estava. Direitistas ou esquerdistas? Bom, dos comunistas se poderia esperar tudo, menos a capacidade de pilotar um Mirage.

Era facílimo chegar ao responsável: bastava verificar nas bases aéreas quem e qual avião estavam faltando e apenas esperar o seu retorno, pois tudo o que sobe, desce, nem que seja caindo. Só não consideraram seriamente esta última alternativa — derrubar o major — porque um Mirage custava muito caro.

Ao pousar na Base de Santa Cruz, o oficial, com todo o seu idealismo, ficou chocado: em vez de "vivas à Revolução", foi saudado com uma voz de prisão.

Em relação ao general Gouvêa, autoproclamado chefe da rebelião patriótica, a operação foi ainda mais simples: bastava ir à sua residência.

Encontraram o general em uniforme de campanha, operando um radioamador e um único telefone, debruçado sobre mapas, o que facilitou sobremaneira farejar a pista do coronel Santiago. A fronteira boliviana estava assinalada com um círculo verde. Quanto aos antiguerrilheiros amazônicos, por sua extrema mobilidade, estavam fora de qualquer mapa.

À escolta incumbida de deter o Gouvêa, desde a mais alta patente até o mais reles cabo, não foi preciso mais do que uma olhada no general para diagnosticar que ele era completamente maluco. Isso só passara despercebido, até hoje, em virtude dos próprios requisitos exigidos para a vida militar.

# 46. A morte de uma personagem

Quase desnecessário dizer que Sílvia Avelar estava muito elegante, embora sobriamente, porque era um velório. Atrás dos seus óculos escuros, ela podia proteger seus sentimentos e, de certa forma, ver sem ser vista. E o que ela via a entediava profundamente: não conseguia chorar sobre o caixão, como Dionísia (para essas coisas Sílvia tinha um extremo pudor), e o comportamento de outras pessoas chegava a enojá-la.

Apesar de alta madrugada, cada vez chegava mais gente à capela. Transformava-se o enterro de Jean num grande acontecimento político e, entre as pessoas, Sílvia identificava muitas daquelas que sempre estiveram ao lado do poder, viesse de onde viesse. Pôde vislumbrar, inclusive, numa rodinha, a cara compungida de Aldásio Coimbra, de quem se poderia esperar até que fizesse um discurso. A simples presença dessas pessoas, ali, significava que os ventos estavam mudando.

Não que Sílvia não desejasse esta mudança, a ascensão de outro tipo de gente, menos careta, como a rapaziada da OBA. Mas de alguma forma ela sentia-se excluída por sua própria condição e, na verdade, nunca tivera o menor saco para a política. O poder nada significava para ela, que o tivera desde o berço, como uma criança que ganha logo no primeiro Natal todos os brinquedos. Através dos contatos do pai, ela sempre observara aqueles homens barrigudos e escorregadios sucedendo-se uns aos outros e, no fundo, eram todos iguais. Lambiam o saco de Avelar por dinheiro e, quanto aos que se autoproclamavam esquerdistas, eram em geral uns ressentidos ou burgueses médios que se empavonavam intelectualmente com Marx & Engels.

O poder que seduzia Sílvia era extremamente particular: era a própria sedução que ela exercia sobre os homens (e até mulheres), e o melhor deles estava morto. Dionísia, sim, ainda a interessava, como um objeto digno de conquista, mas Dionísia era agora propriedade pública.

Sílvia acendeu um cigarro e, antes que qualquer outro jornalista a importunasse (já mandara dois à merda), resolveu sair para dar uma volta. Encontrou um portão de ferro, não estava trancado, e ela se achou em pleno cemitério.

Depois daquele vozerio enfumaçado, na capela, em tudo semelhante a um coquetel, agradou-a em cheio a paz dos mortos. Passeou um pouco entre as tumbas e depois, com um movimento ágil, sentou-se na borda de um mausoléu. Um vento suave a acariciou entre as pernas e ela sentiu-se mais do que nunca próxima a Jean, onde ninguém poderia importuná-los.

Estava enganada. Porque foi assim, como uma estátua pálida e bela, ao alvorecer, que o agente Severino, da Polícia Federal, a surpreendeu. Se perguntassem a ele por que viera parar ali, apenas poderia responder que andara bebendo num botequim da praça Mauá e depois tomara o último metrô até à Glória. Entrara num restaurante vagabundo da Cândido Mendes e pedira ao garçom carne-seca com abóbora. Pediu também uma cerveja e uma cachaça e de repente havia uma mulher sentada ao seu lado. Neste ponto a autocrítica dele era exemplar: só podia ser uma puta.

"Sou da polícia", ele disse, talvez para afugentar a mulher; talvez para convencer a si próprio.

"Está de serviço?", foi a única reação dela.

"Não, tenho que ir ao cemitério."

Tal argumento pareceu impressionar vivamente a mulher e ela se mandou da mesa.

No entanto, fora só naquele instante que a ideia do cemitério passara pela cabeça de Severino. Mas para qualquer observador, menos o próprio nordestino, pareceria claro que algo o impelia a refazer um percurso que passava pelas vizinhanças da Polícia Federal, de onde fora suspenso, e depois pela Glória, onde as coisas haviam acontecido e, finalmente, ia dar no cemitério, onde elas terminavam.

O mesmo observador talvez pudesse explicar a Severino que o percurso a refazer começava muito, muito antes. E que a carne-seca com abóbora que ele comia indicava um desejo de voltar à sua terra e a um tempo anterior às coisas que estavam acontecendo. Um tempo e um lugar onde ele aprendera desde cedo que devia abrir seu caminho a ferro e fogo, obedecendo a algumas pessoas e pisando em cima de outras. O problema era que os papéis dessas pessoas, de repente, haviam se embaralhado.

Na verdade, Severino estava tentando compreender alguma coisa. Havia as duas mulheres, o francês que fora morto por alguém e, agora, todos se voltavam contra ele, Severino, que se sentia vagamente culpado de alguma coisa e, cada vez mais bêbado, era incapaz de saber até onde ia a extensão dessa culpa.

Não ousando mostrar-se lá dentro, no velório do homem que supostamente ele assassinara, refugiava-se na paz dos mortos como Sílvia Avelar.

Ao dar de cara com ela, acreditou, a princípio, estar diante de uma das muitas esculturas do cemitério. Com seu cérebro lubricamente enevoado pelo álcool, chegou a reparar nas pernas da mulher de pedra, que eram lindíssimas.

Mas uma coisa que Severino jamais vira em toda a sua vida fora uma estátua fumando, ainda mais com as pernas displicentemente cruzadas, à beira de um túmulo.

Severino estremeceu e podemos dizer que seus cabelos só não se arrepiaram porque estavam fixados com brilhantina. Carregava o nordestino em suas entranhas um misticismo ancestral e, se havia algo que ele respeitava, eram as coisas do outro mundo. Mas o fato é que a vida real, neste momento, era muito mais aterrorizante do que qualquer coisa que pudesse vir do além. E em vez de fugir do objeto do seu medo, aproximou-se dele, com a esperança de irmanar-se àquela alma, fosse lá de quem fosse, e que ela lhe trouxesse algo de bom, já que de pior era muito difícil.

Não era uma alma, era um corpo. E este corpo pertencia a ninguém menos que uma das mulheres cuja deslumbrante nudez, no estúdio da Glória, se lhe provocara tanta admiração, fora um dos estopins da sua desgraça.

À mente embriagada de Severino, tal reencontro se assemelhou a uma predestinação milagrosa, o "chamado" para ele vir ao mundo dos mortos. E esta sua mente nunca lhe pareceu tão lúcida, de uma forma até cintilante: tinha sido acusado de certas coisas que lhe parecia não ter cometido, não tinha? Então era preciso cometer as coisas de que tinha sido acusado.

Na Polícia Federal haviam tomado suas armas, porém num passo a mais em seu percurso de retorno ele trouxera no bolso uma faca; a mesma faca com que, no Piauí, ele sangrara galinhas e porcos desde garoto, até que um dia, a mando de um figurão, sangrara um homem, sentindo pela primeira vez o êxtase de um poder que, naquela ocasião, lhe parecera superior a todos os outros: o poder sobre uma vida humana, tão fácil de extinguir.

268

Foi esta faca que ele tirou do bolso, mas para exercer um poder ainda maior e que ele nunca exercera de fato: o poder sobre a vida viva, a Mulher, já que as putas não contavam, nem sua própria mulher, cada vez mais parecendo um bicho rosnento, do qual ele fugia.

A faca brilhou sob os primeiros raios de sol e Sílvia, reconhecendo aquele homem, sentiu um medo maior do que nunca. Mas até neste medo brilhava a sua coragem.

"Desce daí", ele ordenou.

Ela desceu, porém se manteve encostada no mausoléu, como se quisesse fundir-se à pedra, desaparecer dentro dela. Porque a esta altura a ponta da faca já estava em seu pescoço e qualquer movimento para a frente seria fatal.

Com a mão que mantinha livre, Severino rasgou a blusa de Sílvia e viu novamente aqueles seios, tão firmes e redondos... com uma marca de queimadura. Severino não sabia se os acariciava, se os mordia ou mesmo se os fazia sangrar um pouco, porque eram um brinquedo frágil demais, bonito demais, que o ultrapassavam e ele não sabia o que fazer deles.

Nervosamente — querendo tudo ao mesmo tempo — ele trouxe a mão até as pernas de Sílvia, enfiou-a por baixo do vestido dela, tocando em sua calcinha e introduzindo ali os dedos, acariciando aqueles pelos e encontrando a misteriosa caverna que ia dar no poder que ele, Severino, desejava agora mais do que todos, a vida viva. E de repente ele se descobriu ambicionando ainda mais: que este poder e esta vida lhes fossem concedidos total e livremente, e por isso afastou a faca do pescoço de Sílvia.

Mas ela estava completamente seca, tanto em seu sexo como na boca que ele quis beijar e ela lhe negou, virando o rosto. Por um instante, Sílvia chegara a pensar em ceder: deixaria que ele a fodesse e pronto, seria apenas mais um.

Porém uma das coisas que Sílvia sempre se orgulhara em

afirmar — até para si mesma — é que ela nunca "dera", mas sempre escolhera os homens, ao sabor dos seus caprichos e desejos, mesmo quando Carlos Alberto Bandeira a chantageara ou o marido a possuíra de bruços na mesma noite. Pois ambos, no fundo, estiveram fazendo o seu jogo.

Severino voltou a encostar a faca, agora num dos seios de Sílvia, e deixou que a lâmina penetrasse um pouquinho em sua carne, exatamente sobre a queimadura, fazendo aparecer um fio de sangue. A esperança insensata de que ela se entregasse a ele por desejo se transformava na esperança, mais sensata, de que ela se entregasse na marra ou mesmo morta.

Sílvia soltou um gemido e lágrimas brilharam em seus olhos, mas ainda assim ela se manteve rígida, negando seu corpo àquele homem. E mesmo sabendo que ele iria matá-la, sentiu passar por sua mente, numa velocidade infinitamente maior do que as palavras, a ideia de que morrendo assim, tão brutalmente, expiava toda a sua culpa diante de Jean e agora se juntava a ele, mesmo não acreditando na existência de qualquer outra vida depois desta porra desta vida que ela vivera tanto.

A faca penetrava em seu coração e ela a preferia ali e não no pescoço, pois não queria morrer sangrada como uma galinha, mas como a altiva mulher que se poderia esculpir numa estátua, de preferência nua. E antes de apagar de todo, ela desejou ardentemente tornar-se esta estátua sobre o túmulo de Jean, de preferência em Paris.

Sílvia Avelar era uma personagem. Porque faltava a ela, por seu próprio nascimento, a compulsão de subir, como Dionísia, ou mesmo para tornar-se uma artista, como Jean e o monte de outros em sua sôfrega busca da expressão, da beleza e da glória, só restava a ela ser uma personagem, uma obra, a que devia corresponder — como de fato correspondeu — até o fim.

E foi assim, como esta personagem, que ela escorregou para

o chão, com as pernas tão firmemente apertadas e tão seca que não seria possível a Severino rompê-la, nem morta, enquanto se ouviam os primeiros trovões provocados pelo Mirage do major Ivo, rompendo, ele sim, a barreira do som, como se a morte de Sílvia, que não acreditava em porra nenhuma, provocasse a ira de Deus neste novo Calvário.

Biblicamente impressionado, Severino ergueu-se do corpo de Sílvia, sobre o qual havia se debruçado. E, ofuscado por tanta beleza, contemplou aquela obra que ele sentiu em parte como sua. Será que conseguiria guardá-la para sempre, meu Deus, em sua mente e seu coração?

# 47. O Instituto Médico é legal

Diante de casos tão escabrosos, a mente do José Eustáquio andava febril. Acabara de escrever, neste momento, a manchete mais espetacular da sua carreira, que quase pulava da página: MI-LIONÁRIA ASSASSINADA POR AGENTE FEDERAL NO ENTERRO DO PRÓPRIO AMANTE DURANTE UMA TENTATIVA DE GOLPE. Ao que se seguiam, estilisticamente separados por travessões, subtítulos como: *Federal estava obcecado pela mulher que torturara — Tentativa de estupro no cemitério — Matou a milionária com uma facada no seio — Multidão velava o olho de vidro na capela — Mirage tirou rasantes na cidade — Pânico no São João Batista — Milhares de vidraças quebradas na zona sul — Povo vaiou estrepitosamente — Ministros militares declaram que reina calma em todo o país — País está podre, retruca a oposição.*

Na verdade, o gordo editor estava escrevendo "para alguém": a estagiária Maria Luísa. Desde que a garota aparecera na redação, os crimes mais sensacionais se encadeavam uns nos outros, como se encomendados pela pauta. José Eustáquio estava apaixonado. O faro da menina para carniça superava o do mestre.

Depois de passar a noite no velório do francês e de seu olho de vidro, a estagiária havia chamado seu fotógrafo aos primeiros sinais do amanhecer e atravessara com ele o portão de ferro que ia dar no cemitério. Queria a garota escolher algum mausoléu nas proximidades da cova de Jean, a fim de encarapitar-se nele e colher dali os melhores flagrantes do enterro.

Não foi preciso subir em nenhuma tumba para que se colhessem a melhor notícia e o melhor flagrante daquele dia, talvez até da história do jornal. Numa das aleias do São João Batista, a estagiária e o fotógrafo surpreenderam o agente Severino ainda debruçado apaixonadamente sobre Sílvia, morta. Flagrante este que iria compor a outra metade da primeira página mais espetacular de todos os tempos editada por José Eustáquio. Com uma lente de aumento, podia-se até ver um ponto no horizonte, que não era a estrela-d'alva, mas o Mirage do major Ivo que mergulhava sobre a cidade. Acontecimento este, diga-se de passagem, de importância secundária da perspectiva do José Eustáquio.

Naquele crime havia sentimento, era o que lhe interessava. Sentimento, paixão e até poesia, as mesmas emoções que assaltaram o editor ao ver a foto revelada. Naturalmente, tais emoções se canalizaram de forma fulminante para a estagiária. Começava o editor a alterar radicalmente sua opinião sobre as mulheres, pelo menos aquela.

Pensou ele em largar imediatamente a bebida, a chata da sua mulher, emagrecer uns dez quilos e declarar-se a Maria Luísa.

Coitado do José Eustáquio: mal despertada a sua paixão, interpôs-se entre ela e ele um rival de respeito. Ninguém menos que o dr. Mabuse.

Com o entusiasmo dos iniciantes, Maria Luísa não quis dormir sobre os louros e dirigiu-se à noitinha ao IML, onde não foi difícil convencer o encarregado da portaria a deixá-la subir para a sala de autópsias, desde que não levasse fotógrafo.

O dr. Mabuse costurava naquele instante o tórax de Sílvia e ficou encantado com a audiência:

"Veja bem", disse ele, como se estivesse numa sala de aula.

"Se todos os criminosos trabalhassem assim, também o meu trabalho seria mais valorizado esteticamente e atrairia mais vocações. Se bem que, neste caso, é verdade, a vítima valorizou sobremaneira este trabalho."

"Há vestígios de esperma, doutor?"

O dr. Mabuse a olhou como se ela houvesse maculado a pureza de uma obra de arte. A menina enrubesceu pela primeira vez nesta história:

"Desculpe-me, doutor, é que eu tenho de informar aos meus leitores."

"Senhorita, qualquer coisa que o criminoso tenha pretendido desta bela mulher, além da sua morte, não chegou a consumá-la. Se ele a violentou em algum lugar, foi em seu coração."

Com aquilo, o médico queria se referir tanto ao coração da vítima quanto ao do assassino. O dr. Mabuse fez uma das pausas teatrais que tornavam imperdíveis suas aulas na faculdade, deixando que pairasse no ar uma elevada taxa de ambiguidade, que Maria Luísa absorveu integralmente. O legista sorriu com simpatia para a menina e fez um sinal para que ela chegasse mais:

"Veja, esse pequeno risco aqui, eu diria que é um sinal da hesitação do assassino. Como se tanta beleza o ferisse e ele hesitasse em desfigurá-la ou não. Mas aprofundando o exame, verifiquei que o pequeno corte se deu sobre uma queimadura recente, que com toda a certeza não foi produzida pelo assassino... naquele momento. E não seria implausível até que ele quisesse apagá-la, a marca da queimadura. Os desígnios mais recônditos dos homens, os seus mistérios...

"Depois, houve apenas uma lenta perfuração, no seio esquerdo, atingindo apenas por uma vez o coração. Como se ele houvesse se decidido, por fim, a preservar toda aquela beleza apenas para si. Um motivo torpe e egoísta, sem dúvida, mas compreensível para alguém, como eu, que se encontra há tanto tempo no ramo."

O dr. Mabuse havia terminado o seu trabalho e, depois de tirar as luvas, acariciava de leve o seio esquerdo de Sílvia. Maria Luísa estava fascinada: jamais vira tanta delicadeza de um homem com uma mulher. Aquele homem era mais do que um médico, mais até do que um cirurgião plástico. Aquele homem era um artista e Maria Luísa teve certeza de que o corpo de Sílvia se tornara ainda mais bonito depois de passar por suas mãos. Um arrepio percorreu a pele da menina e ela sentiu-se irremediavelmente seduzida.

O dr. Mabuse captou aquela centelha e suas mãos de artista seguravam agora as de Maria Luísa: a garra da menina, assistindo sem pestanejar a uma autópsia, o impressionara.

Infelizmente foram solicitados, ambos, pelo dever. Pois naquele momento adentrava o recinto nada menos que o cadáver de Oswaldo Avelar. José Eustáquio tinha razão: defuntos importantes caíam como frutos maduros à passagem da estagiária.

Depois de saber em primeira mão pelo dr. Mabuse a causa mortis do banqueiro, Maria Luísa correu para a redação. Ao cruzar no saguão com os papa-defuntos excitadíssimos diante de presunto tão valioso, já se formara na cabeça da garota até uma manchete: CADÁVERES DE PAI E FILHA SE CRUZAM NO NECROTÉRIO.

# 48. Destinos

Oswaldo Avelar não tinha resistido aos dois novos golpes: o primeiro, o próprio golpe fracassado do general Gouvêa; o segundo, o assassinato da filha como clímax da série de escândalos sexo-político-policiais em que ele era um dos principais envolvidos. Só restava ao banqueiro a tradicional saída de emergência: trancou-se no banheiro e deu um tiro na fonte de tanto sofrimento, a sua própria cabeça. Suas últimas palavras, pronunciadas solenemente para si mesmo, foram: "A gente trabalha, trabalha e no fim se fode como todo mundo".

Diante da dupla tragédia, era de esperar que d. Esmeralda entrasse em pane total. Puro engano. Com sua fé inabalável, d. Esmeralda viu na morte de Sílvia, defendendo uma honra atestada até pelo médico-legista, um indício seguro de que a filha surgiria ainda mais bela, gloriosa e feliz na próxima encarnação. Quanto ao marido, certamente ainda iria pastar um pouco na próxima, aliás com todo o merecimento.

Sílvia Avelar não foi enterrada no jazigo da família, mas numa tumba vizinha à do francês, o que o coração de mãe de d. Esmeralda não duvidava ser o desejo da filha.

Também o outro desejo secreto de Sílvia não demorou a ser atendido, o que quase nos leva a crer no sobrenatural: dentro de uma camisola volátil e transparente, apareceu ela dias depois do enterro numa das mais conceituadas tendas espíritas de Olaria, frequentada por d. Esmeralda.

Transformava-se assim Sílvia Avelar, bem mais cedo do que supunha, numa escultura, só que holográfica e fugaz, fornecendo ao editor José Eustáquio outra de suas notáveis manchetes: MILIONÁRIA MORTA APARECE PARA A MÃE E DIZ QUE ESTÁ MUITO FELIZ.

O que Sílvia jamais pudera supor — ou mesmo desejar, já que teria achado de profundo mau gosto — é que seria alçada a objeto de veneração de seu próprio assassino.

Condenado a quarenta e tantos anos de prisão por duplo homicídio, o agente Severino, em vez de dependurar na parede da cela algum calendário com mulheres nuas, construiu na carpintaria do presídio um pequeno altar, onde instalou, numa moldura torneada, a foto de jornal cada vez mais amarelada de Sílvia Avelar, morta e seminua.

Negando-se nos interrogatórios e julgamento a pronunciar qualquer palavra em sua defesa, carregava o Severino como uma espécie de êxtase místico todas as suas culpas, onde paradoxalmente não havia lugar para o arrependimento. Considerava-se um instrumento divino no processo de purificação de uma santa, pela qual estava terna, eterna e platonicamente apaixonado. Transformando-se num beato, respeitado até na prisão, encontrava o nordestino a paz em suas origens.

A mesma paz, o agente Rui jamais conseguiu encontrar. Não propriamente porque levasse alguns anos de cana, como bode expiatório da morte do francês que nunca chegou a ser totalmente esclarecida, mas porque, desde o incidente em que brochou diante de duas lindas mulheres nuas, jamais conseguiu outra ereção. Logo ele, cujas palavras preferidas eram "caralho" e "porra" e seu gesto mais característico, e dos machos brasileiros, era coçar os órgãos genitais. Foi definhando, definhando, até morrer de tristeza, sem jamais ter revelado a ninguém o seu segredo.

Quanto ao chefe dos agentes que estiveram com Sílvia e Dionísia no estúdio da Glória, fugiu ele a tempo para o Paraguai, onde, utilizando seus conhecimentos no ramo, adquiridos na Polícia Federal, passou a dedicar-se frutiferamente ao contrabando. Também outro contraventor, nesta história, não chegou a se dar mal. Se a morte de Oswaldo Avelar criava alguns problemas burocráticos para Fernandinho Bombril, por outro lado eliminava a única testemunha capaz de incriminá-lo na morte do francês, já que o delegado Serpa e seus homens tinham todas as razões para manter o bico fechado.

O maior problema enfrentado por Fernandinho Bombril é que, no auge do affaire Amazona, deu cavalo na cabeça, fazendo-o perder um bom dinheiro, o que ele encarou filosoficamente. Pois a esta altura já fora iluminado pela palavra "lúdico" em toda a amplitude do seu significado e encarava sua atividade como uma espécie de missão. O que, aliás, ele pôde expressar convictamente na primeira reunião de negócios com o administrador do espólio de Oswaldo Avelar, Antônio Augusto: "Temos de continuar a obra do seu sogro como uma verdadeira missão".

Era também como uma espécie de missão que o secretário-geral da OBA se dedicava, agora, a executar um roteiro que contava precisamente a história da Amazona, num documentário-ficção estrelado pela própria Dionísia e que iria sofrendo, durante a sua realização, as interferências da própria História do país. Com a ascensão do novo governo, liberal, Frederico Otávio não teve maiores dificuldades em conseguir da Embrafilme um financiamento para o seu projeto.

Já Oscar Goldstein jamais conseguiu se recuperar psicologicamente da frustração de ter perdido para um concorrente o privilégio de revelar a nudez histórica da Amazona. Embora tivesse aderido ao governo da Frente Liberal antes mesmo da sua posse, sempre haveria algum engraçadinho a lembrar-lhe o estigma de haver recusado as fotos e despedido o francês.

Não podendo dar um esporro em si próprio, deu vários em Aldásio Coimbra. Só não o demitiu porque necessitava do seu estilo indireto e metafórico, ainda mais agora que, com a doença do novo presidente na véspera de sua posse — e o seu passamento posterior —, o acaso histórico elevara ao poder um vice-presidente que era membro da Academia Brasileira de Letras. Ou seja, um colega de Aldásio Coimbra.

Curiosamente, às vezes é o sucesso e não o fracasso que pode levar a uma demissão. Foi o que aconteceu com a estagiária Maria Luísa, demitida pelo José Eustáquio, enciumado não só da manchete que a garota bolara no necrotério como da paixão dela pelo dr. Mabuse.

O prestígio do médico nunca estivera tão alto. Cogitava-se até do seu nome para ministro da Saúde, principalmente se Duverger & Mauriac ganhassem o prêmio Nobel, o que de fato veio a acontecer.

Como não pegava bem para um ministro de Estado ser solteiro, o dr. Mabuse terminou por pedir Maria Luísa em casamento, o que ela aceitou entusiasmada. Se por um lado ficaria mais difícil ir dançar rock no morro da Urca, de outro ela se tornaria uma testemunha privilegiada no centro dos acontecimentos, posição bem sedutora para alguém com alma de repórter. Além disso, amava o médico.

E pela primeira vez na História do país, prenunciando novos tempos, se poderia ver, em recepções, um ministro e sua mulher trocando beijinhos, não como uma representação medíocre *à la* Nancy & Ronald Reagan, mas sinceramente enamorados. Enquanto isso, José Eustáquio estaria sublimando sua dor de corno com manchetes estarrecedoras e cachaça.

# 49. A Amazona

A personagem principal desta história encontra-se mais uma vez nua diante do espelho. Ela está em seu apartamento, em Niterói, e acabou de tomar um banho. Se alguma alteração houve em sua beleza, revela-se na expressão de maior maturidade em seu rosto. A dor pela perda do amante transformou-se numa tristeza suave, às vezes até prazerosa. Podemos dizer que ela ainda ama o francês e muitas vezes se surpreenderá sorrindo para suas memórias. Também o autor desta história ama esta mulher. E é porque ele a ama que a dispõe assim, nua e desarmada diante do espelho. O autor a faz pegar uma escova e desembaraçar seus cabelos molhados, porque este é um dos gestos mais sensuais que pode visualizar numa mulher.

A nudez de Dionísia, a Amazona. Este é também o assunto discutido na casa de Santa Teresa, não apenas pelo grupelho que dava a si mesmo o nome levemente ridículo de OBA. Outras pessoas vieram juntar-se àquele núcleo inicial e formam agora um verdadeiro agrupamento político que pretende registrar-se com o nome de Partido Alternativo. Dele fazem parte muitas mulheres, ecologistas, negros, estudantes, intelectuais e alguns operários e homossexuais, unidos pelo objetivo comum de mudar a sociedade.

É um jovem líder operário que toma agora a palavra para perguntar se as fotos de Dionísia nua, bem como suas ligações amorosas pouco convencionais, não serão um fator negativo para a sua imagem política.

Retruca a norte-americana Doris que é preciso acabar de uma vez por todas com a hipocrisia puritana de que o homem público (*risos*)... ou mulher pública (*mais risos*)... deve assumir uma imagem assexuada, como ocorre nos Estados Unidos.

Concorda com ela a companheira Lucinha, citando o atual ministro da Saúde e sua jovem esposa como exemplos de um avanço político que passa pelo comportamento das pessoas, dentro de uma Nova República que fala uma linguagem velha.

Apoia-a um intelectual ex-guerrilheiro para afirmar que é justamente a nudez ostensiva da Amazona que a identifica com um novo Brasil, terna e selvagemente feminino, com o qual podem identificar-se, por sua vez, mulheres e homens.

Ao autor desta história, porém, cabe vestir neste momento sua personagem. É o autor um fetichista empedernido. Abre o armário de Dionísia e tem vontade de sobraçar, como um dia fez Francisco Moreira, aquelas perfumadas roupas femininas. Porém convencido da gravidade do momento político, escolhe o autor para ela um vestido suficientemente solene para a importância da reunião a que se dirigirá a Amazona, mas cujo tecido cetinesco nos dê a sensação de estar acariciando as formas realçadas da mulher que o veste.

Agora o autor tem o privilégio de escolher para esta mulher

uma calcinha azul. Pega-a ritualisticamente e acaricia com ela o próprio rosto.

Dionísia permanece imóvel, expectante, como se pressentisse essa outra presença em seu quarto e dela aguardasse um gesto, uma ordem.

Aproxima-se o autor. Segurando delicadamente uma das pernas de Dionísia e depois a outra, ele faz com que a calcinha azul suba até seus joelhos. Assim, nesta posição, o sexo da Amazona se entreabre ligeiramente. É tomado o autor pelo desejo de deitá-la na cama, possuí-la. Mas isso o conduziria — e à sua narrativa — a um clímax prematuro. Ao contrário, deve o autor permanecer ereto, o seu desejo sempre aceso.

Termina ele de vestir em Dionísia a calcinha e ajoelha-se aos pés da Amazona, encostando a face em seu ventre, na altura do sexo. Há neste gesto do autor um quê de criança, gostaria de perder-se naquela mulher, guardar-se nela para sempre.

É esta precisamente a questão levantada agora em Santa Teresa por um estudante: "Se for verdade que a nação já se tornou madura para absorver politicamente uma mulher cuja nudez foi exposta publicamente, não ocorrerá isso porque todos se sentem possuindo-a de alguma forma? E não se correria o risco de quebrar-se esta corrente de libido se acaso Dionísia ligar-se a alguém, em particular, agora que o francês e Sílvia foram afastados?".

Conforma-se então o autor a vestir sua personagem, aproveitando para acariciá-la, já nostalgicamente, pela última vez.

Como uma princesa consorte, Dionísia está pronta para ser entregue ao povo.

Corte cinematográfico para a ponte Rio-Niterói, na direção vice-versa. Dionísia vai ao volante do seu carro, seus cabelos esvoaçam ao vento, o vestido sobe à altura das coxas, os outros motoristas lhe lançam olhares.

Dionísia dirige a oitenta quilômetros por hora e está atenta ao tráfego pesado da ponte, mas se sente impregnada pela paisagem que passa por ela vertiginosamente. Por um instante, a Amazona tem medo das responsabilidades que o futuro lhe reserva e gostaria de aprisionar este momento de beleza, a paisagem, o presente. Mas só se pode ter o presente mergulhando sem freios no tempo. Dionísia pisa ainda mais no acelerador.

Acompanhemo-la agora através da câmera de Frederico Otávio. Assim podemos nos aproximar e nos distanciar da Amazona, mixando sua imagem a outras da cidade, em justaposições e fragmentos, o passado e o presente.

Ah, o Rio de Janeiro, esta cidade que consegue fundir em sua paisagem o paraíso tropical descoberto há quase quinhentos anos por navegantes e os paraísos artificiais encravados nela em meio século por seus descendentes. Só há um meio de descrever esta cópula: o cinema.

*Dionísia olha para o mar e vê-se uma caravela. À proa, o capitão português Martim Afonso de Souza. Martim Afonso assesta sua luneta na terra recém-descoberta: a arrebentação das ondas numa praia aparentemente deserta. Aos poucos, aproximando-se em zoom a imagem, veem-se índios e índias surgirem do meio da vegetação, entre a algazarra de pássaros e macacos. Martim Afonso de Souza enquadra uma jovem índia com lindos seios e sem pelos no sexo. Uma gota de baba pinga lubricamente da boca de Martim Afonso e ele grita: "Terra à vista, terra à vista". Os homens da tripulação atiram seus bonés para o alto, num clamor de alegria.*

*A mesma índia é vista, agora, vestida como uma jovem mulher da década de 1980, na reunião de Santa Teresa. Toma ela a palavra para dizer que o Brasil, desde a sua colonização, tem sido governado pela cobiça devastadora dos homens, assim tomados não como a espécie, mas como membros (risos) do sexo masculino. Pede um aparte uma companheira, para acrescentar que mesmo nos países onde mulheres foram alçadas ao poder, governaram como homens. Vejam-se os casos, apenas para citar os mais recentes, de Margaret Thatcher e Indira Gandhi. E no caso mais peculiar de Isabelita Perón, seu pseudogoverno deu-se à sombra do fantasma do marido.*

*Ponte Rio-Niterói. O carro de Dionísia aproxima-se do Cais do Porto. Ao lado de um transatlântico, um navio negreiro. Sob chibatadas, desembarcam os negros ao ritmo de uma batucada carnavalesca, aplaudidos pelos turistas que desembarcam do transatlântico e ensaiam desajeitados passos de samba. À frente do bloco de negros, caminha orgulhosamente Zumbi dos Palmares, indiferente às chibatadas.*

*Corte para a imagem de um jesuíta que parece flutuar milagrosamente sobre as águas do Atlântico, erguendo no braço direito uma cruz. A câmera se distancia lentamente e acaba por envolver um bote onde o jesuíta vai de pé, à proa. Mais atrás, Martim Afonso de Souza e remadores da caravela portuguesa que desembarcam no Rio de Janeiro. Escutam-se os primeiros acordes do hino da cidade, composto por Antônio Carlos Jobim.*

*Os portugueses pulam no mar e são filmados de frente, caminhando com água até a cintura. Ao chegarem à praia, quase cinco séculos se passaram e eles são recebidos por banhistas excitados num dia de sol em 1985. Garotas seminuas cercam Martim Afonso de Souza e o jesuíta e os despem ritualisticamente num batismo, respingando-os de água.*

\* \* \*

O bloco de africanos aproxima-se da Candelária. Dionísia passa por ele, freia o carro e abre a porta para Zumbi dos Palmares. Dionísia dá a partida rapidamente e agora a acompanhamos em seu trajeto pelo centro da cidade suarenta e arfante, no meio dos ruídos dissonantes de um tráfego infernal. Dentro do carro, a pele do negro sem camisa contrasta com as coxas da Amazona. Chegam eles à parte velha e colonial da cidade e, no Paço Imperial, o jesuíta, novamente de batina, ministra o último sacramento a Tiradentes. Tropas do Exército Brasileiro montam guarda.

A Nova República é uma tentativa das classes dominantes de se comporem com as forças progressistas da sociedade, cedendo-lhes algum espaço para que elas não ocupem todo o espaço. Quem acaba de dizer isso, na reunião de Santa Teresa, é o sociólogo Carlos Alberto Bandeira, com terno e gravata comprados com o dinheiro de Sílvia Avelar. Diz ainda que esta composição também serve às forças progressistas, na medida em que permitirá que elas se organizem para as verdadeiras transformações num futuro a médio prazo.

Argumenta um líder negro que nenhuma transformação pela raiz será possível sem a participação efetiva das assim ditas minorias, que, no caso dos negros, nem mesmo podem ser considerados minoria. Ao povo brasileiro, sobretudo o de cor, ao invés de se lhe dar pão e circo, conseguiu-se habilmente, através do futebol e do Carnaval, que ele próprio se transformasse no circo.

*Dionísia passa pela Lapa e para diante de um botequim.*
*"Você está livre", diz ela a Zumbi dos Palmares.*
*O negro entra no botequim, pede uma cachaça, atira no chão*
*o gole do santo e, magicamente, começa-se a ouvir uma batucada.*
*Corte para a Passarela do Samba, onde o bloco de africanos*
*desfila diante das arquibancadas lotadas.*

*O carro de Dionísia sobe em direção a Santa Teresa. Logo*
*estaremos avistando a cidade lá do alto, numa panorâmica, como*
*se só existisse a sua beleza aprisionada dentro de um filme, a nos*
*proteger da realidade lá embaixo.*

*Temos todas as razões para crer, diz a companheira Rita, que*
*uma mulher, uma mulher muito especial, teria todas as condições*
*de servir como elemento catalisador dessas novas forças emergen-*
*tes na sociedade. Uma mulher que não tenha nenhum compro-*
*misso com a História brutal escrita pelos homens e que simbolize*
*em seu corpo e espírito um vínculo maior com nossa Terra.*

*Dionísia estaciona seu carro diante da casa de Santa Teresa.*
*Através da câmera de Frederico Otávio instalada à janela, podemos*
*vê-la descendo com seu vestido cetinesco e dirigindo-se à porta.*

*À entrada de Dionísia na sala todos se levantam e aplaudem.*

*É agora o próprio Frederico Otávio quem fala, por detrás da*
*câmera, diretamente para nós, espectadores:*

—Por todos os fatos e razões aqui enumerados, nós, do Partido Alternativo, propomos a candidatura de Dionísia, a Amazona, às próximas eleições para a Assembleia Constituinte, como um primeiro passo para a consagração de seu nome nas eleições presidenciais de 1988. Com ela, à frente, construiremos o Brasil do ano 2000.

*Frederico Otávio volta a fixar seu olho na câmera. Todos se erguem mais uma vez e, por aclamação, aprovam o nome de Dionísia como candidata à Constituinte e à presidência da República.*

*Primeiro plano de mãos que abrem uma garrafa de champanha. A rolha explode e o líquido espumante jorra da garrafa. Várias garrafas são abertas e os convencionais, servidos.*

*Dionísia ergue a sua taça num brinde e depois a leva à boca. A imagem se fixa no rosto da Amazona, captando em seus olhos uma misteriosa centelha.*

# Todo poder às mulheres *ou* Quando Capitu se tornou Amazona

## André Nigri

Amoral, anárquico e irreverente. Desde sua publicação, em 1986 pela editora Nova Fronteira, esses têm sido alguns dos adjetivos atribuídos ao romance *Amazona*, de Sérgio Sant'Anna. Escrito quando o autor tinha 44 anos, essa leitura não mudou com o tempo. E qual não terá sido o espanto dos leitores ao se deparar com as estripulias de Dionísia, levando-se em conta o que viera antes e o que viria depois? Abundante e realista, *Amazona* parece contrastar em tudo com o conciso, minimalista e metafísico *O concerto de João Gilberto no Rio de Janeiro* (1982) e com o experimentalismo radical e lírico de *A tragédia brasileira* (1987). Obra singular na carreira de Sérgio, seu quarto romance figura também fora do contexto da literatura brasileira produzida nos anos 1980, marcada por testemunhos de vítimas e ex-guerrilheiros do regime militar, como são exemplos *O que é isso, companheiro?* (1979), de Fernando Gabeira, e *Feliz ano velho*, de Marcelo Rubens Paiva (1982). Tal singularidade, contudo, não se traduz em narrativa fantástica, tampouco em solitária pregação no deserto. Ao contrário, a novela propunha-se a um diálogo com essas e outras obras em chave irônica.

\* \* \*

## OS ANDARES DE CIMA

Parte do debochado folhetim aparece já insinuado em 1980 quando Sérgio publicou *Um romance de geração*, teatro-ficção, no qual um escritor em crise recebe em seu apartamento uma jovem repórter incumbida de fazer uma matéria sobre a geração de autores nacionais em atividade após o golpe militar de 1964. Numa longa resposta, aqui abreviada, Carlos Santeiro, o ficcionista entrevistado, responde:

> Embora alguns tenham se mostrado mais tímidos do que outros, não se ouviu falar de nenhuma obra, não digo a favor da ditadura, mas que tomasse essa perspectiva do fascismo não de fora, mas dentro de nós! Alguém que se aprofundasse dentro dessa perspectiva, o que teria sido um fenômeno interessante e mesmo corajoso. Porque aí talvez tivéssemos alguma abordagem literária mais séria sobre a direita, o fascismo, o militarismo brasileiro. Esse fascismo que todos trazemos mais ou menos dentro de nós! Porque é cômodo demais colocar a culpa só neles.

O ponto de vista reclamado pelo personagem de fato gerou poucos frutos na ficção brasileira; alguns fartos, mas murchos, como o ciclo da *Tragédia burguesa*, de Otávio de Faria, outros sumarentos, caso das novelas de Zulmira Ribeiro Tavares. Mas sem dúvida o mais maduro foi plantado nas vizinhanças do apartamento de Sérgio Sant'Anna, no bairro Laranjeiras, no Cosme Velho, onde residia Machado de Assis. São, mas não só, as águas do autor de *Dom Casmurro* a moverem o moinho de *Amazona*.

Ambos os escritores se dispuseram a fotografar com teleobjetiva a intimidade dos habitantes dos andares médios e altos do edifício social do país. Parentesco que não passou despercebido em uma das primeiras resenhas sobre *Amazona*, assinada por Silviano Santiago, publicada no mês do lançamento do romance na revista *IstoÉ*.

"Tudo se passa como se, de repente, todos os grandes textos do 'instinto de nacionalidade' fossem reescritos pela pena marota e irônica de Machado de Assis", observou o crítico mineiro.

O citado personagem de *Um romance de geração*, é bom lembrar, publicou um livro cujo título, *Memórias antecipadas de Carlos Santeiro*, dispensa filiação com *Memórias póstumas de Brás Cubas*. O próprio Sérgio havia estreado em romance com *Confissões de Ralfo, uma autobiografia imaginária* (1975), de sabor burlesco e safo.

De extração machadiana são também os numerosos e curtos capítulos com títulos de *Amazona*. Lá como cá, as viradas na trama se interrompem para dar lugar a digressões, como janelas para o leitor tomar fôlego e refletir com risota.

Essas janelas se abrem às vezes em todo um capítulo, como no terceiro, "Amor conjugal", em que Dionísia e o marido, Francisco Moreira, chegam ao apartamento de Niterói após uma festa na mansão do banqueiro na Barra da Tijuca, ambos embebidos em ressentimentos e pressentindo que farão amor.

O ato sexual entre os seres humanos quando realizado sem amor, simpatia e até mesmo respeito mútuo, se possui algumas inconveniências, traz também inegáveis vantagens. Uma delas é não se ter de seguir, para agradar ao parceiro, qualquer comportamento convencional ou premeditado. Beijar-se na boca, por exemplo. Qualquer casal sabe que, depois dos primeiros arroubos do conhecimento mútuo, o beijo na boca não passa de um rito vazio, tedioso e às vezes até repulsivo.

Ou no 31º capítulo "(Um parênteses, um gato)", quando Francisco Moreira se muda para a casa de Violeta, a quem conhecera durante uma noite de ópera no Municipal, e cuja permanência acaba levando o bichano da viúva proprietária a pular da janela.

Dirão alguns leitores que a morte de um gato não justificaria um capítulo, nem mesmo um parênteses dentro de um livro. Ledo engano. Como qualquer entidade dotada de *anima*, um gato é uma estrutura única dentro do Universo e tem sua trajetória pessoal (digamos assim) e intransferível, ainda que o sucedam milhões e até bilhões de gatos. Mas sempre serão *outros gatos*, mesmo carregando todas as características dessa família animal que alguns acham encantadora e outros, nojenta.

Há referências machadianas também no oitavo capítulo, no qual se descreve o ensaio fotográfico com Dionísia pelas ruas de um recriado Rio antigo, com a modelo dentro de um tílburi observando a paisagem "com olhos tristes, como se a significar algo assim como uma paixão sublimada ou uma saudade machadiana". E, mais adiante, como não ver referência ao autor de "Uns braços" na legenda da foto de Dionísia publicada na revista *Flagrante*, subindo os degraus de um pátio com seus "lindos tornozelos brancos e o principiozinho das pernas"?

Sem pretensão de esgotar as analogias, convém por último ressaltar o fascínio dos dois escritores pelo feminino. Pois *Memórias póstumas* e *Dom Casmurro* giram em torno dos nós amorosos de Brás Cubas com Virgília e de Bentinho com Capitu. Por esse motivo, é razoável acrescentar à linhagem de antepassadas da heroína de Sérgio feita por Silviano Santiago em sua resenha — Iracema (José de Alencar), Rita Baiana (Aluísio Azevedo) e Gabriela (Jorge Amado) — a dissimulada Maria Capitolina, de Machado.

Mas se Capitu é alvo de narrador ciumento, cuja legislação e moral vigentes no século XIX asseguravam juridicamente a posse da esposa em nação regida pelo patriarcado, portanto presa a rígidas convenções, a Dionísia, de Sant'Anna, é a protagonista da emancipação sexual feminina que acontece a partir dos anos 1960, e só nesse ambiente alcança o empoderamento inacessível à sua antepassada. E, junto à descoberta do poder de gozar e manipular o macho, Dionísia — uma suburbana criada com princípios moralistas e casada com um arrivista que não se furta de exibir a mulher como moeda de troca simbólica aos diretores do banco onde ambiciona subir — adquire consciência política, chegando à figura de proa do histriônico grupelho "subversivo" OBA (Organização dos Bancários Anarquistas).

Sant'Anna escreveu *Amazona* a quente, na agonia da temporada dos generais no poder, com o último presidente desejando a todos que o esquecessem, e com a economia aos galopes inflacionários fora do controle do ministro do Planejamento, Delfim Neto. Mas, ao contrário do júbilo reinante em face do sepultamento dos anos de arbítrio, o narrador opta por manter-se à prudente distância do otimismo contagiante. Todavia, não esconde alguma esperança com relação ao futuro, para ele a ser conduzido pelo poder feminino sintetizado em Dionísia. E, também, por consequência, nas demais mulheres do romance, como Sílvia Avelar, socialite doidivanas apaixonada por Jean, a quem se entrega da mesma forma como a Dionísia; Rita, secretária do banqueiro, uma cinquentona que matou o marido e agora toma como amante o jovem secretário-geral da OBA, Frederico Otávio; e Violeta, superficialmente recatada, mas com poderes arrebatadores sobre o marido corneado de Dionísia, o qual abandona a Amazona sem ressentimento e descobre, além dos prazeres da ópera, os da carne.

Aos homens são reservados papéis ridículos e covardes. Pegue-se por exemplo o dono da *Flash*, revista masculina. Baixinho e irritável, o sr. Oscar Goldstein serviu a todos os regimes e mandara parar as máquinas impressoras com um editorial sobre a primeira-dama Maria Teresa Goulart quando estourou a quartelada e a derrubada de Jango. Inconformado com a concorrência ao estampar mulheres nuas em fotos obscenas, ele se vale de um *ghost-thinker*, o acadêmico Aldásio Coimbra, louvaminheiro de primeira hora a fornecer ao chefe pérolas retóricas para justificar a mudança de costumes.

Acreditava Goldstein, como empresário, que se pagava a um homem por suas ideias estas passavam a pertencer-lhe não apenas em seus editoriais, mas também nas conversações particulares. E o Aldásio, por seu turno, era malandro o suficiente para conduzir seus monólogos em forma de diálogo, de modo a parecer que o acabamento final pertencera ao patrão.

Homens perversos. Caso do banqueiro Oswaldo Avelar e sua ligação com o contraventor e criminoso Fernandinho Bombril, apelido que vem do fato de fazer seus negócios escusos, em que se incluem assassinatos, sem deixar sujeira.

O único personagem masculino poupado da humilhação e enxovalhamento é, por mais surpreendente que pareça, Francisco Moreira, protagonista de algumas das cenas mais memoráveis de *Amazona*, como quando ele vê a caminho do trabalho a capa da revista com sua mulher nua e desmaia na sarjeta, ou no episódio da ponte Rio-Niterói, quando é salvo por uma rajada de vento ao tentar se jogar do guarda-corpo.

Mas o autêntico herói masculino desse romance é o fotógrafo Jean Valjean — cuja progênie remete aos visitantes estrangeiros da Missão Francesa a desembarcar no Rio após a transferência da Corte portuguesa para a então colônia ultramarina. Entre os artistas, achava-se Jean-Baptiste Debret, pintor neoclássico formado no ateliê de David, que percebeu o muito de postiço e canhestro no Rio de Janeiro da primeira metade do século XIX, onde a minúscula parte de cima da sociedade pretendia passar por europeia e civilizada montada no lombo abjeto da escravidão. Como o fotógrafo Jean, Debret também fixou em suas gravuras as contradições dessa cidade partida, fingida, violenta e desigual. Como esse antepassado, seu distanciamento é de fascínio, mas despido de visão eurocêntrica, permitindo-lhe enxergar nossas belezas naturais, entre as quais a Cidade de São Sebastião do Rio de Janeiro, com suas montanhas, florestas e, sobretudo, mulheres — ou melhor, a mulher, Dionísia, a quem o fotógrafo batiza de Amazona logo no primeiro capítulo do livro, em homenagem às míticas guerreiras cavalgadoras das profundezas da grande floresta. Maravilhamento que lhe custará a vida, porque no Brasil não se brinca impunemente com filha de banqueiro, pois Jean coleciona amantes, e entre elas está Sílvia Avelar, filha do dono do Banco Continental, Oswaldo Avelar.

A transformação de Dionísia de decorativa mulher de funcionário de banco em Amazona indomável inicia-se com a paixão despertada por Jean Valjean, homônimo do trágico personagem de um dos mais célebres romances folhetinescos da literatura, *Os miseráveis*, de Victor Hugo.

É também à nossa principal contribuição à cultura de massa que a obra se liga. Dividida em quase cinquenta capítulos, ela remete às telenovelas. Entre 1985 e 1986, *Roque Santeiro*, novela da Rede Globo, alcançava índices de 80% de audiência segundo o Ibope, e sua trama exibia mandos e desmandos de chefes políticos locais numa cidade do interior do Brasil. O país mostrava-se cansado das chamadas mordomias dos poderosos enquanto a classe média se via ameaçada pela inflação e desafogava seu descontentamento nas mastigadas tramas da emissora. Outra forma de evasão eram os romances best-sellers. Nas décadas de 1970 e 1980, os livros de Sidney Sheldon figuravam na lista dos mais vendidos no país. Neles, os enredos giravam em torno de fortes personagens femininas com alta voltagem erótica e malabarismos inverossímeis.

Talvez Sant'Anna tenha visto nessas referências um modo de invadir o espaço público nacional no qual a literatura pouco participou e participa. Espaço que aqui se confunde com a indústria do entretenimento e da mídia eletrônica. Foi Ricardo Piglia quem apontou o escritor argentino Manuel Puig como artífice da linguagem de folhetim como estruturante do inconsciente coletivo para criar sua obra. As guinadas e as suspensões ou explicações da trama deixadas para capítulos seguintes parecem análogas na novela de Sérgio.

Mas se na superfície deslizam desencontros amorosos, traições, maquinações, com personagens decalcados do mundo televisivo, as questões examinadas pelo autor correm em paralelo e implicam um agudo senso crítico e provocador. A começar pelo olhar cético sobre a atuação das esquerdas, caricatamente ilustradas pela Organização dos Bancários Anarquistas, cuja sigla, OBA, por si só remete à interjeição festiva e, quando substantivada como oba-oba, traduz festa, regozijo e bagunça. No velho casarão de Santa Teresa onde os membros da organização moram, reinam sexo livre, drogas, música e álcool. A personagem mais emblemática da OBA é Carlos Alberto Bandeira, mestre em sociologia pela Universidade Berkeley, expulso de sua cátedra na Universidade Federal do Rio de Janeiro nos anos mais negros da repressão.

> Desempregado, viera com sua mulher [Doris], uma americana bissexual, morar em Santa Teresa com Fred, Lucinha e um ou outro desgarrado esporádico. E ali, se não podia contribuir pe-

cuniariamente com grande coisa, certamente o fazia com sua riqueza intelectual e espiritual, que incluía uma liberação total do corpo.

A OBA surgiu diante de um prosaico acontecimento, a admissão de Fred como funcionário do Continental, e se não foi estourada pela polícia, era por ser desorganizada demais, não possuir arquivos nem transcrição em atas de suas esparsas e casuais reuniões. Atas por sua vez imaginadas pelo autor. Vale a pena relembrar alguns trechos a fim de mostrar o grau de zombaria disposto pelo romancista num recado nada velado à então chamada esquerda festiva.

A *luta armada teve consequências funestas neste país, pronunciou-se o companheiro Carlos Alberto Bandeira.*
*Não será o argumento do companheiro uma racionalização da covardia?, perguntou a companheira americana.* [...]
*Qualquer atividade humana, inclusive a política, deve ser realizada artisticamente, sob pena de tornar-se um rito tedioso e vazio, argumentou o companheiro secretário.* [...]
*Pediu o companheiro Fred ao companheiro Bandeira que lhe passasse a garrafa de Smirnoff.*
*Advertiu-o o companheiro Bandeira, ao passar-lhe a garrafa, que talvez o álcool e o fumo paraguaio não se dessem bem. E que era bom não provocar o feiticeiro que ultimamente se mostrava tão pacificado.* [...]
*Inquiriu-lhe a companheira Doris, dos Estados Unidos da América do Norte, se, afinal, esta era ou não era uma Organização séria.*
*Respondeu-lhe o companheiro secretário-geral que absolutamente esta não era uma Organização séria.*

No emaranhado da trama de *Amazona*, o livro de Sant'Anna

mistura sexo e política. No Brasil patriarcal, machista, com índices alarmantes de feminicídios, se há alguma chance de revolução, ela não se realizará por grupos de esquerda — festiva ou não —, e muito menos pelos homens. Quem assumirá o poder são as mulheres. O germe dessa utópica profecia encontra-se insinuado novamente em *Um romance de geração*. Em um monólogo — pois estamos no espaço cênico de um livro teatro-ficção —, a jornalista, antes de ir para cama com o entrevistado, tira da bolsa uma pílula anticoncepcional e dirige-se à plateia-leitor:

> Dizem que foi isto, a pílula, o responsável pela transformação da mulher. O momento em que ela passou a ser dona do próprio corpo. Mas não sei, tenho a intuição de que não foi bem isso. A pílula pode ter sido a causa material. Porque o grande momento, a causa formal, acredito, foi quando a mulher inverteu sua posição na cama.

Se o que naquela obra era intuição, em *Amazona* a inversão torna-se revolução, porque todas as mulheres cavalgam o corpo dos homens, ou os comem. Logo nas primeiras páginas somos informados de que Dionísia odeia ouvir a expressão "comer as mulheres"; e quem passa a comê-los são elas, e eles, a dar-lhes. Retórica semântica? Politização do sexo? Em se tratando de Sant'Anna, seria grosseiro e simplificador contentar-se com isso. Uma boa parcela de feministas certamente condenaria Dionísia por aceitar posar nua, ou Sílvia Avelar por deixar-se possuir por Carlos Alberto para obter alguma informação preciosa, o mesmo ocorrendo com a bissexual Doris, a norte-americana durona que, no papel de canhestra araponga, se apresenta como modelo para recolher provas na casa do fotógrafo francês, e, ao vestir-se sensualmente, sente-se excitada, primeiro com a própria imagem, e depois por Jean, a quem ela come, claro, por cima.

O fecho da obra, o capítulo "A Amazona" (assim mesmo, com a totalizante maiúscula), não deixa dúvidas sobre o desejado império do matriarcado sonhado pelo narrador. E, no caso de Sérgio, o autor não se esconde nunca, sempre dá um jeito de aparecer, como Alfred Hitchcock em seus filmes — não do modo discreto e fugidio do diretor inglês, mas às escâncaras. O capítulo começa assim: "A personagem principal desta história encontra-se mais uma vez nua diante do espelho. Ela está em seu apartamento, em Niterói, e acabou de tomar um banho". No segundo parágrafo, vem a homenagem: "Também o autor desta história ama esta mulher. E é porque ele a ama que a dispõe assim, nua e desarmada diante do espelho".

A intromissão não é gratuita e tampouco arbitrária. Lembra Milan Kundera em livros como A imortalidade, no qual o autor não se furta à participação na urdidura do enredo. Pois tanto para o romancista nascido na Boêmia quanto para o ficcionista carioca há coisas que só o romance pode dizer em seu universo de total liberdade. O poeta Affonso Ávila, interlocutor importante na juventude de Sérgio, apontava para a insistência do escritor em "romper as estruturas das formas através da sua própria expressão", embora essa busca seja, no limite, impossível, porque nunca "chega a decifrar o enigma da esfinge de crise do artista, nem essa esfinge por sua vez o devora".

O capítulo prossegue como se agora não mais fosse a prosa de um romance, mas páginas de roteiro de cinema. Um roteiro digno de Glauber Rocha: enquanto a heroína se dirige de carro para a sede da OBA em Santa Teresa, com Dionísia na proa da caravela de Martim Afonso de Souza, um navio desembarca negros africanos recebidos por turistas de um transatlântico ao som de batucada. E segue com Zumbi dos Palmares, a quem a Amazona dá carona em seu carro. O clima, a velocidade, as imagens se misturam como num delírio fundindo passado e presente, e, ao entrar na sala do casarão de Santa Teresa, Dionísia é aplaudida de pé por todos. Então, Frederico Otávio, o Fred, toma a palavra e, olhando direto para a câmera, anuncia:

— *Por todos os fatos e razões aqui enumerados, nós, do Partido Alternativo, propomos a candidatura de Dionísia, a Amazona, às próximas eleições para a Assembleia Constituinte, como um primeiro passo para a consagração de seu nome nas eleições presidenciais de 1988. Com ela, à frente, construiremos o Brasil do ano 2000.*

Bandalho, anárquico, zombeteiro, o romance *Amazona* faz um retrato do Brasil em que a violência se esconde diante do mito da gente festiva e cordial, como acontece nos últimos momentos de vida do fotógrafo francês.

Cruzando blocos de Carnaval, dentro do camburão a caminho da sua execução (qualquer semelhança com o Escritório do Crime não é mera coincidência, apenas o prolongamento de uma nação que se recusa a civilizar-se), Jean Valjean diz para o policial: "O país de vocês é uma loucura".

## OS ANDARES DE BAIXO

Se com *Amazona* Sant'Anna realiza a telenovela cáustica dos andares médios e altos da sociedade, em *A tragédia brasileira* a arquitetura ou, para usar um tema caro ao autor, a instalação Brasil é arrematada a partir de suas bases, dos andares de baixo.

Publicado um ano depois, o romance-teatro é uma obra-prima e encaixa-se como complemento do romance-folhetim. Parte do mistério da criação é o fato de os dois livros terem sido escritos no mesmo período, de forma alternada.

"Escrever os livros juntos significava o seguinte: eu ia trabalhando em um, ficava muito insatisfeito e passava para o outro, até me cansar deste e assim por diante", comentou Sant'Anna em uma conversa que tivemos.

A *tragédia brasileira* transcorre nas preliminares ao golpe militar de 1964, prenunciando o país que, pouco mais de duas décadas depois sob a rédea dos generais de óculos escuros, explodiria ao fim do regime com *Amazona*. A ação do livro se desenrola em 1962, durante o governo de João Goulart, o vice no país da maldição dos vices, ao qual coube, após o arranjo provisório parlamentarista e um plebiscito, ocupar o posto de chefe da nação. O cenário é bucólico, uma pacata rua de Botafogo onde crianças brincam, um jovem poeta anacronicamente romântico curte sua solidão enquanto venera Jacira, menina de doze anos, morta num acidente de carro quando pulava corda. Ocorre então uma canonização popular de Jacira, que a transforma em santa, e seu túmulo é alvo de romaria de crentes em busca de milagres. O motorista do carro presta seu depoimento na delegacia, é inocentado e torna-se chofer de caminhão, com o qual arrasta sua dor e seu remorso pela Belém-Brasília, onde, num bar de estrada, conta a um malandro a paixão jamais consumada pela pré-adolescente. Um homem negro, entrevisto nas imediações onde a morte ocorreu, surge como fantasma homicida de Jacira, cuja vida, caso não fosse interrompida, poderia transformá-la na futura Dionísia.

Tudo neste livro vaza tal quantidade de sentido que um posfácio jamais lograria alcançar. Todavia, o importante é ter em mente o poder, este sim, milagroso da arte de Sérgio Sant'Anna.

Embebido numa atmosfera lúgubre, *A tragédia brasileira* é construído estilisticamente como o oposto de *Amazona*. Onde neste é abundância e explosão, naquele é silêncio e contenção. Se o primeiro grita, o segundo sussurra. Onde um gargalha e goza, o outro chora e vela. Em comum, há a presença do narrador, pois, na *Tragédia*, o autor se desdobra em diretor, ator, titereiro e manipulador de uma dor cuja origem parece jorrar de dentro para fora, ao contrário do intrometido narrador de *Amazona*, cuja presença é solicitada para pôr inutilmente ordem no caos. E, como já se disse, se *Amazona* se afina com a ironia maliciosa de Machado de Assis, A *tragédia brasileira* conecta-se a outro gênio carioca. Na dramaturgia de Nelson Rodrigues, sente-se o mesmo perfume de excitação e pecado por uma menina cujos seios despontam como par de botões estourando o vestidinho. O poeta tardo-romântico embriagado na angústia do amor impossível e absoluto, o cafajestismo cheio de álcool e a melancolia do ex-playboy e depois caminhoneiro encontrando brasileiros e brasileiras no fundo da grande nação, como o Malandro de Província, a Bicha Interiorana e a Puta Adolescente poderiam habitar a obra do autor de *Vestido de noiva*. Mas é na figura do Autor e em sua tentativa de representar e conferir sentido a um Brasil sem sentido, que se recusa a amar e ser compreendido, que reside sua maior angústia.

ESTA OBRA FOI COMPOSTA PELO GRUPO DE CRIAÇÃO EM ELECTRA E
IMPRESSA PELA GRÁFICA BARTIRA EM OFSETE SOBRE PAPEL PÓLEN SOFT
DA SUZANO S.A. PARA A EDITORA SCHWARCZ
EM SETEMBRO DE 2019

A marca FSC® é a garantia de que a madeira utilizada na fabricação do papel deste livro provém de florestas que foram gerenciadas de maneira ambientalmente correta, socialmente justa e economicamente viável, além de outras fontes de origem controlada.